TRANZLATY

Language is for everyone

Limba este pentru toată lumea

Folk Tales of Bengal

Povești populare din Bengal

Part One
Partea întâi

1 / 2

Lal Behari Day

English / Română

Folk Tales of Bengal
Poveşti populare din Bengal

Life's Secret
Secretul vieții

Once upon a time there was a king.
Fost odată ca niciodată un împărat

This King had married two Queens.
Acest rege se căsătorise cu două regine.

The two queens were called Duo and Suo.
Cele două regine se numeau Duo și Suo.

Both of the queens were childless.
Ambele regine nu aveau copii.

One day a Faquir came to the palace gate.
Într-o zi, un faquir a venit la poarta palatului.

The Faquir had come to ask for alms.
Faquirul venise să ceară pomană.

Queen Suo went to the door.
Regina Suo s-a dus la ușă.

And she gave him a handful of rice.
Și ea i-a dat o mână de orez.

The mendicant asked her a question.
Cerșetorul i-a pus o întrebare.

"Do you have any children?"
„Aveți copii?"

The queen had no children.
Regina nu a avut copii.

"I wish had children, but I have none"
„Mi-aș dori să am copii, dar nu am niciunul"

The holy man refused to take alms from her.
Sfântul om a refuzat să ia pomană de la ea.

In these times there were different traditions.
În aceste vremuri existau tradiții diferite.

And the people believed many different things.
Și oamenii credeau în multe lucruri diferite.

Don't take charity from the hands of a childless woman.
Nu lua milostenie din mâinile unei femei fără copii.

Such hands were ceremonially unclean.
Astfel de mâini erau necurate din punct de vedere ceremonial.

The mendicant offered her a medicine.
Cerşetorul i-a oferit un medicament.
This medicine was to remove her barrenness.
Acest medicament avea scopul de a-i înlătura sterilitatea.
She expressed her willingness to take the medicine.
Ea şi-a exprimat dorinţa de a lua medicamentul.
The mendicant told her how to take the medicine.
Cerşetorul i-a spus cum să ia medicamentul.
"This is the potion you must swallow"
„Aceasta este poţiunea pe care trebuie să o înghiţi"
"Prepare the juice of a pomegranate flower"
„Prepară sucul unei flori de rodie"
"Swallow the medicine with the juice"
„Înghiţiţi medicamentul cu sucul"
"If you do this, you will soon have a son"
„Dacă faci asta, vei avea în curând un fiu"
"Your son will be exceedingly handsome"
„Fiul tău va fi extrem de frumos"
"His complexion will be beautiful"
„Tenul lui va fi frumos"
"He will have the colour of pomegranate flowers"
„Va avea culoarea florilor de rodie"
"And you shall call him Dalim Kumar"
„Şi îl vei numi Dalim Kumar"
"But he will also have enemies"
„Dar va avea şi duşmani"
"They will try to take your son's life"
„Vor încerca să-i ia viaţa fiului dumneavoastră"
"But there is a secret to his life"
„Dar există un secret în viaţa lui"
"And I will tell you this secret"
„Şi îţi voi spune acest secret"
"In front of your palace is a pond"
„În faţa palatului tău este un iaz"
"In that pond there is a big Boal fish"
„În iazul acela este un peşte Boal mare"
"Your son's life is connected to that fish"

„Viața fiului tău este legată de peștele acela"
"In the heart of the fish is a small box"
„În inima peștelui se află o cutiuță"
"This small box is made of wood"
„Această cutie mică este făcută din lemn"
"In the box of wood is a necklace of gold"
„Într-o cutie de lemn se află un colier de aur"
"That necklace is the life of your son"
„Colierul acela este viața fiului tău"
The mendicant gave her the medicine.
Cerșetorul i-a dat medicamentul.
And they said their farewells.
Și și-au luat rămas bun.

Soon all in the palace whispered of an heir.
Curând, toți cei din palat au șoptit despre un moștenitor.
Great was the joy of the King.
Mare a fost bucuria Regelui.
He had visions of an heir to the throne.
A avut viziuni cu un moștenitor al tronului.
A never-ending succession of powerful monarchs.
O succesiune nesfârșită de monarhi puternici.
He dreamt of how they perpetuated his dynasty.
El visa cum i-ar perpetua dinastia.
These ideas floated before his mind.
Aceste idei îi pluteau prin minte.
It made him the happiest he had ever been.
L-a făcut cel mai fericit dintre toți.
Many ceremonies were performed for the occasion.
Numeroase ceremonii au fost oficiate cu această ocazie.
The people of the kingdom played loud music.
Oamenii din regat cântau muzică tare.
The birth of a prince was a truly special event.
Nașterea unui prinț a fost un eveniment cu adevărat special.
Soon queen Suo gave birth to a son.
Curând, regina Suo a născut un fiu.
He was more beautiful than anyone had imagined.

Era mai frumos decât și-ar fi imaginat cineva.

The King saw his son's face.

Regele i-a văzut chipul fiului său.

And his heart leaped with joy.

Și inima lui a tresărit de bucurie.

Soon the child ate his first rice.

Curând, copilul a mâncat primul său orez.

Mukhe bhaat was celebrated with great joy.

Mukhe bhaat a fost sărbătorit cu mare bucurie.

And the whole kingdom was filled with gladness.

Și toată împărăția s-a umplut de bucurie.

Dalim Kumar grew up to be a fine boy.

Dalim Kumar a crescut și a devenit un băiat cuminte.

There was one activity he particularly liked.

Era o activitate care îi plăcea în mod special.

He loved playing with the pigeons.

Îi plăcea foarte mult să se joace cu porumbeii.

However, the pigeons often flew to Queen Duo.

Totuși, porumbeii zburau adesea spre Regina Duo.

Nobody knows why they did this.

Nimeni nu știe de ce au făcut asta.

And they flew into her apartment.

Și au zburat în apartamentul ei.

So Dalim Kumar often met Queen Duo.

Așa că Dalim Kumar a întâlnit adesea Queen Duo.

At first, she happily gave the pigeons back.

La început, ea a returnat bucuroasă porumbeii.

But later she wasn't as willing to return the pigeons.

Dar mai târziu nu a mai fost la fel de dispusă să returneze porumbeii.

She gave the pigeons up with some reluctance.

Ea a renunțat la porumbei cu oarecare reticență.

She felt she could use this to her advantage.

Simțea că poate folosi asta în avantajul ei.

She naturally hated the child.

Firește că ura copilul.

Since Dalim's birth the king had neglected her.
Încă de la nașterea lui Dalim, regele o neglijase.
And the King idolized the mother of Dalim.
Și regele a idolatrizat-o pe mama lui Dalim.
Somehow, she had heard of the mendicant.
Cumva, auzise de cerșetor.
She heard he had given queen Suo a medicine.
A auzit că i-a dat reginei Suo un medicament.
She had also heard about what he had said.
Auzise și ea ce spusese el.
There was a secret to the prince's life.
Exista un secret în viața prințului.
She had heard his life was bound to something.
Auzise că viața lui era legată de ceva.
But she did not know what his life was bound to.
Dar ea nu știa de ce era legată viața lui.
She was determined to get the secret.
Era hotărâtă să afle secretul.

Of course, the pigeons came back to her.
Bineînțeles, porumbeii s-au întors la ea.
And the pigeons flew into her room again.
Și porumbeii au zburat din nou în camera ei.
This time she refused to give the pigeons back.
De data aceasta a refuzat să dea porumbeii înapoi.
"I won't just give you your pigeon back"
„Nu-ți voi da pur și simplu porumbelul înapoi"
"First, you have to tell me something"
„Mai întâi, trebuie să-mi spui ceva"
"What do you want, aunty?" the boy asked.
„Ce vrei, mătușă?", a întrebat băiatul.
"Oh, my darling, do not worry"
„O, draga mea, nu-ți face griji"
"It's just a small thing I want"
„E doar un lucru mic pe care mi-l doresc"
"I want to know where your life is hidden"
„Vreau să știu unde este ascunsă viața ta"

The boy was very confused by this.
Băiatul a fost foarte confuz de asta.
"What is that, aunty?"
„Ce-i asta, mătușă?"
"Where can my life be, except in me?"
„Unde poate fi viața mea, dacă nu în mine?"
"No, child, that is not what I meant"
„Nu, copilă, nu asta am vrut să spun."
"A holy mendicant told your mother a secret"
„Un cerșetor sfânt i-a spus mamei tale un secret"
"Your life is bound up with something"
„Viața ta este legată de ceva"
"I wish to know what that thing is"
„Aș vrea să știu ce este chestia aia "
The boy was confused by what she said.
Băiatul a fost nedumerit de ceea ce a spus ea.
"I never heard of any such thing"
„N-am auzit niciodată de așa ceva"
But Queen Duo insisted it was true.
Dar Regina Duo a insistat că este adevărat.
"Promise to find out from your mother"
„Promite-mi că aflu de la mama ta"
"Ask her where your life is hidden"
„Întreabă-o unde îți este ascunsă viața"
"Then I will let you have the pigeons"
„Atunci îți voi da porumbeii"
"Otherwise, I will keep the pigeons"
„Altfel, voi păstra porumbeii"
The boy wanted his pigeons back.
Băiatul își voia porumbeii înapoi.
So he agreed to get the information.
Așa că a fost de acord să obțină informațiile.
But first she made him promise.
Dar mai întâi l-a pus să promită.
"Promise me you won't tell your mother"
„Promite-mi că nu-i vei spune mamei tale"
And the boy promised not to tell her.

Și băiatul a promis că nu-i va spune.
"I promise I won't tell my mum"
„Promit că nu-i voi spune mamei mele"
Queen Duo freed the prince's pigeons.
Regina Duo a eliberat porumbeii prințului.
Dalim was overjoyed to have his birds again.
Dalim a fost nespus de bucuros că își avea din nou păsările.
And he forgot the entire conversation.
Și a uitat toată conversația.

The next day Dalim was playing again.
A doua zi, Dalim cânta din nou.
You can imagine what happened again.
Vă puteți imagina din nou ce s-a întâmplat.
The pigeons flew to Queen Duo's apartment.
Porumbeii au zburat spre apartamentul Reginei Duo.
And they flew into her room again.
Și au zburat din nou în camera ei.
Dalim went in to his stepmother's apartment.
Dalim a intrat în apartamentul mamei sale vitrege.
And he asked her for the pigeons.
Și i-a cerut porumbeii.
Of course she asked him for the information.
Bineînțeles că i-a cerut informațiile.
Dalim could not tell her where his life was hidden.
Dalim nu-i putea spune unde îi era ascunsă viața.
"I promise I will ask her today"
„Promit că o voi întreba azi"
"But please can I have my pigeons"
„Dar, vă rog, puteți să-mi luați porumbeii?"
She didn't give the pigeons back so quickly.
Nu a returnat porumbeii așa repede.
But, in the end, he got his pigeons again.
Dar, în cele din urmă, și-a recuperat porumbeii.

After playing, Dalim went to his mother.
După ce s-a jucat, Dalim s-a dus la mama sa.

"Mamma, please tell me where my life is hidden"

„Mamă, te rog spune-mi unde este ascunsă viața mea"

"What do you mean, child?" asked the mother.

„Ce vrei să spui, copilă?", a întrebat mama.

She was astonished at the question.

Ea a fost uimită de întrebare.

Why would her child ask her this?

De ce ar întreba-o copilul ei asta?

"Yes, mamma," replied the child.

„Da, mami", a răspuns copilul.

"I have heard of a holy mendicant"

„Am auzit de un cerșetor sfânt"

"He told you something about my life"

„Ți-a povestit ceva despre viața mea"

"He said my life is hidden in something"

„A spus că viața mea este ascunsă în ceva"

"Tell me what that thing is"

„Spune-mi ce este chestia aia"

"My child, my darling, my treasure"

„Copilul meu, dragul meu, comoara mea"

"My golden moon," his mother pleaded.

„Luna mea aurie", a implorat mama lui.

"Do not ask such a question"

„Nu pune o astfel de întrebare"

"Cover my enemies' mouths with ashes"

„Acoperă gurile dușmanilor mei cu cenușă"

"Let my Dalim live forever," she begged.

„Fie ca Dalim-ul meu să trăiască veșnic", a implorat ea.

But the child insisted on knowing the secret.

Dar copilul a insistat să afle secretul.

He refused to eat or drink until he knew.

A refuzat să mănânce sau să bea până nu a aflat.

Queen Suo had no choice but to tell him.

Regina Suo nu a avut de ales decât să-i spună.

Eventually she told him the secret of his life.

În cele din urmă, ea i-a mărturisit secretul vieții lui.

The next day Dalim was playing again.
A doua zi, Dalim cânta din nou.
You can imagine where the pigeons flew.
Vă puteți imagina unde au zburat porumbeii.
Dalim chased after the birds into the apartment.
Dalim a alergat după păsări în apartament.
His stepmother told him many sweet words.
Mama lui vitregă i-a spus multe cuvinte dulci.
And finally, she got his secret from him.
Și, în cele din urmă, ea i-a aflat secretul de la el.
She wasted no time to start her wicked plan.
Nu a pierdut niciun moment să-și pună în aplicare planul malefic.
And she gave orders to her servants.
Și a dat porunci slujitorilor ei.
"Get some dried stalk from the hemp plant"
„Ia niște tulpină uscată de cânepă"
"Make sure the stalks are very brittle"
„Asigură-te că tulpinile sunt foarte fragile"
Brittle hemp stalks make a cracking sound.
Tulpinile de cânepă fragile scot un sunet de trosnit.
The sound is similar to the cracking of joints.
Sunetul este similar cu trosnitul articulațiilor.
And it sounds like the bones of old people.
Și sună ca oasele unor bătrâni.
She put the brittle hemp stalks under her bed.
Ea a pus tulpinile de cânepă fragile sub pat.
And then she lied on her bed.
Și apoi s-a întins în pat.
She wanted to test the hemp stalks.
Ea voia să testeze tulpinile de cânepă.
The stalks cracked just as much as she wanted.
Tulpinile au crăpat exact cât a vrut ea.
She was satisfied with how her plan was going.
Era mulțumită de cum mergea planul ei.
She gave more orders to her servants.
Ea a dat mai multe ordine servitorilor ei.

"Tell the King I am very ill"

„Spune-i regelui că sunt foarte bolnav"

"He must come to see me immediately"

„Trebuie să vină să mă vadă imediat"

The king did not love this queen.

Regele nu o iubea pe această regină.

But he still had a duty to care for her.

Dar tot avea datoria să aibă grijă de ea.

If she was ill, he had to look after her.

Dacă era bolnavă, el trebuia să aibă grijă de ea.

The King came to her bedroom.

Regele a venit în dormitorul ei.

She rolled on the bed in pain.

S-a rostogolit pe pat de durere.

The King heard the cracking of her bones.

Regele a auzit trosnetul oaselor ei.

He ordered his best physician to attend her.

I-a ordonat celui mai bun medic al său să o îngrijească.

But the queen had thought of this.

Dar regina se gândise la asta.

She had already spoken with the physician.

Ea vorbise deja cu medicul.

"There is only one remedy," he told the king.

„Există un singur remediu", i-a spus el regelui.

"There's a pond in front of the palace"

„Există un iaz în fața palatului"

"In the pond there's a large Boal fish"

„În iaz este un pește Boal mare"

"The remedy is in that fish"

„Remediul este în peștele acela"

So the king let the physician catch the fish.

Așa că regele l-a lăsat pe doctor să prindă peștele.

Meanwhile Dalim was busy playing.

Între timp, Dalim era ocupat cu cântatul.

He knew nothing of his aunt's illness.

Nu știa nimic despre boala mătușii sale.

The fish was taken out the water.

Peștele a fost scos din apă.
Dalim fell to the ground immediately.
imediat la pământ .
He flopped around on the floor.
S-a trântit pe podea.
And he could not breathe.
Și nu putea respira.
The guards immediately noticed.
Gardienii au observat imediat.
Dalim was taken to his mother's room.
Dalim a fost dus în camera mamei sale.
And the King was informed of his son.
Și regele a fost informat despre fiul său.
He couldn't believe his son's illness.
Nu-i venea să creadă ce boală avea fiul său.
The fish was taken to Queen Duo.
Peștele a fost dus la Regina Duo.
Queen Duo was being saved.
Regina Duo era salvată.
At the same time Dalim was dying.
În același timp, Dalim murea.
The fish was cut open.
Peștele a fost tăiat.
And they found the wooden box.
Și au găsit cutia de lemn.
In the box lay a necklace of gold.
În cutie se afla un colier de aur.
Queen Duo put on the necklace.
Regina Duo și-a pus colierul.
And Dalim died at the very same moment.
Și Dalim a murit chiar în același moment.

News of the tragedy reached the king.
Vestea tragediei a ajuns la rege.
He was plunged into an ocean of grief.
A fost aruncat într-un ocean de durere.
News of Queen Duo's recovery did not help.

Vestea despre însănătoșirea Reginei Duo nu a ajutat.
He wept painful and bitter tears.
A plâns cu lacrimi dureroase și amare.
No one thought he would recover.
Nimeni nu credea că își va reveni.
He could not bear to bury his son.
Nu a mai putut suporta să-și îngroape fiul.
Nor did he allow his body to be burned.
Nici nu a permis ca trupul său să fie ars.
He could not accept that his son had died.
Nu putea accepta faptul că fiul său murise.
His death was so sudden and senseless.
Moartea lui a fost atât de subită și lipsită de sens.
He had the dead body moved to a garden-houses.
A mutat cadavrul într-o grădină de case.
This garden-house was in the suburbs.
Această casă de grădină era la periferie.
Here his son was laid in state.
Aici a fost înmormântat fiul său.
All sorts of provisions were put there.
Tot felul de provizii au fost puse acolo.
Although everyone knew it was unnecessary.
Deși toată lumea știa că era inutil.
The young boy did not need food anymore.
Tânărul băiat nu mai avea nevoie de mâncare.
The house was kept locked day and night.
Casa era ținută încuiată zi și noapte.
Dalim had had one very close friend.
Dalim avusese un prieten foarte apropiat.
Only this friend was allowed to visit.
Doar acestui prieten i s-a permis să viziteze.
He was the son of the prime minister.
El era fiul prim-ministrului.
He was entrusted with the key of the house.
I s-a încredințat cheia casei.
Once a day he could visit his dead friend.
O dată pe zi își putea vizita prietenul decedat.

Queen Suo retired after the loss of her son.
Regina Suo s-a retras după pierderea fiului ei.
Now the King spent the nights with Queen Duo.
Acum Regele își petrecea nopțile cu Regina Duo.
The Queen wanted to avoid suspicion.
Regina voia să evite suspiciunile.
So she took the necklace off at night.
Așa că și-a scos colierul noaptea.
But Dalim's life was tied to the necklace.
Dar viața lui Dalim era legată de colier.
And his death was not so simple.
Și moartea lui nu a fost atât de simplă.
He was dead when the queen wore the necklace.
El era mort când regina a purtat colierul.
But when she took the necklace off, he returned to life.
Dar când ea i-a scos colierul, el a revenit la viață.
And so he returned to life every night.
Și astfel se întorcea la viață în fiecare noapte.
Every morning she put the necklace on again.
În fiecare dimineață își punea din nou colierul.
And so, he died again every morning.
Și astfel, murea din nou în fiecare dimineață.
At night he ate whatever food he liked.
Noaptea mânca orice îi plăcea.
Because there was plenty of food for him.
Pentru că avea mâncare din belșug.
He walked around in the premises.
El s-a plimbat prin incintă.
And he meditated on the strangeness of his life.
Și a meditat la stranietatea vieții sale.
Dalim's friend only visited him during the day.
Prietenul lui Dalim îl vizita doar ziua.
So he always saw him as a lifeless corpse.
Așa că l-a văzut mereu ca pe un cadavru fără viață.
But his body never seemed to change.
Dar corpul lui nu părea să se schimbe niciodată.

There was no sign of putrefaction.
Nu exista niciun semn de putrefacție.
The body was lifeless and pale.
Trupul era lipsit de viață și palid.
But there were no symptoms of death.
Dar nu existau simptome ale morții.
It all seemed too strange for him.
Totul părea prea ciudat pentru el.
So he decided to watch the corpse more closely.
Așa că a decis să supravegheze cadavrul mai îndeaproape.
And he visited his friend at night.
Și și-a vizitat prietenul noaptea.
He was astonished at what he saw that night.
A fost uimit de ceea ce a văzut în noaptea aceea.
His dead friend was walking about in the garden.
Prietenul său mort se plimba prin grădină.
At first, he thought Dalim might be a ghost.
La început, a crezut că Dalim ar putea fi o fantomă.
So he went to see if he could touch him.
Așa că s-a dus să vadă dacă îl poate atinge.
And then he saw it was really his friend.
Și atunci a văzut că era într-adevăr prietenul lui.
Dalim told his friend everything that had happened.
Dalim i-a povestit prietenului său tot ce se întâmplase.
He told him all the circumstances of his death.
I-a povestit toate împrejurările morții sale.
And soon they solved the mystery.
Și în curând au rezolvat misterul.
They understood why he revived only at night.
Au înțeles de ce reînvia doar noaptea.
Every night the king came to see Queen Duo.
În fiecare seară, regele venea să o vadă pe regina Duo.
When the King visited, she took off her necklace.
Când regele a vizitat-o, ea și-a scos colierul.
The life of the prince depended on the necklace.
Viața prințului depindea de colier.
So the two friends worked on a plan.

Așa că cei doi prieteni au pus la punct un plan.
Night after night they consulted together.
Noapte de noapte se consultau.
But they could not think of any feasible scheme.
Dar nu se puteau gândi la nicio schemă fezabilă.

Eventually the Gods must have taken pity.
În cele din urmă, zeii trebuie să fi avut milă.
And they decided to free Dalim.
Și au decis să-l elibereze pe Dalim.
But we must understand how the Gods work.
Dar trebuie să înțelegem cum lucrează Zeii.
These things are planned long before.
Aceste lucruri sunt planificate cu mult timp înainte.
The sister of Bidhata-Purusha had had a daughter.
Sora lui Bidhata-Purusha avusese o fiică.
Bidhata-Purusha was a great fortune teller.
Bidhata-Purusha a fost un mare ghicitor.
He had written something on the child's forehead.
Scrisese ceva pe fruntea copilului.
"This child will marry the dead bridegroom"
„Acest copil se va căsători cu mirele mort"
Her mother was very saddened by this.
Mama ei a fost foarte întristată de acest lucru.
She did not want this destiny for her daughter.
Ea nu și-a dorit acest destin pentru fiica ei.
But she could not argue with him.
Dar ea nu putea să se certe cu el.
He never changed what he had written.
Nu a schimbat niciodată ce scrisese.
The child became exceedingly beautiful.
Copilul s-a făcut nespus de frumos.
But the mother could not take any pleasure in this.
Dar mama nu putea găsi nicio plăcere în asta.
Because she knew the destiny of her child.
Pentru că știa destinul copilului ei.
Eventually the girl came to marriageable age.

În cele din urmă, fata a ajuns la vârsta căsătoriei.
She had to find a way to avoid her fate.
Trebuia să găsească o modalitate de a-și evita soarta.
So the mother fled the country with her child.
Așa că mama a fugit din țară cu copilul ei.
Perhaps she could avoid her dreadful destiny.
Poate că ar putea evita destinul ei cumplit.
But what was written was written.
Dar ce a fost scris, a fost scris.
And fate cannot be overruled like this.
Și soarta nu poate fi încalcătă în felul acesta.
Together they journeyed through the land.
Împreună au călătorit prin ținut.
You can imagine how fate was working.
Vă puteți imagina cum a lucrat soarta.
They wandered past Dalim's resting place.
Au rătăcit pe lângă locul de odihnă al lui Dalim.
The shade of the evening was approaching.
Umbra serii se apropia.
"Mother, I am thirsty," said her child.
„Mamă, mi-e sete", a spus copilul ei.
"Sit at this gate," replied her mother.
„Stai la poarta asta", a răspuns mama ei.
"I will search for water in the village"
„Voi căuta apă în sat"
The girl was curious about the garden.
Fata era curioasă în legătură cu grădină.
And in the garden she saw strange house.
Și în grădină a văzut o casă ciudată.
She pushed the gate, which opened itself.
Ea a împins poarta, care s-a deschis singură.
When she went in, she saw a beautiful palace.
Când a intrat, a văzut un palat frumos.
But she had an uneasy feeling about the palace.
Dar avea un sentiment neliniștitor în legătură cu palatul.
However, the door had shut itself.
Totuși, ușa se închisese singură.

So she had no way of getting out.
Așa că nu avea cum să iasă.

When night came the prince revived.
Când a venit noaptea, prințul și-a înviat.
As usual, he walked around in the garden.
Ca de obicei, se plimba prin grădină.
But this time he saw a female figure.
Dar de data aceasta a văzut o figură feminină.
The figure was standing near the gate.
Silueta stătea lângă poartă.
Soon he saw that it was a girl.
Curând a văzut că era o fată.
And he saw she was of unsurpassed beauty.
Și a văzut că era de o frumusețe neîntrecută.
"Who are you?" he asked her.
„Cine ești?", a întrebat-o el.
She told Dalim everything that had happened.
Ea i-a povestit lui Dalim tot ce se întâmplase.
All the details of her little history.
Toate detaliile micii ei istorii.
"My uncle is the divine Bidhata-Purusha"
„Unchiul meu este divinul Bidhata-Purusha"
"He wrote on my forehead at birth"
„Mi-a scris pe frunte la naștere"
"This child will marry the dead bridegroom"
„Acest copil se va căsători cu mirele mort"
"My mother did not want that life for me"
„Mama nu a vrut o astfel de viață pentru mine"
"So we left our house and city"
„Așa că ne-am părăsit casa și orașul"
"And we wandered through the country"
„Și am rătăcit prin țară"
"We had come to the gate of your palace"
„Am ajuns la poarta palatului tău"
"After our journey I was thirsty"
„După călătoria noastră mi-a fost sete"

"So my mother went to look for water"
„Așa că mama s-a dus să caute apă"
"And now I am standing here before you"
„Și acum stau aici înaintea ta"
Dalim Kumar knew the meaning of the story.
Dalim Kumar știa sensul poveștii.
"I am the dead bridegroom," he told the girl.
„Eu sunt mirele mort", i-a spus el fetei.
"It is me who you will marry"
„Cu mine te vei căsători"
"Come with me to the house," he asked of her.
„Vino cu mine acasă", a rugat-o el.
But the girl wasn't so easily persuaded.
Dar fata nu s-a lăsat atât de ușor de convins.
"You are standing and speaking to me"
„Stai și-mi vorbești"
"How can you be the dead bridegroom?"
„Cum poți fi tu mirele mort?"
The prince understood her objection.
Prințul i-a înțeles obiecția.
"You will understand it afterwards"
„Vei înțelege după aceea"
The girl followed the prince into the house.
Fata l-a urmat pe prinț în casă.
She had been fasting the whole day.
Ea ținuse post toată ziua.
So the prince gave her wonderful food.
Așa că prințul i-a dat mâncare minunată.
Meanwhile, the girl's mother had come back.
Între timp, mama fetei se întorsese.
She was standing at the gates of the garden.
Ea stătea la porțile grădinii.
But her daughter was not there anymore.
Dar fiica ei nu mai era acolo.
She cried out for her daughter.
Ea a plâns după fiica ei.
But she got no reply from her daughter.

Dar nu a primit niciun răspuns de la fiica ei.
So she went looking for her in the village.
Așa că a plecat să o caute în sat.

As usual, Dalim's friend came that night.
Ca de obicei, prietenul lui Dalim a venit în seara aceea.
Dalim was still entertaining his guest.
Dalim încă își distra oaspetele.
He was not expecting to see a stranger.
Nu se aștepta să vadă un străin.
And the girl retold him her story.
Și fata i-a povestit povestea ei.
You can imagine his surprise when she told him.
Vă puteți imagina surpriza lui când ea i-a spus.
He was able to confirm Dalim's story.
El a putut confirma povestea lui Dalim.
Soon they had all accepted destiny.
Curând, cu toții acceptaseră destinul.
That night they fulfilled their fates.
În noaptea aceea și-au împlinit soarta.
They decided to unite the couple in matrimony.
Au decis să unească cuplul în căsătorie.
It was going to be impossible to get a priest.
Era imposibil să găsești un preot.
So Dalim's friend performed the hymeneal rites.
Așadar, prietenul lui Dalim a îndeplinit ritualurile himeneale.
The friend of the bridegroom left the palace.
Prietena mirelui a părăsit palatul.
The newly-weds had the palace to themselves.
Proaspătul căsătorit avea palatul doar pentru ei.
The happy couple did not sleep much that night.
Fericitul cuplu nu a dormit prea mult în noaptea aceea.
So it was long after sunrise that they woke up.
Așa că s-au trezit abia mult după răsăritul soarelui.
Of course it was only the young wife that woke up.
Bineînțeles, doar tânăra soție s-a trezit.
The prince had become a cold corpse again.

Prințul se transformase din nou într-un cadavru rece.
The queen had put on her necklace.
Regina își pusese colierul.
And life had departed from him again.
Și viața plecase din nou de lângă el.
You can imagine how the young wife felt.
Vă puteți imagina cum se simțea tânăra soție.
She shook her husband to try and wake him.
Ea și-a scuturat soțul ca să încerce să-l trezească.
She kissed him on his cold lips.
L-a sărutat pe buzele lui reci.
But all her efforts were in vain.
Dar toate eforturile ei au fost în zadar.
He was as lifeless as a marble statue.
Era la fel de lipsit de viață ca o statuie de marmură.
The young wife was stricken with horror.
Tânăra soție a fost cuprinsă de groază.
She smote her breast with her fists.
Și-a lovit pumnii în piept.
She struck her forehead with her palms.
Și-a lovit fruntea cu palmele.
And she tore her hair from her head.
Și și-a smuls părul din cap.
She ran through the garden like a mad woman.
A alergat prin grădină ca o nebună.
Dalim's friend did not come during the day.
Prietenul lui Dalim nu a venit în timpul zilei.
He did not want to see his friend this way.
Nu voia să-și vadă prietenul în felul acesta.
The poor girl did not know what to do.
Biata fată nu știa ce să facă.
Time could not pass quickly enough.
Timpul nu putea trece suficient de repede.
The day seemed as long as a year.
Ziua părea lungă cât un an.
But the even longest day has its end.
Dar și cea mai lungă zi are sfârșitul ei.

The shades of evening were descending.
Umbrele serii coborau.
Her dead husband was awakened into consciousness.
Soțul ei decedat a fost trezit la conștiință.
He rose up from his bed again.
S-a ridicat din nou din pat.
And he embraced his new wife.
Și și-a îmbrățișat noua soție.
Again they ate, drank, and became merry.
Din nou au mâncat, au băut și s-au veselit.
His friend made his usual appearance.
Prietenul său și-a făcut apariția obișnuită.
And the whole night was spent celebrating.
Și toată noaptea a fost petrecută sărbătorind.

They spent the next seven years this way.
Au petrecut următorii șapte ani în acest fel.
During the day Dalim was lifeless.
În timpul zilei, Dalim era lipsit de viață.
But at night he came to life.
Dar noaptea a prins viață.
And their life was quite usual.
Și viața lor era destul de obișnuită.
The princess gave her husband two lovely boys.
Prințesa i-a dăruit soțului ei doi băieți minunați.
They were the exact image of their father.
Erau imaginea exactă a tatălui lor.
Of course the king and Queens did not know.
Desigur, regele și reginele nu știau.
They did not know they were grandparents.
Nu știau că sunt bunici.
And they did not know Dalim was alive.
Și ei nu știau că Dalim este în viață.
To be precise I should say he was alive at night.
Ca să fiu mai precis, ar trebui să spun că era viu noaptea.
They all thought he had long been dead.
Toți credeau că murise de mult.

They assumed his corpse would now be gone.
Au presupus că cadavrul lui va fi dispărut acum.
But the heart of Dalim s wife was yearning.
Dar inima soției lui Dalim tânjea după asta.
She wanted nothing more than her mother-in-law.
Nu-și dorea nimic mai mult decât soacra ei.
Over the years she had come up with a plan.
De-a lungul anilor, ea pusese la cale un plan.
Perhaps she could see her mother-in-law.
Poate că ar putea să-și vadă soacra.
Maybe they could get hold of the necklace.
Poate ar putea pune mâna pe colier.
She asked for the consent of her husband.
Ea i-a cerut consimțământul soțului ei.
And he allowed her to disguise herself.
Și i-a permis să se deghizeze.
She took on the appearance of a female barber.
Ea a luat înfățișarea unei frizere.
Like every female barber, she needed equipment.
Ca orice femeie frizer, avea nevoie de echipament.
She took the following tools;
Ea a luat următoarele unelte;
An iron instrument for preparing finger nails.
Un instrument din fier pentru pregătirea unghiilor.
Another iron instrument for scraping the feet.
Un alt instrument din fier pentru răzuirea picioarelor.
A piece of burnt jhama brick.
O bucată de cărămidă jhama arsă.
For rubbing the soles of the feet.
Pentru frecarea tălpilor picioarelor.
And paint for the edges of the feet.
Și vopsea pentru marginile picioarelor.
She took all her tools with her.
Ea și-a luat toate uneltele cu ea.
And she stood at the gate of the King's palace.
Și ea a stat la poarta palatului regelui.
I forgot something else she brought.

Am uitat altceva ce a adus ea.
She had come with her two sons.
Ea venise cu cei doi fii ai ei.
She spoke with the guards.
Ea a vorbit cu gardienii.
"I work as a barber"
„Lucrez ca frizer"
"I have come to offer my services"
„Am venit să-mi ofer serviciile"
"I desire to see Queen Suo"
„Îmi doresc să o văd pe regina Suo."
Queen Suo quickly gave her an interview.
Regina Suo i-a acordat rapid un interviu.
The queen was quite fond of the two little boys.
Regina îi iubea foarte mult pe cei doi băieți.
They strangely reminded her of her own son.
În mod ciudat, îi aminteau de propriul ei fiu.
And she remembered her lost treasure.
Și și-a amintit de comoara ei pierdută.
Tears fell profusely from her eyes.
Lacrimile i-au căzut șiroaie din ochi.
She had not the remotest idea who they were.
Habar n-avea cine erau.
Of course we know who they are.
Desigur că știm cine sunt.
The two little boys are her grandsons.
Cei doi băieți sunt nepoții ei.
She spoke to the barber.
Ea a vorbit cu frizerul.
"My son died when he was young"
„Fiul meu a murit când era mic"
"I have given up these vanities"
„Am renunțat la aceste deșertăciuni"
"I stopped having my feet ceremoniously dyed"
„Am încetat să-mi mai vopsesc picioarele ceremonios"
"But I would be glad to see your two fine boys"
„Dar m-aș bucura să-i văd pe cei doi băieți minunați ai tăi"

The barber agreed to let Queen Suo see her boys.
Frizerul a fost de acord să o lase pe regina Suo să-și vadă băieții.
But she had one question before she went.
Dar avea o întrebare înainte să plece.
"Are there other ladies in the palace?
„Mai sunt și alte doamne la palat?"
"Someone else I could provide my service to"
„Altcineva căruia i-aș putea oferi serviciile mele"
She was told there was another queen.
I s-a spus că mai există o regină.
And she was also allowed to go to that queen.
Și i s-a permis să meargă și la acea regină.
Queen Duo allowed her to prepare her nails.
Regina Duo i-a permis să-și pregătească unghiile.
And she was allowed to scrape her feet.
Și i s-a permis să-și scărpine picioarele.
She painted her feet with alakta.
Și-a pictat picioarele cu alakta.
And the queen was very pleased with her skill.
Și regina a fost foarte încântată de priceperea ei.
She also enjoyed the sweetness of her disposition.
De asemenea, se bucura de blândețea firii ei.
So she booked to have more of her services.
Așa că a făcut o rezervare pentru a beneficia de mai multe dintre serviciile ei.
The female barber had come for something else.
Frizeara venise pentru altceva.
And she quickly noticed the necklace.
Și ea a observat repede colierul.
The necklace was around the Queen's neck.
Colierul era în jurul gâtului Reginei.

The day of her second visit had come.
Sosise ziua celei de-a doua vizite a ei.
She gave her eldest son the instructions.
Ea i-a dat instrucțiunile fiului ei cel mare.

"We are going into the palace again"
„Intrăm din nou în palat"
"When in the palace you have to cry"
„Când ești în palat trebuie să plângi"
"Say you would like the queen's necklace"
„Spune că ai vrea colierul reginei"
"Don't stop crying until you have her necklace"
„Nu te opri din plâns până nu-i ai colierul"
The female barber went to queen Duo's apartment.
Frizeara s-a dus la apartamentul reginei Duo.
Soon the elder boy started to cry.
Curând, băiatul cel mare a început să plângă.
The boy acted his role well.
Băiatul și-a jucat bine rolul.
Nothing would console the boy.
Nimic nu l-ar fi consolat pe băiat.
"What is wrong?" Queen Duo asked.
„Ce s-a întâmplat ?" a întrebat Regina Duo.
They boy could hardly speak.
Băiatul acela abia putea vorbi.
"Your necklace is so beautiful"
„Colierul tău este atât de frumos"
And he continued to sob.
Și a continuat să plângă în hohote.
"Can I please hold the necklace?"
„Pot să țin, te rog, colierul?"
Queen Duo did not want to let him.
Regina Duo nu a vrut să-l lase.
"I cannot part with my necklace"
„Nu mă pot despărți de colierul meu"
"It is my most valuable jewel"
„Este cea mai valoroasă bijuterie a mea"
But the boy did not stop crying.
Dar băiatul nu se oprea din plâns.
So she took the necklace off her neck.
Așa că și-a scos colierul de la gât.
And she put the necklace into the boy's hand.

Și ea i-a pus colierul în mâna băiatului.
The boy quickly stopped crying.
Băiatul s-a oprit repede din plâns.
And he held the necklace in his hand.
Și ținea colierul în mână.
The female barber had finished her work.
Frizeara își terminase treaba.
She was packing up her tools.
Își împacheta uneltele.
And she was about to leave the palace.
Și era pe punctul de a părăsi palatul.
So the queen wanted the necklace back.
Așa că regina a vrut colierul înapoi.
But the boy would not let her have the necklace.
Dar băiatul nu i-a lăsat colierul.
His mother attempted to snatch the necklace from him.
Mama lui a încercat să-i smulgă colierul.
But he wept bitterly when she tried.
Dar el a plâns amarnic când ea a încercat.
And he cried as if his heart would break.
Și a plâns de parcă i s-ar frânge inima.
The female barber politely asked the queen;
Făreștieara a întrebat politicos regina;
"Please let the boy take the necklace home"
„Te rog, lasă-l pe băiat să ia colierul acasă."
"He will fall asleep after drinking his milk"
„Va adormi după ce își bea laptele"
"And then I will bring your necklace back"
„Și apoi îți voi aduce colierul înapoi"
She could see she had no choice.
Își dădea seama că nu avea de ales.
The boy would not allow her to take the necklace.
Băiatul nu i-a permis să ia colierul.
So she agreed to the proposal.
Așa că ea a fost de acord cu propunerea.
"Dalim must now be long dead," she thought.
„Dalim trebuie să fie mort de mult", își spuse ea.

And she had nothing to worry about.
Și nu avea de ce să-și facă griji.

The princess had the prized necklace.
Prințesa avea prețiosul colier.
The treasure bound to her husband's life.
Comoara legată de viața soțului ei.
She rushed back to the garden-house.
S-a grăbit înapoi la căsuța din grădină.
And she gave the necklace to Dalim.
Și ea i-a dat colierul lui Dalim.
Dalim had been alive all morning.
Dalim fusese în viață toată dimineața.
It was the first time he saw the sun again.
A fost prima dată când a văzut din nou soarele.
Their joy of his life knew no bounds.
Bucuria lor de a trăi nu cunoștea limite.
Their friend advised them to go to the palace.
Prietenul lor i-a sfătuit să meargă la palat.
"Go to the palace tomorrow"
„Du-te mâine la palat"
"Present yourselves to the King and Queen"
„Prezentați-vă Regelui și Reginei"
"Let them know you're alive and well"
„Anunță-i că ești viu și sănătos"
The couple accepted their friend's advice.
Cuplul a urmat sfatul prietenului lor.
And they prepared everything for their arrival.
Și au pregătit totul pentru sosirea lor.
An elephant was brought for the prince.
I-a fost adus prințului un elefant.
A pair of ponies were brought for the boys.
O pereche de ponei au fost aduși pentru băieți.
And there was a grand chaturdala.
Și a fost o mare chaturdala.
It was furnished with curtains of gold lace.
Era mobilată cu perdele din dantelă aurie.

Word was sent to the king and Queen Suo.
S-a trimis veste regelui și reginei Suo.
"Prince Dalim Kumar is alive and well"
„Prințul Dalim Kumar este viu și nevătămat"
"And he is coming to visit you"
„Și vine să te viziteze"
"Now he has a wife and two sons"
„Acum are o soție și doi fii "
The King and Queen Suo could hardly believe it.
Regele și regina Suo cu greu puteau să creadă.
But they were assured that it was all true.
Dar li s-a asigurat că totul era adevărat.
Queen Duo quickly realized her predicament.
Regina Duo și-a dat seama repede de situația în care se afla.
And she became overwhelmed with grief.
Și a fost copleșită de durere.
A band of musicians followed the prince.
O fanfară de muzicieni l-a urmat pe prinț.
Prince Dalim Kumar approached the palace-gate.
Prințul Dalim Kumar s-a apropiat de poarta palatului.
The King and Queen Suo went to the gates.
Regele și regina Suo s-au îndreptat spre porți.
And they welcomed their long-lost son.
Și l-au primit cu brațele deschise pe fiul lor pierdut de mult.
You can imagine how happy they were.
Vă puteți imagina cât de fericiți erau.
Dalim told his parents of his death.
Dalim le-a spus părinților săi despre moartea sa.
He told them of the pond by the palace.
Le-a povestit despre iazul de lângă palat.
And he told them of the fish in the pond.
Și le-a povestit despre peștii din iaz.
He told them of the wooden box in the fish.
Le-a povestit despre cutia de lemn din pește.
He told them of the necklace in the wooden box.
Le-a povestit despre colierul din cutia de lemn.
And he told them the secret of his life.

Și le-a mărturisit secretul vieții sale.
He told them how he died each night.
Le-a povestit în fiecare noapte cum a murit.
Of course he also mentioned his new wife.
Bineînțeles că a menționat-o și pe noua lui soție.
The king was inflamed with rage at the news.
Regele s-a aprins de furie la auzul veștii.
He ordered Queen Duo into his presence.
El a ordonat Reginei Duo să vină în prezența sa.
A large hole was dug in the ground.
O groapă mare a fost săpată în pământ.
The hole was as deep as the height of a man.
Groapa era adâncă cât înălțimea unui om.
Queen Duo was made to stand in the hole.
Regina Duo a fost obligată să stea în gaură.
Prickly thorns were heaped around her.
Spini țepoși erau îngrămădiți în jurul ei.
The thorns went up to the crown of her head.
Spinii i se urcau până la creștetul capului.
And in this manner she was buried alive.
Și în felul acesta a fost îngropată de vie.

Phakir Chand
Phakir Chand

There was once a king, who had a son.
A fost odată un rege, care avea un fiu.
The king's minister also had a son.
Ministrul regelui a avut și el un fiu.
The two sons loved each other dearly.
Cei doi fii se iubeau nespus.
And they did everything together.
Și au făcut totul împreună.
The two sons sat and stood up together.
Cei doi fii s-au așezat și s-au ridicat în picioare împreună.
They walked together to the same places.
Au mers împreună în aceleași locuri.
They ate their meals together.
Și-au mâncat mesele împreună.
They slept and got up together.
Au dormit și s-au trezit împreună.
They spent years in each other's company.
Au petrecut ani de zile unul în compania celuilalt.
One day they both felt a new desire.
Într-o zi, amândoi au simțit o nouă dorință.
They wanted to see foreign lands.
Ei voiau să vadă țări străine.
And so they set out on their journey.
Și astfel au pornit în călătorie.
One of them was the son of a king.
Unul dintre ei era fiul unui rege.
One of them was the son of his chief minister.
Unul dintre ei era fiul prim-ministrului său.
So of course they were both quite rich.
Deci, bineînțeles, amândoi erau destul de bogați.
But they did not take any servants with them.
Dar nu au luat niciun slujitor cu ei.
They went by themselves, on horseback.
Au mers singuri, călare.

The horses were beautiful to look at.
Caii erau frumoşi de privit.
They were Pakshirajes horses.
Erau cai Pakshiraje.
Such horses are known as the kings of birds.
Astfel de cai sunt cunoscuţi ca regii păsărilor.
The two sons rode together for many days.
Cei doi fii au călărit împreună multe zile.
They passed through extensive plains.
Au trecut prin câmpii întinse.
And the plains were covered with paddy.
Şi câmpiile erau acoperite de orez.
And they passed through strange cities.
Şi au trecut prin oraşe ciudate.
And they passed through towns, and villages.
Şi au trecut prin oraşe şi sate.
They passed through treeless deserts.
Au trecut prin deşerturi fără copaci.
And they passed through forests.
Şi au trecut prin păduri.
And the forests were dense with trees.
Şi pădurile erau dese de copaci.
These forests were the abode of the tiger.
Aceste păduri erau lăcaşul tigrului.
And the bear also lived in these forests.
Şi ursul trăia şi el în aceste păduri.
One evening they were overtaken by the night.
Într-o seară, au fost cuprinsi de noapte.
They had not seen any human habitations.
Nu văzuseră nicio aşezare umană.
But it was getting darker and darker.
Dar se întuneca din ce în ce mai mult.
So they dismounted beneath a lofty tree.
Aşa că au descălecat sub un copac înalt.
They tied their horses to the tree.
Şi-au legat caii de copac.
And then they climbed up the tree.

Și apoi s-au urcat în copac.
They covered the branches with thick foliage.
Au acoperit ramurile cu frunziș dens.
So that they could sit on the branches.
Ca să poată sta pe crengi.
The tree had grown near a large body of water.
Copacul crescuse lângă o întindere mare de apă.
The water was as clear as the eye of a crow.
Apa era limpede ca ochiul unei ciori.
The two friends made themselves comfortable.
Cei doi prieteni s-au așezat confortabil.
Of course it wasn't very comfortable in a tree.
Bineînțeles că nu era prea confortabil într-un copac.
But it wasn't uncomfortable in the tree either.
Dar nici în copac nu a fost incomod.
They had decided to spend the night there.
Hotărâseră să petreacă noaptea acolo.
They sometimes chatted together in whispers.
Uneori vorbeau între ei în șoaptă.
They felt whispering was better than talking.
Simțeau că șoapta era mai bună decât vorbitul.
Because the region seemed very strange to them.
Pentru că regiunea li se părea foarte ciudată.
And soon they were falling into a doze.
Și curând au ațipit.
But their attention was suddenly jolted.
Dar atenția le-a fost brusc atrasă.
From the water they heard a noise.
Din apă au auzit un zgomot.
It sounded like the rushing of water.
Suna ca și cum ar fi fost un vâjâit de apă.
In front of them was a terrible sight!
În fața lor se afla o priveliște îngrozitoare!
A huge serpent came from under the water.
Un șarpe uriaș a ieșit de sub apă.
The snake swam ashore and slithered around.
Șarpele a înotat până la țărm și s-a târât de colo colo.

But something else attracted their attention.
Dar altceva le-a atras atenția.
The crested hood of the serpent was shining.
Gluga cu creastă a șarpelui strălucea.
The snake had a brilliant manikya embedded.
Șarpele avea încrustat un manikya strălucitor.
The jewel shone like a thousand diamonds.
Bijuteria strălucea ca o mie de diamante.
The crystal lit up the water in the tank.
Cristalul a luminat apa din rezervor.
The embankments and trees were irradiated.
Digurile și copacii au fost iradiați.
The serpent doffed the jewel from its crest.
Șarpele și-a lepădat bijuteria de pe creastă.
And the serpent threw the jewel on the ground.
Și șarpele a aruncat bijuteria pe pământ.
And then the serpent went in search of food.
Și apoi șarpele a plecat în căutarea hranei.
They could not believe what they had seen.
Nu le venea să creadă ce văzuseră.
They stayed in the safety of the tree.
Au rămas în siguranța copacului.
But they greatly admired the jewel.
Dar ei admirau foarte mult bijuteria.
The ruby shed an ineffable luster.
Rubinul a răspândit o strălucire inefabilă.
Everything had a magical glow around it.
Totul avea o strălucire magică în jur.
They had never seen anything like it.
Nu mai văzuseră niciodată așa ceva.
Although, they had heard of this treasure.
Deși auziseră de această comoară.
The jewel equaled the treasures of seven kings.
Bijuteria era egală cu comorile a șapte regi.
But their admiration soon changed to fear.
Dar admirația lor s-a transformat curând în frică.
The serpent came to the foot of their tree.

Șarpele a ajuns la poalele copacului lor.
The serpent had found their horses!
Șarpele le găsise caii!
The poor horses had been tied to the tree.
Bieții cai fuseseră legați de copac.
The animals had no way of escaping.
Animalele nu aveau nicio modalitate de a scăpa.
One by one the serpent ate their horses.
Unul câte unul, șarpele le-a mâncat caii.
But the serpent's appetite did not seem satisfied.
Dar pofta șarpelui nu părea satisfăcută.
They feared they would be the next victims.
Se temeau că vor fi următoarele victime.
But their fears were soon relieved.
Dar temerile lor au fost curând ușurate.
The gigantic cobra had not seen them.
Cobra gigantică nu-i văzuse.
And eventually the snake left again.
Și în cele din urmă șarpele a plecat din nou.
The minister's son saw an opportunity.
Fiul ministrului a văzut o oportunitate.
This was his chance to take the gem.
Aceasta era șansa lui să ia bijuteria.
But there was one problem they had.
Dar exista o problemă pe care o aveau.
The jewel shone incredibly bright.
Bijuteria strălucea incredibil de tare.
The serpent would know what had happened.
Șarpele avea să știe ce s-a întâmplat.
But there was a way to overcome this problem.
Dar exista o modalitate de a depăși această problemă.
And the minister's son knew the solution.
Și fiul ministrului știa soluția.
He had to cover the stone with horse-dung.
A trebuit să acopere piatra cu bălegar de cal.
And there was some horse-dung by the tree.
Și lângă copac era niște bălegar de cal.

He quietly came down from the tree.
A coborât în liniște din copac.
He picked up the horse-dung off the floor.
A adunat bălegarul de cal de pe jos.
And he threw the dung upon the precious stone.
Și a aruncat bălegarul peste piatra prețioasă.
And then he climbed up into the tree again.
Și apoi s-a urcat din nou în copac.
The serpent noticed something had happened.
Șarpele a observat că se întâmplase ceva.
The light of the jewel had vanished.
Lumina bijuteriei dispăruse.
The serpent rushed back with great fury.
Șarpele s-a întors în furie.
The serpent returned to where it had left the stone.
Șarpele s-a întors acolo unde lăsase piatra.
The serpent let out a frightful hiss at the night.
Șarpele a scos un șuierat înfricoșător în noapte.
The snake's groans and convulsions were terrible.
Gemetele și convulsiile șarpelui erau teribile.
The snake went round and round the jewel.
Șarpele se învârtea în jurul bijuteriei.
But the stone was covered with horse-dung.
Dar piatra era acoperită cu bălegar de cal.
This way the serpent could not see its treasure.
În felul acesta, șarpele nu-și putea vedea comoara.
Finally, the serpent breathed its last breath.
În cele din urmă, șarpele și-a dat ultima suflare.

The two friends did not sleep much that night.
Cei doi prieteni nu au dormit prea mult în noaptea aceea.
In the morning they came down from the tree.
Dimineața au coborât din copac.
They went to where the crest-jewel was.
S-au dus la locul unde era bijuteria cu blazonul.
The mighty serpent was still laying there.
Puternicul șarpe zăcea încă acolo.

But now the snake's body was perfectly lifeless.
Dar acum trupul șarpelui era complet lipsit de viață.
The friend of the prince stepped over the dead snake.
Prietenul prințului a pășit peste șarpele mort.
And he picked up the dung covered jewel.
Și a ridicat bijuteria acoperită cu bălegar.
Both of them went to the bank of the water.
Amândoi s-au dus la malul apei.
And they washed the precious stone.
Și au spălat piatra prețioasă.
Finally, all the dung had been washed off.
În cele din urmă, toate bălegarul fuseseră spălate.
And the jewel shone as brilliantly as before.
Și bijuteria a strălucit la fel de puternic ca înainte.
The jewel lit up the entire bed of the tank of water.
Bijuteria a luminat întregul pat al rezervorului cu apă.
Now they could see the innumerable fishes.
Acum puteau vedea nenumărații pești.
But the light also revealed something else.
Dar lumina a dezvăluit și altceva.
This astonished them more than all the fishes.
Aceasta i-a uimit mai mult decât toți peștii.
In the bottom of the water there was something.
Pe fundul apei era ceva.
They could see there were lofty walls.
Puteau vedea că erau ziduri înalte.
The walls were from a magnificent palace.
Zidurile erau dintr-un palat magnific.
The prince's friend was feeling venturesome.
Prietenul prințului se simțea îndrăzneț.
He convinced the king's son to follow him.
L-a convins pe fiul regelui să-l urmeze.
And then they wanted to swim to the palace below.
Și apoi au vrut să înoate până la palatul de dedesubt.
The prince's friend took the jewel in his hand.
Prietenul prințului a luat bijuteria în mână.
And they both dived into the waters.

Și amândoi s-au scufundat în ape.
Soon they stood at the gate of the palace.
Curând au ajuns la poarta palatului.
To their surprise the gate was open.
Spre surprinderea lor, poarta era deschisă.
They saw no being, human or superhuman.
Nu au văzut nicio ființă, umană sau supraumană.
So they decided to venture inside the gate.
Așa că au decis să se aventureze în interiorul poartei.
Inside the walls there was a beautiful garden.
În interiorul zidurilor se afla o grădină frumoasă.
In the middle of the garden was a house.
În mijlocul grădinii era o casă.
No one had ever seen so many flowers.
Nimeni nu mai văzuse vreodată atâtea flori.
There were roses of all imaginable varieties.
Erau trandafiri de toate soiurile imaginabile.
There were endless numbers of yellow jessamine.
Erau nenumărate iasomie galbenă.
And there were numerous white bell flowers.
Și erau numeroase clopoței albi.
These flowers were the king of smells.
Aceste flori erau regele mirosurilor.
The most scented lily of the valley.
Cel mai parfumat lăcrămior din vale.
There were the flowers from the champaka tree.
Acolo erau florile din copacul champaka.
And a thousand other sweet-scented flowers.
Și o mie de alte flori cu miros dulce.
Acres covered with the delicious jessamine.
Hectare acoperite cu delicioasa iasomie.
All the plants were gemmed with flowers.
Toate plantele erau împodobite cu flori.
And all the flowers were in full bloom.
Și toate florile erau în plină floare.
So the air was loaded with rich perfume.
Așadar, aerul era încărcat cu un parfum bogat.

A wilderness of sweet scents everywhere.
O pustietate de mirosuri dulci pretutindeni.
They went through this paradise of perfumery.
Au trecut prin acest paradis al parfumeriei.
And eventually they reached the house.
Și în cele din urmă au ajuns la casă.
The house was surrounded by lofty trees.
Casa era înconjurată de copaci înalți.
Soon they stood at the door of the house.
Curând au ajuns la ușa casei.
Now they could see it was a fairy palace.
Acum puteau vedea că era un palat al zânelor.
The walls were of burnished gold.
Pereții erau din aur lustruit.
Here and there shone diamonds of dazzling hue.
Ici și colo străluceau diamante de o nuanță orbitoare.
But they did not see any beings.
Dar ei nu au văzut nicio ființă.
So they went inside the palace.
Așa că au intrat în palat.
The palace was richly furnished.
Palatul era bogat mobilat.
They went from room to room.
Au mers din cameră în cameră.
But they did not see anyone.
Dar nu au văzut pe nimeni.
It seemed to be a deserted house.
Părea a fi o casă pustie.
At last, however, they found a special room.
În cele din urmă, însă, au găsit o cameră specială.
In this room there was a young lady.
În această cameră se afla o tânără doamnă.
She was sleeping on a golden bed.
Ea dormea pe un pat de aur.
The young lady was of exquisite beauty.
Tânăra domnișoară era de o frumusețe desăvârșită.
Her complexion was a mixture of red and white.

Tenul ei era un amestec de roșu și alb.
She seemed to be about sixteen years of age.
Părea să aibă în jur de șaisprezece ani.
The two friends gazed upon her.
Cei doi prieteni o priveau fix.
They were enchanted by her beauty.
Au fost fermecați de frumusețea ei.
But they could not admire her for long.
Dar nu au putut să o admire mult timp.
Because the young lady opened her eyes.
Pentru că tânăra domnișoară și-a deschis ochii.
Her eyes seemed like the eyes of a gazelle.
Ochii ei păreau ca ochii unei gazele.
On seeing the strangers she said;
Văzându-i pe străini, ea a spus:
"How have you come here, ye unfortunate men?"
„Cum ați ajuns aici, oameni nefericiți?"
"Be gone, be gone! I beg of you two"
„Plecați, plecați! Vă implor pe amândoi."
"This is the abode of a mighty serpent"
„Aceasta este locuința unui șarpe puternic "
"The serpent which has devoured my parents"
„Șarpele care mi-a devorat părinții"
"And my brothers, and all my relatives"
„Și frații mei și toate rudele mele"
"I am the only one that he has spared"
„Sunt singurul pe care l-a cruțat"
"Flee for your lives while you still can"
„Fugiți pentru viața voastră cât mai puteți"
"Or else the serpent will eat you both"
„Altfel șarpele vă va mânca pe amândoi"
The prince's friend told her what had happened.
Prietena prințului i-a povestit ce se întâmplase.
"The serpent has breathed his last breath"
„Șarpele și-a dat ultima suflare"
"The snake's body lies lifeless on the floor"
„Corpul șarpelui zace fără viață pe podea"

"We took the head-jewel of the serpent"
„Am luat bijuteria de pe capul şarpelui"
"The jewel's light showed us to the palace.
„Lumina bijuteriei ne-a arătat palatul."
She thanked the strangers for their bravery.
Ea le-a mulţumit străinilor pentru curajul lor.
"You have freed me from the infernal serpent"
„M-ai eliberat de şarpele infernal"
"Please live with me in my palace"
„Te rog să locuieşti cu mine în palatul meu"
"But please promise never to desert me"
„Dar te rog promite-mi că nu mă vei părăsi niciodată"
They gladly accepted the invitation.
Au acceptat invitaţia cu bucurie.
The king's son was smitten with the princess.
Fiul regelui era îndrăgostit de prinţesă.
He adored the charms of the peerless princess.
El adora farmecele prinţesei inegalabile.
And he married her after a short time.
Şi s-a căsătorit cu ea după scurt timp.
There was no priest at the palace.
Nu era niciun preot la palat.
So the hymeneal knot was tied by other means.
Aşadar, nodul himeneal a fost legat prin alte mijloace.
A simple exchange of garlands of flowers.
Un simplu schimb de ghirlande de flori.
The king's son became inexpressibly happy.
Fiul regelui a devenit nespus de fericit.
He delighted in the company of the princess.
El se bucura de compania prinţesei.
The prince's friend also had a wife.
Prietenul prinţului avea şi el o soţie.
Of course she was living in the upper world.
Desigur, ea trăia în lumea de sus.
But he participated in his friend's happiness.
Dar el a participat la fericirea prietenului său.
The time they spent together passed merrily.

Timpul petrecut împreună a trecut vesel.
But they could not live here forever.
Dar nu puteau trăi aici pentru totdeauna.
The prince had to return to his kingdom.
Prințul a trebuit să se întoarcă în regatul său.
But he knew the return would require some planning.
Dar știa că întoarcerea va necesita o oarecare planificare.
The occasion would come with a lot of pomp.
Ocazia avea să vină cu mult fast.
There were going to be many ceremonies.
Urmau să fie multe ceremonii.
Because there was a lot to be celebrated.
Pentru că erau multe de sărbătorit.
First the prince's friend was going to go.
Mai întâi urma să meargă prietenul prințului.
And then he was going to return with the attendants.
Și apoi urma să se întoarcă cu însoțitorii.
Horses, and elephants for the happy pair.
Cai și elefanți pentru fericita pereche.
The prince accompanied his friend.
Prințul și-a însoțit prietenul.
Together they went back to the surface.
Împreună s-au întors la suprafață.
And they saw the upper world again.
Și au văzut din nou lumea de sus.
The two friends bid each other adieu.
Cei doi prieteni își iau rămas bun.
The prince returned to his lovely wife.
Prințul s-a întors la frumoasa sa soție.
Before leaving everything had been organized.
Înainte de plecare, totul fusese aranjat.
The prince's friend arranged his return.
Prietenul prințului i-a aranjat întoarcerea.
He said when he was going to go to the embankment.
A spus când avea de gând să meargă la mal.
He was going to have the horses that they needed.
El urma să aibă caii de care aveau nevoie.

Elephants were going to be there too, and attendants.
Urmau să fie şi elefanţi acolo, precum şi însoţitori.
They were going to wait upon the prince and princess.
Urmau să-i întâmpine pe prinţ şi prinţesă.
The snake-jewel gave them the rights to this.
Bijuteria-şarpe le-a dat dreptul la asta.
The prince's friend went back to his country.
Prietenul prinţului s-a întors în ţara sa.
To prepare for the return of his friend.
Să se pregătească pentru întoarcerea prietenului său.

One day the prince was sleeping.
Într-o zi, prinţul dormea.
He had just had his midday meal.
Tocmai îşi luase masa de prânz.
The princess had never seen the upper regions.
Prinţesa nu văzuse niciodată regiunile superioare.
She felt the desire to see the upper world.
Ea simţea dorinţa de a vedea lumea de sus.
For this she needed the snake-jewel.
Pentru aceasta avea nevoie de bijuteria-şarpe.
Only this could help her through the water.
Numai asta ar fi putut să o ajute să treacă prin apă.
The jewel was shining its bright light in the room.
Bijuteria îşi răspândea lumina puternică în cameră.
She took the snake-jewel into her hand.
Ea a luat bijuteria-şarpe în mână.
And then she left the palace and the garden.
Şi apoi a părăsit palatul şi grădina.
She successfully swam to the upper world.
Ea a înotat cu succes spre lumea superioară.
No mortal had caught sight of her.
Niciun muritor nu o zărise.
At the edge of the water were some steps.
La marginea apei erau nişte trepte.
The steps were for the convenience of bathers.
Treptele erau pentru confortul celor care se îmbăiau.

And this is also where she sat.
Și tot aici stătea ea.
She scrubbed her body with the sand.
Și-a frecat corpul cu nisip.
She washed her hair with the fresh water.
Și-a spălat părul cu apă proaspătă.
And she played with the water for fun.
Și s-a jucat cu apa de distracție.
She walked about on the water's edge.
Ea se plimba pe malul apei.
And she admired all the scenery around.
Și a admirat toate peisajele din jur.
But finally she returned back to her palace.
Dar în cele din urmă s-a întors la palatul ei.
Her husband was still deep in sleep.
Soțul ei era încă cufundat în somn.
But eventually he had slept enough.
Dar, în cele din urmă, dormise suficient.
She did not tell him about her adventures.
Ea nu i-a povestit despre aventurile ei.
The next day her husband fell asleep again.
A doua zi, soțul ei a adormit din nou.
And again she paid a visit to the upper world.
Și din nou a vizitat lumea de sus.
And she remained unnoticed by mortal man.
Și ea a rămas neobservată de muritorul.
Her success was starting to give her courage.
Succesul ei începea să-i dea curaj.
So she repeated her adventure a third time.
Așa că și-a repetat aventura a treia oară.
The rajah's son was out hunting that day.
Fiul rajahului era la vânătoare în ziua aceea.
He had his tent not far from the water.
Își avea cortul nu departe de apă.
His attendants were cooking his meal.
Însoțitorii lui îi găteau masa.
So, he wandered about along the water.

Așa că a rătăcit de-a lungul apei.
Nearby an old woman was gathering sticks.
În apropiere, o bătrână aduna bețe.
She was collecting dried branches of trees.
Ea aduna crengi uscate de copaci.
She needed the sticks for kindling wood.
Avea nevoie de bețe pentru aprinderea lemnelor.
This was when the princess came out the water.
Acesta a fost momentul în care prințesa a ieșit din apă.
She gazed around and she saw a man.
S-a uitat în jur și a văzut un bărbat.
And then she saw there was also a woman.
Și apoi a văzut că era și o femeie.
The princess knew she didn't want to be seen.
Prințesa știa că nu voia să fie văzută.
So she went back down to her palace.
Așa că s-a întors la palatul ei.
But the rajah's son had caught a glimpse of her.
Dar fiul rajahului o zărise.
And the old woman gathering sticks saw her too.
Și bătrâna care aduna bețe a văzut-o și ea.
The rajah's son stood gazing on the waters.
Fiul rajahului stătea în picioare și privea apele.
He had never seen such a beautiful woman.
Nu mai văzuse niciodată o femeie atât de frumoasă.
She seemed to him to be a deva-kanyas Goddess.
Ea i se părea a fi o Zeiță deva-kanyas.
Heavenly goddesses he had read of in old books.
Zeițe cerești despre care citise în cărți vechi.
They are said to visit the upper world.
Se spune că vizitează lumea de sus.
And the upper world is honored to have them.
Și lumea de sus este onorată să-i aibă.
But it is said to happen only rarely.
Dar se spune că se întâmplă doar rar.
The way that angels only visit rarely.
Felul în care îngerii vizitează doar rar.

He had seen the princess' unearthly beauty.

El văzuse frumusețea nepământeană a prințesei.

She had made a deep impression on his heart.

Ea făcuse o impresie profundă asupra inimii lui.

Although he had seen her only for a moment.

Deși o văzuse doar pentru o clipă.

But her beauty distracted his mind.

Dar frumusețea ei i-a distras atenția.

He stood there like a statue, for hours.

A stat acolo ca o statuie, ore în șir.

All he could do was gaze into the waters.

Tot ce putea face era să privească în ape.

In the hope of seeing the lovely figure again.

În speranța de a revedea frumoasa siluetă.

But all his time was spent in vain.

Dar tot timpul său a fost petrecut în zadar.

The princess did not appear again.

Prințesa nu a mai apărut.

The rajah's son became mad with love.

Fiul rajahului a înnebunit de dragoste.

He kept muttering, "now here, now gone!"

El tot mormăia: „acum aici, acum dispărut!"

He refused to leave the water's edge.

A refuzat să părăsească malul apei.

His attendants had to forcibly remove him.

Însoțitorii săi au fost nevoiți să-l îndepărteze cu forța.

They took him to his father's palace.

L-au dus la palatul tatălui său.

But he was in a state of hopeless insanity.

Dar era într-o stare de nebunie fără speranță.

He couldn't be made to speak to anyone.

Nu putea fi obligat să vorbească cu nimeni.

And he spent his days sobbing heavily.

Și își petrecea zilele plângând adânc.

No others words came out of his mouth.

Nici alte cuvinte nu i-au ieșit din gura.

"Now here, now gone!"

„Acum aici, acum dispărut!"
"Now here, now gone!"
„Acum aici, acum dispărut!"
You can imagine the rajah's grief.
Vă puteți imagina durerea rajahului.
"What could have deranged my son's mind?"
„Ce i-ar fi putut tulbura mintea fiului meu?"
"'Now here, now gone,' what does it mean?"
„«Acum aici, acum dispărut», ce înseamnă?"
He could not unravel the words' meaning.
Nu putea descifra sensul cuvintelor.
His attendants couldn't decipher the words either.
Nici însoțitorii lui nu au putut descifra cuvintele.
The land's best physicians were consulted.
Au fost consultați cei mai buni medici din țară.
But their consultation had no effect.
Dar consultarea lor nu a avut niciun efect.
The sons of æsculapius were not able to help.
Fiii lui Esculap nu au putut să ajute.
No one could ascertain the cause of the madness.
Nimeni nu a putut stabili cauza nebuniei.
Without knowing the cause there was no cure.
Fără a cunoaște cauza, nu exista leac.
The physicians tried to ask the prince.
Doctorii au încercat să-l întrebe pe prinț.
But all he said was, "now here, now gone!"
Dar tot ce a spus a fost: „acum aici, acum dispărut!"
The rajah was distracted with grief.
Rajahul era copleșit de durere.
Day and night he worried for his son.
Zi și noapte își făcea griji pentru fiul său.
He wished for his son's intellects to return.
El și-a dorit ca intelectul fiului său să se întoarcă.
A proclamation was made in the capital.
O proclamație a fost făcută în capitală.
Town criers were sent into the city.
Critici orășenești au fost trimiși în oraș.

And they beat their drums for attention.
Și băteau din tobe pentru a atrage atenția.
"The rajah's son has lost his mental faculties"
„Fiul rajahului și-a pierdut facultățile mintale"
"The rajah seeks a cure for his son"
„Rajahul caută un leac pentru fiul său"
"A reward is offered for the cure"
„Se oferă o recompensă pentru vindecare"
"The hand of the rajah's daughter"
„Mâna fiicei rajahului"
"Her hand comes with half his kingdom"
„Mâna ei vine cu jumătate din regatul lui"
The drum was beaten around the city.
Toba a fost bătută prin oraș.
But no one felt they could touch the drum.
Dar nimeni nu simțea că poate atinge toba.
No one knew the cause of his madness.
Nimeni nu știa cauza nebuniei lui.
At last an old woman came forward.
În cele din urmă, o bătrână a ieșit în față.
And she stepped up to touch the drum.
Și ea s-a apropiat să atingă toba.
"I will discover the cause of his madness"
„Voi descoperi cauza nebuniei lui"
"And I will cure him from his disease"
„Și îl voi vindeca de boala lui"
She had seen what happened to the boy.
Ea văzuse ce se întâmplase cu băiatul.
She was at the water's edge that day.
Ea era la malul apei în ziua aceea.
It was her who was gathering up sticks.
Ea era cea care aduna bețe.
This woman had a crack-brained son.
Această femeie avea un fiu cu creierul rupt.
Her son was named of Phakir-Chand.
Fiul ei se numea Phakir-Chand.
So she was called Phakir's mother.

Așa că a fost numită mama lui Phakir.

The woman was brought before the rajah.

Femeia a fost adusă în fața rajahului.

And the following conversation took place.

Și a avut loc următoarea conversație.

"You are the woman that touched the drum"

„Tu ești femeia care a atins toba"

"You know the cause of my son's madness?"

„Știi cauza nebuniei fiului meu?"

"Yes, oh incarnation of justice!"

„Da, o, întruchipare a dreptății!"

"I know the cause of your son's madness"

„Știu cauza nebuniei fiului tău"

"But I will not say the cause of his madness"

„Dar nu voi spune cauza nebuniei lui"

"First I will cure your son of his madness"

„Mai întâi îl voi vindeca pe fiul tău de nebunia lui"

"How can I believe you are able to?"

„Cum pot să cred că ești în stare?"

"The best physicians of the land have failed"

„Cei mai buni medici din țară au eșuat"

"You need not now believe, my king"

„Nu mai trebuie să crezi acum, regele meu"

"Wait till I have performed the cure"

„Așteaptă până voi termina vindecarea"

"Many an old woman knows many secrets"

„Multe femei în vârstă știu multe secrete"

"Secrets wise men are unacquainted with"

„Secrete pe care înțelepții nu le cunosc"

"Very well, let me see what you can do"

„Foarte bine, lasă-mă să văd ce poți face"

"In what time will you perform the cure?"

„În cât timp veți efectua vindecarea?"

"It is impossible to fix the time"

„Este imposibil să stabilești timpul"

"Ff course I will begin work immediately"

„Bineînțeles că voi începe lucrul imediat"

"But I need your lordship's assistance"
„Dar am nevoie de ajutorul domniei voastre"
"What help do you require from me?"
„De ce ajutor ai nevoie de la mine?"
"Your lordship will please order a hut"
„Domnia Voastră va rog să comande o colibă."
"Have the hut raised on the embankment of the water"
„Ridicați coliba pe malul apei"
"Where your son first caught the disease"
„Unde fiul dumneavoastră a contractat prima dată boala"
"I mean to live in that hut for a few days"
„Am de gând să locuiesc în coliba aceea câteva zile"
"And please order some of your servants"
„Și te rog să poruncești unora dintre servitorii tăi"
"They have to be in attendance at a distance"
„Trebuie să fie prezenți la distanță"
"Tell them to be about a hundred yards away"
„Spune-le să fie la vreo sută de metri distanță"
"That way I can call them over when we need them"
„Așa îi pot chema când avem nevoie de ei"
The king had listened attentively.
Regele ascultase cu atenție.
"I will order that to be immediately done"
„Voi ordona ca acest lucru să fie făcut imediat"
"Do you want anything else?"
„Mai vrei ceva?"
"Those are all the preparations I need"
„Acestea sunt toate pregătirile de care am nevoie"
"But let me remind you of the agreement"
„Dar permite-mi să-ți reamintesc de acord"
"You promised the hand of your daughter"
„Ai promis mâna fiicei tale"
"And you promised half your kingdom"
„Și ai promis jumătate din regatul tău"
"But I can't marry your daughter"
„Dar nu mă pot căsători cu fiica ta"
"Because your daughter has to marry a man"

„Pentru că fiica ta trebuie să se căsătorească cu un bărbat"
"But I also have a son of marriageable age"
„Dar am și un fiu de vârstă măritabilă"
"Allow my son to marry your daughter"
„Permite-i fiului meu să se căsătorească cu fiica ta"
"Allow him to have half of your kingdom"
„Dă-i jumătate din împărăția ta"
The king was agreed with the terms.
Regele a fost de acord cu termenii.
"If you find a cure, he marries my daughter"
„Dacă găsești un leac, o va căsători pe fiica mea"
"And half of my kingdom shall be his"
„Și jumătate din împărăția mea va fi a lui"
A temporary hut was quickly erected.
O colibă temporară a fost ridicată rapid.
The hut was built on the embankment of the water.
Coliba a fost construită pe malul apei.
And Phakir's mother took up her abode.
Și mama lui Phakir și-a stabilit locuința.
An outpost was also erected at some distance.
De asemenea, la o oarecare distanță a fost ridicat un avanpost.
Because the woman might require some attendance.
Pentru că femeia ar putea avea nevoie de o anumită prezență.
Strict orders were given by Phakir's mother.
Mama lui Phakir a dat ordine stricte.
No one was allowed to go near the water.
Nimeni nu avea voie să se apropie de apă.
Only she was allowed to stay by the water.
Doar ei i s-a permis să stea lângă apă.

But let us leave Phakir's mother at the water.
Dar să o lăsăm pe mama lui Phakir la apă.
Let us hasten down the subterranean palace.
Să ne grăbim să coborâm în palatul subteran.
To see what the prince and the princess are doing.
Să vadă ce fac prințul și prințesa.
The princess did want to go up again.

Prințesa a vrut să urce din nou.
But she now knew that it would be dangerous.
Dar acum știa că ar fi periculos.
And she had given up the idea of a fourth visit.
Și renunțase la ideea unei a patra vizite.
But women generally have greater curiosity.
Dar femeile au, în general, o curiozitate mai mare.
And the princess was no exception to the rule.
Și prințesa nu a făcut excepție de la regulă.
One day her husband was asleep.
Într-o zi, soțul ei dormea.
He always slept after his noonday meal.
El dormea întotdeauna după masa de prânz.
She took the snake-jewel in her hand.
Ea a luat în mână bijuteria-șarpe.
And she rushed out of the palace.
Și ea a ieșit în grabă din palat.
And she came up to the upper world.
Și ea a venit în lumea de sus.
There was an upheaval in the waters.
A existat o tulburare a apelor.
And Phakir's mother was on high alert.
Și mama lui Phakir era în alertă maximă.
She was hiding in the hut.
Ea se ascundea în colibă.
And she was looking through the chinks.
Și ea se uita prin crăpături.
The princess saw no human being nearby.
Prințesa nu a văzut nicio ființă umană prin apropiere.
So she came to the bank of the water.
Așa că a ajuns la malul apei.
Phakir's mother showed herself outside the hut.
Mama lui Phakir s-a arătat în afara colibei.
And she addressed the princess politely.
Și s-a adresat politicos prințesei.
"Come, my child, thou queen of beauty"
„Vino, copilul meu, regina frumuseții"

"Come to me, and I will help you to bathe"
„Vino la mine și te voi ajuta să te speli"
So saying, she approached the princess.
Acestea zicând, s-a apropiat de prințesă.
The princess saw she was just an old woman.
Prințesa și-a dat seama că era doar o bătrână.
So she made no resistance to her offer.
Așa că ea nu a opus nicio rezistență ofertei ei.
The old woman was washing the princess' hair.
Bătrâna îi spăla părul prințesei.
And she noticed the bright jewel in her hand.
Și ea a observat bijuteria strălucitoare din mâna ei.
"Out the jewel here till you are bathed"
„Scoate bijuteria aici până te îmbăiezi"
Now the jewel was in the hands of Phakir's mother.
Acum, bijuteria era în mâinile mamei lui Phakir.
She wrapped the jewel up in a cloth.
Ea a înfășurat bijuteria într-o pânză.
And she wrapped the cloth around her waist.
Și și-a înfășurat pânza în jurul taliei.
Now the princess was unable to escape.
Acum prințesa nu mai putea scăpa.
And Phakir's mother gave the signal.
Și mama lui Phakir a dat semnalul.
The attendants rushed to the water.
Însoțitorii s-au repezit la apă.
And they took the princess captive.
Și au luat-o pe prințesă captivă.
The news soon reached the city.
Vestea a ajuns curând în oraș.
"Phakir's mother had captured a water-nymph"
„Mama lui Phakir capturase o nimfă de apă"
And the people rejoiced at the news.
Și oamenii s-au bucurat la auzul acestei vești.
All came to see the "daughter of the immortals"
Toți au venit să o vadă pe „fiica nemuritorilor"
She was brought to the palace.

Ea a fost adusă la palat.
And she was brought to the rajah's son.
Și ea a fost adusă la fiul rajahului.
The rajah's son was still of impaired intellect.
Fiul rajahului era încă cu o minte slabă.
But that cloud on his brain soon dissipated.
Dar acel nor din mintea lui s-a risipit curând.
"I have found you! I have found you!"
„Te-am găsit! Te-am găsit!"
His eyes had been vacant and lusterless.
Ochii lui fuseseră goi și lipsiți de strălucire.
But now his eyes had the fire of intelligence.
Dar acum ochii lui aveau focul inteligenței.
He had almost lost the use of his tongue.
Aproape că își pierduse uzul limbii.
"Now here, now gone!" was all he had been able to say.
„Acum aici, acum dispărut!" a fost tot ce a putut spune.
But this sense too was restored.
Dar și acest simț a fost restaurat.
The joy of the rajah knew no bounds.
Bucuria rajahului nu cunoștea limite.
There was great festivity in the city.
A fost o mare sărbătoare în oraș.
The people praised Phakir-Chand's mother.
Oamenii au lăudat-o pe mama lui Phakir-Chand.
And everyone soon expected the marriage.
Și toată lumea aștepta curând căsătoria.
The rajah's son was to wed the water-nymph.
Fiul rajahului urma să se căsătorească cu nimfa de apă.
The princess, however, had made a promise.
Prințesa, însă, făcuse o promisiune.
She told Phakir's mother of her promise.
Ea i-a spus mamei lui Phakir despre promisiunea ei.
"I won't as much as look at another man"
„Nici măcar nu mă voi uita la un alt bărbat"
"For one year my vows shall last"
„Juramintele mele vor dăinui un an"

"The marriage cannot happen in that time"
„Căsătoria nu poate avea loc în acel timp"
The rajah's son was somewhat disappointed.
Fiul rajahului a fost oarecum dezamăgit.
But he readily agreed to the delay.
Dar a fost de acord cu întârzierea.
"Delay enhances the sweetness of the pleasure"
„Amânarea sporește dulceața plăcerii"
Of course the princess spent her time in sorrow.
Desigur, prințesa și-a petrecut timpul în tristețe.
She spent her days and nights sighing.
Își petrecea zilele și nopțile oftând.
And she lamented her idle curiosity.
Și ea și-a plâns curiozitatea zadarnică.
The curiosity that led her to the upper world.
Curiozitatea care a condus-o spre lumea de sus.
The curiosity that separated her from her husband.
Curiozitatea care a separat-o de soțul ei.
She thought of her unfortunate husband.
S-a gândit la nefericitul ei soț.
She had left him all alone below the waters.
Îl lăsase complet singur sub ape.
And she wept bitter tears each day.
Și ea plângea cu lacrimi amare în fiecare zi.
She wished that she could run away.
Și-a dorit să poată fugi.
But that would have been impossible.
Dar asta ar fi fost imposibil.
Because she was immured within walls.
Pentru că era închisă între ziduri.
And there were walls within the walls.
Și erau ziduri înăuntru, în ziduri.
And what use was getting out the palace?
Și la ce bun să ieșim din palat?
She couldn't get to her husband anyway.
Oricum nu putea ajunge la soțul ei.
She didn't have the serpent jewel.

Ea nu avea bijuteria în formă de şarpe.
The ladies of the palace tried to comfort her.
Doamnele de la palat au încercat să o consoleze.
And Phakir's mother tried to divert her mind.
Şi mama lui Phakir a încercat să-l distragă atenţia.
But their efforts were in vain.
Dar eforturile lor au fost zadarnice.
She took pleasure in nothing.
Nu-şi găsea plăcerea în nimic.
She hardly spoke to anyone.
Abia dacă vorbea cu nimeni.
She wept throughout the day.
Ea a plâns toată ziua.
And she wept through the night.
Şi ea a plâns toată noaptea.

The year of her vow was drawing to a close.
Anul jurământului ei se apropia de sfârşit.
But she was still disconsolate.
Dar ea era încă neconsolată.
The marriage, however, had to be celebrated.
Căsătoria, însă, trebuia sărbătorită.
The rajah consulted the astrologers.
Rajahul i-a consultat pe astrologi.
The day and the hour had been decided.
Ziua şi ora fuseseră hotărâte.
The nuptial knot was to be tied.
Nodul nupţial urma să fie legat.
Great preparations were made.
S-au făcut pregătiri măreţe.
The confectioners were busy day and night.
Cofetarii erau ocupaţi zi şi noapte.
They prepared all sorts of sweetmeats.
Au pregătit tot felul de dulciuri.
Milkmen supplied the palace with tanks of curds.
Lăptarii aprovizionau palatul cu rezervoare de iaurt.
Great quantities of gunpowder were manufactured.

S-au fabricat cantități mari de praf de pușcă.
There were going to be grand fireworks.
Urmau să fie un foc de artificii grandios.
Stages were erected everywhere.
Scene au fost ridicate peste tot.
And musicians were selected to play music.
Și au fost selectați muzicieni să cânte.
All the city assumed an air of mirth.
Tot orașul a căpătat o atmosferă de veselie.
All looked forward to the festivities.
Toți așteptau cu nerăbdare festivitățile.

We must return our attention to the minister's son.
Trebuie să ne îndreptăm din nou atenția către fiul ministrului.
He had left his friend in the subterranean palace.
Își lăsase prietenul în palatul subteran.
And he had gone to his country.
Și plecase în țara lui.
He was bringing horses and elephants.
El aducea cai și elefanți.
And he had with him many attendants.
Și avea cu el mulți slujitori.
For the return of the king's son.
Pentru întoarcerea fiului regelui.
And for the return of his lovely princess.
Și pentru întoarcerea încântătoarei sale prințese.
So that the ceremony had due pomp.
Așa că ceremonia a avut fastul cuvenit.
The preparations took him many months.
Pregătirile i-au luat multe luni.
But eventually all was prepared.
Dar, în cele din urmă, totul a fost pregătit.
And the minister's son started on his journey.
Și fiul ministrului și-a pornit în călătoria sa.
He was accompanied by a long train of elephants.
El era însoțit de un lung șir de elefanți.
And behind the elephants were horses.

Și în spatele elefanților erau cai.
And all the horses had their own attendants.
Și toți caii aveau propriii lor însoțitori.
He reached the water ahead of schedule.
A ajuns la apă mai devreme decât era prevăzut.
So he had two or three days to spare.
Așa că avea două sau trei zile la dispoziție.
Tents were pitched in the mango slopes.
Corturile erau instalate pe pantele de mango.
So the men and cattle had accommodation.
Așadar, bărbații și vitele aveau loc de cazare.
The minister's son kept his eyes on the water.
Fiul ministrului își ținea ochii ațintiți asupra apei.
The sun of the appointed day sank below the horizon.
Soarele zilei hotărâte a apus sub orizont.
But there was no sign of the prince.
Dar nu era nicio urmă de prinț.
Nor did the princess come to the surface.
Nici prințesa nu a ieșit la suprafață.
He waited two or three days longer.
A mai așteptat două sau trei zile.
Still the prince did not make his appearance.
Prințul tot nu și-a făcut apariția.
What could have happened to his friend?
Ce i s-ar fi putut întâmpla prietenului său?
And where was his beautiful wife?
Și unde era frumoasa lui soție?
Had another serpent beaten them to death?
I-a bătut oare un alt șarpe până la moarte?
Possibly the mate of the one that had died.
Posibil partenerul celui care murise.
Had they somehow lost the serpent-jewel?
Pierdusera cumva bijuteria-șarpe?
Or had they perhaps visited the upper world?
Sau poate vizitaseră lumea de sus?
And had they been captured in the upper world?
Și fuseseră capturați în lumea de sus?

Such were the reflections of the prince's friend.
Acestea erau reflecțiile prietenului prințului.
The prince's friend was overwhelmed with grief.
Prietenul prințului era copleșit de durere.
The waters were quite close to the city.
Apele erau destul de aproape de oraș.
And often the sound of music could be heard.
Și adesea se auzea sunetul muzicii.
He asked passers-by what that music meant.
El i-a întrebat pe trecători ce înseamnă muzica aceea.
He was told about the rajah's son.
I s-a spus despre fiul rajahului.
And he was told of a wonderful young lady.
Și i s-a povestit despre o tânără domnișoară minunată.
And he was told they were going to marry.
Și i s-a spus că vor să se căsătorească.
And he was told more about the wonderful lady.
Și i s-au povestit mai multe despre minunata doamnă.
She had come out of the waters he was waiting by.
Ea ieșise din apele lângă care el o aștepta.
The marriage ceremony was in two days.
Ceremonia de căsătorie era peste două zile.
The minister's son made the connection.
Fiul ministrului a făcut legătura.
The wonderful young lady was the wife of his friend.
Minunata tânără domnișoară era soția prietenului său.
He resolved, therefore, to go into the city.
A hotărât, așadar, să intre în oraș.
And he was going to find out all he could.
Și avea de gând să afle tot ce putea.
If he could, he would rescue the princess.
Dacă ar putea, ar salva-o pe prințesă.
He told the attendants to go home.
Le-a spus însoțitorilor să meargă acasă.
And he told them to take the elephants.
Și le-a spus să ia elefanții.
And he told them to take the horses.

Și le-a spus să ia caii.

And he himself went to the city.

Și el însuși s-a dus în oraș.

And he took up his abode in the house of a Brahman.

Și și-a stabilit locuința în casa unui brahman.

First, he rested from his journey.

Mai întâi, s-a odihnit de călătorie.

Then the prince's friend had his dinner.

Apoi, prietenul prințului și-a luat cina.

And then he spoke to the Brahman.

Și apoi i-a vorbit brahmanului.

"Throughout the city there are musicians and bands"

„Prin tot orașul sunt muzicieni și formații"

"What is the cause of all the celebrations?

„Care este motivul tuturor sărbătorilor?"

The Brahman was rather surprised.

Brahmanul a fost destul de surprins.

"From what part of the world have you come?"

„Din ce parte a lumii ai venit?"

"What rock have you been living under?"

„Sub ce piatră ai trăit?"

"Have you not heard the wonderful news?"

„N-ai auzit vestea minunată?"

"A young lady of heavenly beauty"

„O tânără domnișoară de o frumusețe cerească"

"She rose out of the waters"

„Ea s-a ridicat din ape"

"And she is going to the son of our rajah"

„Și ea se duce la fiul rajahului nostru"

The prince's friend wanted to know more.

Prietenul prințului voia să afle mai multe.

The information could be useful.

Informațiile ar putea fi utile.

"I have not heard of this news"

„Nu am auzit de această veste"

"I have come from a distant country"

„Am venit dintr-o țară îndepărtată"

"The story has not reached us yet"
„Povestea nu a ajuns încă la noi"
"Will you kindly tell me the particulars?"
„Ați putea să-mi spuneți amabil detaliile?"
The Brahman was happy to relay the story.
Brahmanul a fost bucuros să relateze povestea.
"The rajah's son went out hunting"
„Fiul rajahului a ieșit la vânătoare"
"It must have been about this time last year"
„Trebuie să fi fost cam pe vremea asta anul trecut"
"They pitched their tents by the waters in the suburbs"
„Și-au întins corturile lângă ape, în periferie"
"One day, the rajah's son was walking near the water"
„Într-o zi, fiul rajahului se plimba lângă apă"
"On this day, he saw a young woman"
„În ziua aceasta, a văzut o tânără femeie"
"I have to mention she was of uncommon beauty"
„Trebuie să menționez că era de o frumusețe neobișnuită"
"She had risen from the depth of the waters"
„Ea se ridicase din adâncul apelor"
"She gazed about for a minute or two"
„Ea s-a uitat în jur timp de un minut sau două"
"And then the beautiful lady disappeared"
„Și apoi frumoasa doamnă a dispărut"
"The rajah's son, however, had seen her"
„Fiul rajahului, însă, o văzuse."
"He had been struck by her heavenly beauty"
„Fusese impresionat de frumusețea ei cerească"
"And so he became desperately enamored by her"
„Și astfel s-a îndrăgostit disperat de ea"
"Indeed, she had affected him greatly"
„Într-adevăr, ea îl afectase foarte mult"
"And his mental faculties gave way to passion"
„Și facultățile sale mentale au cedat loc pasiunii"
"He was carried home as a mad man"
„A fost dus acasă ca un nebun"
"He spoke no words except a few"

„Nu a rostit niciun cuvânt, cu excepţia câtorva"
"'now here, now gone!' was all he said"
„«Acum aici, acum plecat!» a fost tot ce a spus"
"The rajah sent for all the best physicians"
„Rajahul a trimis după toţi cei mai buni medici"
"They tried to restore his son to reason"
„Au încercat să-i aducă fiului său raţiunea"
"But the physicians were powerless"
„Dar medicii erau neputincioşi"
"At last the rajah made a proclamation"
„În cele din urmă, rajahul a făcut o proclamaţie"
"And he had the drum beat around the kingdom"
„Şi a făcut ca tobele să bată prin tot regatul"
"There was a reward for anyone who cured his son"
„Exista o recompensă pentru oricine îşi vindeca fiul"
"They would become the rajah's son-in-law"
„Ar deveni ginerele rajahului"
"And they would get half the kingdom"
„ Şi ar primi jumătate din regat"
"An old woman answered the call of the drum"
„O bătrână a răspuns chemării tobei"
"All knew her as Phakir's mother"
„Toţi o cunoşteau ca fiind mama lui Phakir"
"She said she could cure the rajah's son"
„Ea a spus că îl poate vindeca pe fiul rajahului."
"She had a hut built outside the town"
„Ea a construit o colibă în afara oraşului"
"In the suburbs, next to the waters"
„La periferie, lângă ape"
"An in the hut she took her abode"
„Şi în colibă şi-a luat locuinţa"
"She also had some huts erected close by"
„Ea a ridicat şi nişte colibe în apropiere"
"And in those huts attendants waited"
„Şi în acele colibe aşteptau însoţitorii"
"In case she might need their help"
„În caz că ar avea nevoie de ajutorul lor"

"It seems the goddess rose from the waters"
„Se pare că zeița a ieșit din ape"
"Phakir's mother and the attendants seized her"
„Mama lui Phakir și însoțitorii au prins-o"
"And they carried her in a palki to the palace"
„Și au dus-o într-o palki la palat"
"The rajah's son saw the water-nymph"
„Fiul rajahului a văzut nimfa de apă"
"And he was soon restored to his senses"
„Și curând și-a revenit"
"They would have married there and then"
„S-ar fi căsătorit atunci și acolo"
"But the water goddess had made a vow"
„Dar zeița apei făcuse un jurământ"
"She wouldn't look at a man for one year"
„Nu s-a uitat la un bărbat timp de un an"
"The year of the vow is now over"
„Anul jurământului s-a încheiat"
"The music is from the rajah's palace"
„Muzica este din palatul rajahului"
"This, in brief, is the story"
„Pe scurt, aceasta este povestea"
The prince's friend could put the story together.
Prietenul prințului putea pune cap la cap povestea.
"a truly wonderful story!"
„O poveste cu adevărat minunată!"
"So where is Phakir's mother?"
„Deci, unde este mama lui Phakir?"
"And where is Phakir-Chand himself?"
„Și unde este Phakir-Chand însuși?"
"Has he received the hand of the rajah's daughter?"
„A primit mâna fiicei rajahului?"
"And has he received half the kingdom?"
„Și a primit jumătate din regat?"
The Brahman could also answer these questions.
Brahmanul putea răspunde și el la aceste întrebări.
"No, they have not married yet"

„Nu, încă nu s-au căsătorit"

"And he doesn't yet have half the kingdom"

„Și încă nu are jumătate din regat"

"And, I should say, he is a dimwitted lad"

„Și, ar trebui să spun, e un băiat prostuț."

"In fact, no one knows where the lad is"

„De fapt, nimeni nu știe unde este băiatul"

"He has been away from home for more than a year"

„A lipsit de acasă mai bine de un an"

"That is his manner," he explained.

„Așa face el", a explicat el.

"He stays away for a long time"

„Stă departe mult timp"

"And then suddenly he comes home"

„Și apoi, dintr-o dată, vine acasă"

"And then suddenly he leaves again"

„Și apoi, dintr-o dată, pleacă din nou"

"I believe his mother expects him to come soon"

„Cred că mama lui se așteaptă să vină curând"

This was very useful information.

Acestea au fost informații foarte utile.

"What is he like?" he asked.

„Cum este el?", a întrebat el.

"And what does he do when he returns home?"

„Și ce face când se întoarce acasă?"

These questions the Brahman could also answer.

La aceste întrebări putea răspunde și brahmanul.

"Well, he is about your height"

„Ei bine, are cam înălțimea ta."

"Though he is somewhat younger than you"

„Deși este ceva mai tânăr decât tine"

"He wears a small piece of cloth round his waist"

„Poartă o mică bucată de pânză în jurul taliei"

"And he rubs his body with ashes"

„Și își freacă trupul cu cenușă"

"He carries the branch of a tree in his hand"

„El poartă în mână o creangă de copac"

"And there is a tune to which he dances"
„Și există o melodie pe care dansează"
"He comes to the door of the hut of his mother"
„El vine la ușa colibei mamei sale"
"And he sings 'dhoop! dhoop! dhoop!'"
„Și el cântă „dhoop! dhoop! dhoop!'"
"His articulation is very indistinct"
„Articulația lui este foarte neclară"
"'Come, stay with your mother,' she says"
„ Vino, stai cu mama ta", spune ea."
"And he always gives the same answer"
„Și dă mereu același răspuns"
"'No, I won't remain,' he says unintelligibly"
„«Nu, nu voi rămâne», spune el pe un ton neinteligibil."
"You should hear him when he wants to say yes"
„Ar trebui să-l auzi când vrea să spună da"
"To answer in the affirmative he says 'hoom'"
„Pentru a răspunde afirmativ, el spune «hum»"
A flood of light entered the prince's friend.
Un potop de lumină l-a străbătut pe prietenul prințului.
He now saw very well how matters stood.
Acum vedea foarte bine cum stăteau lucrurile.
The princess must have taken the snake-jewel.
Prințesa trebuie să fi luat bijuteria-șarpe.
And she must have left the palace alone.
Și trebuie să fi plecat singură din palat.
And she was captured without the king's son.
Și a fost capturată fără fiul regelui.
Phakir's mother must have the snake-jewel.
Mama lui Phakir trebuie să aibă bijuteria-șarpe.
His friend was still below the water.
Prietenul lui era încă sub apă.
The prince had no means of escape.
Prințul nu avea nicio modalitate de scăpare.
He could imagine his friends desolate state.
Își putea imagina starea de dezolare a prietenilor săi.
And he could imagine how hopeless he must be.

Și își putea imagina cât de fără speranță trebuie să fie.

The prince's friend was filled with grief.

Prietenul prințului era cuprins de durere.

But that was not cause to give up hope.

Dar acesta nu era un motiv pentru a pierde speranța.

Perhaps he could rescue his friend.

Poate că și-ar putea salva prietenul.

"I must get the jewel from the old woman"

„Trebuie să iau bijuteria de la bătrână"

"Can I not do it by personating Phakir-Chand?"

„Nu pot să o fac personificându-l pe Phakir-Chand?"

"His mother is expecting him soon"

„Mama lui îl așteaptă în curând"

"Maybe I can rescue the princess the same way"

„Poate că pot salva prințesa în același fel"

He resolved to act the role of Phakir-Chand.

El a hotărât să joace rolul lui Phakir-Chand.

In the morning he left the Brahman's house.

Dimineața a plecat din casa brahmanului.

And he went to the outskirts of the city.

Și s-a dus la periferia orașului.

He divested himself of his usual clothing.

S-a dezbrăcat de hainele sale obișnuite.

Around his waist he put a narrow piece of cloth.

Și-a pus o bucată îngustă de pânză în jurul taliei.

The cloth scarcely reached his knees.

Pânza abia îi ajungea până la genunchi.

And he rubbed his body well with ashes.

Și și-a frecat bine trupul cu cenușă.

And finally he broke some twigs off a tree.

Și în cele din urmă a rupt niște crenguțe dintr-un copac.

And thus he was ready to play his role.

Și astfel era pregătit să-și joace rolul.

He went to the door of the hut of Phakir's mother.

S-a dus la ușa colibei mamei lui Phakir.

And he commenced the operation by dancing.

Şi a început operaţiunea dansând.
He danced in a most violent manner.
A dansat într-un mod extrem de violent.
And he sung to the tune of "dhoop! dhoop! dhoop!"
Şi a cântat pe melodia „dhoop! dhoop! dhoop!"
The dancing attracted the notice of the old woman.
Dansul i-a atras atenţia bătrânei.
The critical moment had come.
Sosise momentul critic.
The old woman looked to her door.
Bătrâna s-a uitat spre uşa ei.
"Phakir-Chand, my son, have you come?"
„Phakir-Chand, fiul meu, ai venit?"
"My darling; the gods have become propitious to us"
„Dragul meu, zeii ne-au fost milostivi."
Her supposed son uttered the monosyllable, "hoom"
Presupusul ei fiu a rostit monosilabul „hum"
And he danced more violently than before.
Şi a dansat mai violent decât înainte.
And he waved the twig in his hand.
Şi a fluturat crenguţa din mână.
"This time you must not go away"
„De data asta nu trebuie să pleci"
"You must remain with me"
„Trebuie să rămâi cu mine"
"No, I won't remain," said the prince's friend.
„Nu, nu voi rămâne", a spus prietenul prinţului.
"Remain with me," the mother tried again.
„Rămâne cu mine", a încercat mama din nou.
"I'll get you married to the rajah's daughter"
„Te voi căsători cu fiica rajahului"
"Will you marry, Phakir-Chand?"
„Te vrei să te căsătoreşti, Phakir-Chand?"
The minister's son replied—"hoom, hoom"
Fiul ministrului a răspuns: „Hum, hum"
And he danced even more like a madman.
Şi a dansat şi mai mult ca un nebun.

"Will you come with me to the rajah's house?"
„Vii cu mine la casa rajahului?"
"I'll show you a princess of uncommon beauty"
„Îți voi arăta o prințesă de o frumusețe neobișnuită"
"She rose from the waters"
„Ea s-a ridicat din ape"
"Hoom, hoom," was the answer from his lips.
„Hum, hum", a fost răspunsul de pe buzele lui.
And his feet stomped violently to "dhoop! dhoop!"
Și picioarele lui tropăiau violent, spunând „hoop! hoop!"
"Do you wish to see a jewel, Phakir?"
„Vrei să vezi o bijuterie, Phakir?"
"The crest jewel of the serpent"
„Bijuteria creastei șarpelui"
"The treasure of seven kings"
„Comoara a șapte regi"
"Hoom, hoom," was the reply.
„Hum, hum", a fost răspunsul.
The old woman went back into the hut.
Bătrâna s-a întors în colibă.
And she brought out the snake-jewel.
Și ea a scos bijuteria în formă de șarpe.
She put the jewel into the hand of her supposed son.
Ea a pus bijuteria în mâna presupusului ei fiu.
The minister's son took the snake-jewel.
Fiul ministrului a luat bijuteria în formă de șarpe.
He wrapped the jewel up in the piece of cloth.
A înfășurat bijuteria în bucata de pânză.
And he wrapped the cloth around his waist.
Și și-a înfășurat pânza în jurul taliei.
Phakir's mother was delighted beyond measure.
Mama lui Phakir a fost încântată peste măsură.
Her son had come at just the right time.
Fiul ei venise exact la momentul potrivit.
She went to the rajah's house.
Ea s-a dus la casa rajahului.
She announced the news of Phakir's appearance.

Ea a anunțat vestea apariției lui Phakir.
And also in order to show Phakir the princess.
Și, de asemenea, pentru a i-o arăta lui Phakir pe prințesă.
They were given access to the rajah's palace.
Li s-a permis accesul la palatul rajahului.
And all parts of the palace were open to them.
Și toate părțile palatului le erau deschise.
The old woman had saved the rajah's son.
Bătrâna îl salvase pe fiul rajahului.
So she was the most important person in the kingdom.
Deci ea era cea mai importantă persoană din regat.
She took her supposed son around the palace.
Ea și-a plimbat presupusul fiu prin palat.
And she took him to the princess' room.
Și l-a dus în camera prințesei.
Phakir's mother introduced her son to the princess.
Mama lui Phakir i-a prezentat fiul prințesei.
You can imagine the princess was not best impressed.
Vă puteți imagina că prințesa nu a fost prea impresionată.
She did not appreciate the company of a madman.
Ea nu aprecia compania unui nebun.
A madman, half naked, and covered in ash.
Un nebun, pe jumătate gol și acoperit de cenușă.
And he kept dancing in a wild manner.
Și a continuat să danseze într-un mod sălbatic.

The three had spent the day together.
Cei trei petrecuseră ziua împreună.
It was soon going to be sunset.
În curând urma să apus de soare.
The woman asked her son to come with her.
Femeia și-a rugat fiul să vină cu ea.
But the supposed Phakir-Chand refused to comply.
Dar presupusul Phakir-Chand a refuzat să se conformeze.
He said he would stay there that night.
A spus că va rămâne acolo în noaptea aceea.
His mother tried to persuade him to come with her.

Mama lui a încercat să-l convingă să vină cu ea.
But he persisted in his determination.
Dar el a persistat în hotărârea sa.
He said he would remain with the princess.
A spus că va rămâne cu prințesa.
Phakir's mother went home without him.
Mama lui Phakir s-a dus acasă fără el.
And she told the guards to look after her son.
Și le-a spus gărzilor să aibă grijă de fiul ei.
Eventually all the palace retired to rest.
În cele din urmă, tot palatul s-a retras să se odihnească.
The supposed Phakir spoke to the princess again.
Presupusul Phakir i-a vorbit din nou prințesei.
But this time he spoke in his own voice.
Dar de data aceasta a vorbit cu propria voce.
"Princess! do you not recognize me?"
„Prințesă! nu mă recunoști?"
"I am the prince's friend"
„Sunt prietenul prințului"
"I am the friend of your princely husband"
„Sunt prietenul soțului tău princiar"
The princess was astonished for a moment.
Prințesa a rămas uimită pentru o clipă.
"Who? the prince's friend?"
„Cine? Prietenul prințului?"
"Oh, my husband's best friend"
„ O, cel mai bun prieten al soțului meu"
"Please rescue me from this terrible captivity"
„Te rog, salvează-mă din această captivitate cumplită"
"This is worse than death"
„Asta e mai rău decât moartea"
"All of this is my own fault"
„Toate astea sunt vina mea"
"Rescue me, oh please, thou best of friends!"
„Salvează-mă, te rog, cel mai bun prieten al meu!"
She then burst into tears.
Apoi a izbucnit în lacrimi.

The prince's friend spoke again.
Prietenul prinţului a vorbit din nou.
"Do not be disconsolate"
„Nu fi descurajat"
"I will try my best to rescue you"
„Voi face tot posibilul să te salvez"
"I will try to have you out of here tonight"
„Voi încerca să te scot de aici în seara asta"
"But you must do whatever I tell you"
„Dar trebuie să faci tot ce-ţi spun"
The princess trusted the prince's friend.
Prinţesa avea încredere în prietenul prinţului.
"I will do anything you tell me"
„Voi face tot ce-mi spui"
After this the supposed Phakir left the room.
După aceasta, aşa-zisul Phakir a părăsit camera.
He passed through the courtyard of the palace.
A trecut prin curtea palatului.
Some of the guards challenged him.
Unii dintre gardieni l-au provocat.
"Hoom hoom!" he replied.
„Hum, hum!", a răspuns el.
"I'm just going out for a minute"
„Ies doar pentru un minut"
"And then I will come back again"
„Şi apoi mă voi întoarce din nou"
They understood that it was the madcap Phakir.
Au înţeles că era nebunul Phakir.
True to his word he did come back shortly.
Fidel cuvântului său, s-a întors la scurt timp.
And again he went to the princess.
Şi din nou s-a dus la prinţesă.
An hour afterwards he again went out.
O oră mai târziu, a ieşit din nou afară.
And again he was challenged by the guards.
Şi din nou a fost provocat de gardieni.
He made the same reply as at the first time.

A dat același răspuns ca prima dată.
The guards began to talk among themselves.
Gărzile au început să vorbească între ele.
"This Phakir surely has no sense"
„Acest Phakir cu siguranță nu are niciun minte."
"He will go out and come in all night"
„Va ieși și va intra toată noaptea"
"Let us leave him to do what he likes"
„Să-l lăsăm să facă ce-i place"
"There's no use guarding him all night"
„Nu are rost să-l păzești toată noaptea"
The minister's son had worn down the guards.
Fiul ministrului îi epuizase pe gărzi.
And he was looking for a way to escape.
Și căuta o cale de evadare.
He kept going in and out until three at night.
A tot intrat și ieșit până la ora trei seara.
This time there were no guards there.
De data aceasta nu erau paznici acolo.
Because all the guards had fallen asleep.
Pentru că toți gardienii adormiseră.
He was overjoyed at the auspicious circumstance.
A fost extrem de bucuros de împrejurarea de bun augur.
Then he went back to the princess.
Apoi s-a întors la prințesă.
"Now, princess, is the time for escape"
„Acum, prințesă, e timpul să evadezi"
"The guards are all asleep"
„Gardienii dorm cu toții"
"You must mount on my back"
„Trebuie să te urci pe spatele meu"
"Tie the locks of your hair round my neck"
„Leagă-ți șuvițele de păr în jurul gâtului meu"
"And keep tight hold of me"
„Și ține-mă strâns"
The princess did what she was asked of.
Prințesa a făcut ce i s-a cerut.

He passed unchallenged through the courtyard.
A trecut neobosit prin curte.
And he had a lovely burden on his back.
Și avea o povară frumoasă pe spate.
Eventually he got to the gate of the palace.
În cele din urmă a ajuns la poarta palatului.
And he went through without being challenged.
Și a mers mai departe fără a fi contestat.
Then they went to the outskirts of the city.
Apoi au mers la periferia orașului.
Eventually he reached the outer suburbs.
În cele din urmă a ajuns în suburbiile periferice.
They reached the water from which the princess had risen.
Au ajuns la apa din care ieșise prințesa.
The princess rejoiced at her escape.
Prințesa s-a bucurat de scăparea ei.
But she was still trembling with fear.
Dar ea încă tremura de frică.
The prince's friend untied the snake-jewel.
Prietenul prințului a desfăcut bijuteria-șarpe.
And together they ascended into the water.
Și împreună s-au înălțat în apă.
And soon they found back to the subterranean palace.
Și curând s-au întors la palatul subteran.
You can imagine how happy the prince was.
Vă puteți imagina cât de fericit era prințul.
He had nearly died of grief.
Aproape că murise de durere.
And you can imagine the princess' happiness too.
Și vă puteți imagina și fericirea prințesei.
All the three of them were mad with joy.
Toți trei erau înnebuniți de bucurie.
For three days they remained in the palace.
Timp de trei zile au rămas în palat.
And they retold the prince the whole story.
Și i-au povestit prințului întreaga întâmplare.
They told of how the princess was seized.

Au povestit cum a fost răpită prinţesa.
They told him of her captivity in the palace.
I-au povestit despre captivitatea ei în palat.
They described the marriage that was planned.
Au descris căsătoria care fusese plănuită.
They told him of the old woman.
I-au povestit despre bătrână.
And they told him all about her Phakir-Chand.
Şi i-au povestit totul despre Phakir-Chand-ul ei.
They told him how he had impersonated him.
I-au povestit cum se daduse drept el.
And they told him how he freed the princess.
Şi i-au povestit cum a eliberat-o pe prinţesă.
I don't need to tell you how grateful they were.
Nu trebuie să vă spun cât de recunoscători au fost.
The prince's friend truly was a good friend.
Prietenul prinţului a fost într-adevăr un bun prieten.
They thanked him in the warmest terms.
I-au mulţumit în termenii cei mai călduroşi.
And they vowed to always follow his counsel.
Şi au jurat să-i urmeze întotdeauna sfatul.

They were all resolved to return home.
Toţi erau hotărâţi să se întoarcă acasă.
They wanted to return to their native country.
Ei voiau să se întoarcă în ţara lor natală.
The king's son, the minister's son, and the princess.
Fiul regelui, fiul ministrului şi prinţesa.
They left the subterranean palace together.
Au părăsit împreună palatul subteran.
They lighted the passage with the snake-jewel.
Au luminat pasajul cu bijuteria-şarpe.
And they made their way to the upper world.
Şi şi-au croit drum spre lumea de sus.
They had neither elephants nor horses waiting for them.
Nu aveau nici elefanţi, nici cai care să-i aştepte.
So they had no choice but to travel on foot.

Așa că nu au avut de ales decât să călătorească pe jos.

The two friends had been bred in the lap of luxury.

Cei doi prieteni fuseseră crescuți în poala luxului.

Both of them found walking troublesome.

Amândurora le era greu să meargă.

But the princess found it infinitely more troublesome.

Dar prințesa a considerat acest lucru infinit mai supărător.

She was used to even finer treatment.

Era obișnuită cu un tratament și mai delicat.

The stones of the road were too rough for her.

Pietrele drumului erau prea aspre pentru ea.

And the rough stones wounded her tender feet.

Și pietrele aspre i-au rănit picioarele fragede.

Eventually her feet became very sore.

În cele din urmă, picioarele au început să o doară foarte tare.

At times the king's son carried her on his shoulders.

Uneori, fiul regelui o purta pe umeri.

The load he was carrying was of course lovely.

Povara pe care o căra era, desigur, încântătoare.

But although lovely, she was heavy to carry.

Dar, deși era frumoasă, era grea de cărat.

And she could not be carried a great distance.

Și nu putea fi cărată pe o distanță mare.

And therefore she too had to walk often.

Și prin urmare, și ea trebuia să meargă des pe jos.

One evening they arrived beneath a tree.

Într-o seară, au ajuns sub un copac.

There were no visible signs of human habitations.

Nu existau semne vizibile ale unor așezări umane.

So they decided to make the tree their sleeping place.

Așa că au decis să facă din copac locul lor de dormit.

The prince's friend offered to keep guard.

Prietenul prințului s-a oferit să țină paza.

"Both of you can go to sleep"

„Puteți amândoi să mergeți la culcare"

"I will keep watch over you both tonight"

„Voi avea grijă de voi amândoi în seara asta"

"In order to prevent any danger"
„Pentru a preveni orice pericol"
The royal couple soon dozed off.
Cuplul regal a ațipit curând.
And they were locked in the arms of sleep.
Și erau prinși în brațele somnului.
The faithful friend of the prince did not sleep.
Prietenul credincios al prințului nu a dormit.
He stayed awake and watched for danger.
A rămas treaz și a pândit pericolul.
It so happened they camped under a special tree.
S-a întâmplat să-și așeze campărea sub un copac special.
In the tree swung the nest of two birds.
În copac se legăna cuibul a două păsări.
The immortal birds Bihangama and Bihangami.
Păsările nemuritoare Bihangama și Bihangami.
These birds were endowed with human speech.
Aceste păsări erau înzestrate cu vorbire umană.
And they could also see into the future.
Și puteau vedea și în viitor.
The minister's son listened to the bird's conversation.
Fiul pastorului a ascultat conversația păsării.
He was more than a little astonished at what he heard!
A fost mai mult decât puțin uimit de ceea ce a auzit!
Bihangama: "The prince's friend risked his own life"
Bihangama: „Prietenul prințului și-a riscat propria viață"
"He did everything for the safety of his friend"
„A făcut totul pentru siguranța prietenului său"
"But more dangers will befall the king's son"
„Dar mai multe pericole se vor abate asupra fiului regelui"
"And he will find it difficult to save the prince"
„Și îi va fi greu să-l salveze pe prinț"
Bihangami: "Why is that?"
Bihangami: „De ce este asta?"
Bihangama: "Many dangers await the king's son"
Bihangama: „Multe pericole îl așteaptă pe fiul regelui"
"The prince's father will hear of his son's approach"

„Tatăl prinţului va auzi de apropierea fiului său”
"He will send for him an elephant and some horses"
„El îi va trimite un elefant şi nişte cai.”
"And he will arrange attendants to meet him"
„Şi va aranja însoţitori care să-l întâmpine”
"The king's son will ride the elephant"
„Fiul regelui va călări elefantul”
"But he will fall from the back of the elephant"
„Dar va cădea de pe spatele elefantului”
"And he will die from his fall from the elephant"
„Şi va muri din cauza căderii de pe elefant”
Bihangami: "But suppose someone prevented this?"
Bihangami: „Dar să presupunem că cineva ar împiedica asta?”
"Suppose the king's son is not going to ride on the elephant"
„Să presupunem că fiul regelui nu va călări pe elefant.”
"What might happen if he rides on a horse instead?"
„Ce s-ar putea întâmpla dacă ar călări în schimb pe un cal?”
"Will he not in that case be saved?"
„Nu va fi el mântuit în acest caz?”
Bihangama: "Yes, in that case he would escape that fate"
Bihangama: „Da, în acest caz ar scăpa de soartă.”
"But then a fresh danger would await him"
„Dar atunci l-ar aştepta un nou pericol”
"When the king's son is in sight of his father's palace"
„Când fiul regelui este în faţa palatului tatălui său”
"When he is in the act of passing through the lion-gate"
„Când este în acţiunea de a trece prin poarta leului”
"In that moment the lion-gate will fall upon him"
„În acel moment, Poarta Leului va cădea peste el”
"And the stones will crush him to death"
„Şi pietrele îl vor zdrobi până la moarte”
Bihangami: "But suppose someone gets there first"
Bihangami: „Dar să presupunem că cineva ajunge acolo primul”
"Suppose someone destroys the lion-gate"
„Să presupunem că cineva distruge Poarta Leului”

"If that happens the king's son couldn't go through the lion-gate"

„Dacă se întâmplă asta, fiul regelui nu va putea trece prin Poarta Leului."

"Will not the king's son in that case be saved?"

„Nu va fi oare fiul regelui salvat în acest caz?"

Bihangama: "Yes, in that case he would escape his fate"

Bihangama: „Da, în acest caz ar scăpa de soarta sa."

"But then a fresh danger would await him"

„Dar atunci l-ar aștepta un nou pericol"

"When the king's son reaches the palace"

„Când fiul regelui ajunge la palat"

"When he sits at a feast prepared for him"

„Când stă la un ospăț pregătit pentru el"

"The head of a fish will be cooked for him"

„Capul unui pește va fi gătit pentru el"

"He will put into his mouth the head of the fish"

„El va pune în gura lui capul peștelui"

"But the head of the fish will stick in his throat"

„Dar capul peștelui îi va sta în gât"

"And he will choke to death on the head of the fish"

„Și se va îneca cu capul peștelui"

Bihangami: "But suppose someone snatches the fish"

Bihangami: „Dar să presupunem că cineva fură peștele"

"Suppose someone takes the head of the fish from his plate"

„Să presupunem că cineva ia capul peștelui din farfurie"

"Suppose he can't put the fish's head in his mouth"

„Să presupunem că nu poate băga capul peștelui în gură."

"Will not the king's son in that case be saved?"

„Nu va fi oare fiul regelui salvat în acest caz?"

Bihangama: "Yes, in that case he will escape his fate"

Bihangama: „Da, în acest caz, va scăpa de soarta sa."

"But a fresh danger would await him"

„Dar un nou pericol îl aștepta"

"When the prince and princess retire after dinner"

„Când prințul și prințesa se retrag după cină"

"When they go into their sleeping apartment"

„Când merg în apartamentul lor de dormit"
"They will lie together in bed"
„Vor sta împreună în pat "
"A terrible cobra will come into the room"
„O cobră teribilă va intra în cameră"
"And the cobra will bite the king's son to death"
„Şi cobra îl va muşca de moarte pe fiul regelui"
Bihangami: "But suppose someone was in the room"
Bihangami: „Dar să presupunem că cineva ar fi în cameră"
"Suppose this person was waiting for the snake"
„Să presupunem că această persoană aştepta şarpele."
"And suppose that this person cuts the snake into pieces"
„Şi să presupunem că această persoană taie şarpele în bucăţi"
"Will not the king's son in that case be saved?"
„Nu va fi oare fiul regelui salvat în acest caz?"
Bihangama: "Yes, in that case he will escape his fate"
Bihangama: „Da, în acest caz, va scăpa de soarta sa."
"In that case the life of the king's son will be saved"
„În acest caz, viaţa fiului regelui va fi salvată"
"But he who saves him can't repeat these words"
„Dar cel care îl salvează nu poate repeta aceste cuvinte"
"If he tells his secret he will be turned into marble"
„Dacă îşi spune secretul, se va transforma în marmură"
Bihangami: "Can the statue be returned to life?"
Bihangami: „Poate fi statuia readusă la viaţă?"
Bihangama: "Yes, the marble statue can be restored to life"
Bihangama: „Da, statuia de marmură poate fi readusă la
viaţă"
"The princess will give birth to a child"
„Prinţesa va naşte un copil"
"They must wash the statue with the blood of the infant"
„Trebuie să spele statuia cu sângele pruncului"
The prophetical birds had spoken until that point.
Păsările profetice vorbiseră până în acel moment.
But then they were interrupted by the craw of crows.
Dar apoi au fost întrerupţi de ciripitul corbilor.
The eastern sky tinted in a reddish hue.

Cerul dinspre est s-a colorat într-o nuanță roșiatică.
And the travelers beneath the tree bestirred themselves.
Și călătorii de sub copac s-au mișcat din greu.
The prophetic conversation came to an end.
Conversația profetică a luat sfârșit.
But the prince's friend had heard everything.
Dar prietenul prințului auzise totul.

The next morning they continued their journey.
A doua zi dimineață și-au continuat călătoria.
The prince, the princess, and the prince's friend.
Prințul, prințesa și prietenul prințului.
Soon they met the king's procession.
Curând au întâlnit cortegiul regelui.
There was an elephant, a horse, and a palki.
Erau un elefant, un cal și un palki.
And there was a large number of attendants.
Și era un număr mare de însoțitori.
These animals and men had been sent by the king.
Aceste animale și oameni fuseseră trimiși de rege.
The king heard his son was with his friend.
Regele a auzit că fiul său era cu prietenul său.
And he had heard that his son had married.
Și auzise că fiul său se căsătorise.
And he heard they were not far from the capital.
Și a auzit că nu sunt departe de capitală.
The elephant had been richly caparisoned.
Elefantul fusese bogat împodobit.
The elephant was intended for the prince.
Elefantul era destinat prințului.
The framework of the palki was of silver.
Structura palki-ului era din argint.
The palki was meant for the princess.
Palki-ul era destinat prințesei.
And the horse was for the prince's friend.
Și calul era pentru prietenul prințului .
The prince was about to mount on the elephant.

Prințul era pe punctul de a se încaleca pe elefant.
But then his friend spoke to him.
Dar apoi prietenul său i-a vorbit.
"Allow me to ride on the elephant, please"
„Permite-mi să mă călăresc pe elefant, te rog"
"And you can ride back on horseback"
„Și te poți întoarce călare"
The prince was not a little surprised.
Prințul nu a fost mic de mirat.
The proposal had been made in a very cold manner.
Propunerea fusese făcută într-un mod foarte rece.
Maybe his friend felt a little too entitled.
Poate că prietenul lui se simțea puțin prea îndreptățit.
And the king's son was slightly annoyed.
Și fiul regelui era puțin enervat.
But he remembered what his friend had done for him.
Dar și-a amintit ce făcuse prietenul său pentru el.
And he remembered how he saved the princess.
Și și-a amintit cum a salvat-o pe prințesă.
So he mounted the horse without objecting.
Așa că a încălecat calul fără să obiecteze.
But his mind became somewhat alienated from him.
Dar mintea lui s-a înstrăinat oarecum de el.
The procession towards the capital started again.
Procesiunea spre capitală a reînceput.
After some time they came in sight of the palace.
După un timp, au ajuns în fața palatului.
The lion-gate had been gaily adorned.
Poarta leilor fusese împodobită vesel.
There was a grand reception for the prince.
A fost o recepție grandioasă pentru prinț.
And the princess was equally anticipated.
Și prințesa era la fel de așteptată.
But the prince's friend seemed to have an objection.
Dar prietenul prințului părea să aibă o obiecție.
"I want the lion-gate to be broken down"
„Vreau ca poarta leului să fie dărâmată"

The prince was astounded at the proposal.
Prințul a fost uimit de propunere.
The request was very out of the ordinary.
Cererea a fost foarte ieșită din comun.
And he had given no reason for his demand.
Și nu oferise niciun motiv pentru cererea sa.
But he remembered all his friend had done for him.
Dar își amintea tot ce făcuse prietenul său pentru el.
And he remembered how he saved the princess.
Și și-a amintit cum a salvat-o pe prințesă.
So he complied with the wish of his friend.
Așa că a îndeplinit dorința prietenului său.
And the beautiful lion-gate was torn down.
Și frumoasa poartă a leilor a fost dărâmată.
But his mind became even more estranged from him.
Dar mintea lui s-a înstrăinat și mai mult de el.
The procession now went into the palace.
Procesiunea a intrat acum în palat.
The king gave a warm reception to his son.
Regele i-a făcut o primire călduroasă fiului său.
He welcomed his daughter-in-law equally warmly.
El și-a primit nora cu aceeași căldură.
And he was very pleased to see the prince's friend.
Și a fost foarte încântat să-l vadă pe prietenul prințului.
The story of their adventures was related.
Povestea aventurilor lor a fost relatată.
The king expressed great astonishment at the tale.
Regele și-a exprimat mare uimire de poveste.
And his courtiers were equally impressed.
Și curtenii săi au fost la fel de impresionați.
All praised the minister's son's devotion.
Toți au lăudat devotamentul fiului pastorului.
And the ladies of the palace praised the princess.
Și doamnele palatului au lăudat-o pe prințesă.
The connoisseurs of beauty praised the princess.
Cunoscătorii frumuseții au lăudat-o pe prințesă.
Her complexion was a mixture of milk and vermilion.

Tenul ei era un amestec de lapte și purpuriu.
Her neck was like that of a swan.
Gâtul ei era ca al unei lebede.
Her eyes were like those of a gazelle.
Ochii ei erau ca cei ai unei gazele.
Her lips were as red as the berry bimba.
Buzele ei erau roșii ca bimba cu fructe de pădure.
Her cheeks were as lovely as they could be.
Obrajii ei erau cât se poate de frumoși.
And her nose was straight and high.
Și nasul ei era drept și sus.
Her hair reached down to her ankles.
Părul îi ajungea până la glezne.
Her walk was as graceful as that of a young elephant.
Mersul ei era la fel de grațios ca cel al unui elefant tânăr.
The princess whom destiny had brought to them.
Prințesa pe care destinul le-o adusese.
They sat around her wanting to know everything.
Au stat în jurul ei, dorind să știe totul.
And they put to her a thousand questions.
Și i-au pus o mie de întrebări.
They asked her about her parents.
Au întrebat-o despre părinții ei.
They asked her about the subterranean palace.
Au întrebat-o despre palatul subteran.
And they asked her all about the serpent.
Și au întrebat-o totul despre șarpe.
The serpent which had killed all her relatives.
Șarpele care i-a ucis toate rudele.
Soon it was time for the new arrivals to dine.
Curând a venit timpul ca nou-veniții să ia masa.
The dinner was served up in dishes of gold.
Cina a fost servită în farfurii de aur.
All sorts of delicacies were on the table.
Tot felul de delicatese erau pe masă.
The most conspicuous dish was the head of a rohita fish.
Cel mai evident fel de mâncare era capul unui pește rohita.

The large fish's head was placed in a golden cup.
Capul peştelui mare a fost pus într-o cupă de aur.
And the cup was placed near the prince's plate.
Şi cupa a fost aşezată lângă farfuria prinţului.
All were eating and retelling the adventure.
Toţi mâncau şi repovestiau aventura.
And suddenly the prince's friend snatched the head.
Şi deodată prietenul prinţului i-a smuls capul.
He took the fish's head from the prince's plate.
A luat capul peştelui din farfuria prinţului.
"Let me, prince, eat this rohita's head"
„Lasă-mă, prinţe, să mănânc capul acestui rohita"
The king's son was quite indignant.
Fiul regelui era destul de indignat.
But he remembered all his friend had done for him.
Dar şi-a amintit tot ce făcuse prietenul său pentru el.
And he remembered how he saved the princess.
Şi şi-a amintit cum a salvat-o pe prinţesă.
And so he made no objection to the request.
Şi astfel nu a avut nicio obiecţie la cerere.
But he could not hide his terrible rage.
Dar nu-şi putea ascunde furia cumplită.
Of course the prince's friend noticed this.
Desigur, prietenul prinţului a observat acest lucru.
But there was nothing else he could have done.
Dar nu mai putea face nimic altceva.
His conduct, however strange, was necessary.
Conduita sa, oricât de ciudată, era necesară.
It was for the safety of his friend's life.
A fost pentru siguranţa vieţii prietenului său.
Nor could he tell his friend the reason.
Nici nu-i putea spune prietenului său motivul.
Else he would be transformed into a marble statue.
Altfel, s-ar transforma într-o statuie de marmură.
Soon the dinner was going to be over.
În curând, cina urma să se termine.
The prince's friend had one more request.

Prietenul prințului mai avea o cerere.
The two friends had spent every night together.
Cei doi prieteni își petrecuseră fiecare noapte împreună.
But tonight he wanted to go to his own house.
Dar în seara asta voia să meargă la el acasă.
The prince was also shocked at his strange conduct.
Prințul a fost și el șocat de comportamentul său ciudat.
But he remembered all his friend had done for him.
Dar își amintea tot ce făcuse prietenul său pentru el.
And he remembered how he saved the princess.
Și și-a amintit cum a salvat-o pe prințesă.
And he also agreed to this request of his friend.
Și el a fost de acord și cu această cerere a prietenului său.
The prince's friend, however, had other plans.
Prietenul prințului avea însă alte planuri.
He had no intentions of going to his own house.
Nu avea nicio intenție să meargă la el acasă.
He was resolved to avert the last peril.
Era hotărât să evite ultimul pericol.
The last thing to threaten the life of his friend.
Ultimul lucru care ar putea amenința viața prietenului său.
Accordingly, he took a sword into his hand.
Prin urmare, a luat o sabie în mână.
And he stealthily entered the royal room.
Și a intrat pe furiș în camera regală.
The room of the prince and the princess.
Camera prințului și a prințesei.
He ensconced himself under the bedstead.
S-a ascuns sub pat.
The bed was furnished with mattresses of down.
Patul era mobilat cu saltele din puf.
The mosquito curtains were of the richest silk.
Perdelele anti-țânțari erau din cea mai bogată mătase.
And all the bedding was laced with gold.
Și toată așternutura era împodobită cu aur.
Soon the prince and princess came into the bedroom.
Curând, prințul și prințesa au intrat în dormitor.

They undressed themselves and went to bed.
S-au dezbrăcat și s-au dus la culcare.
And soon the royal couple were asleep.
Și curând, cuplul regal a adormit.
At midnight he heard the slithering of a snake.
La miezul nopții a auzit târându-se un șarpe.
The sound was coming from a water passage.
Sunetul venea dintr-un pasaj cu apă.
A snake of gigantic size entered the room.
Un șarpe de dimensiuni gigantice a intrat în cameră.
The serpent climbed up the frame of the bed.
Șarpele s-a cățărat pe cadrul patului.
The minister's son rushed out with the sword.
Fiul ministrului a ieșit în fugă cu sabia.
And he killed the serpent with one blow.
Și a ucis șarpele dintr-o singură lovitură.
And then he cut the snake into smaller pieces.
Și apoi a tăiat șarpele în bucăți mai mici.
He put the pieces in the dish for holding betel-leaves.
A pus bucățile în farfuria pentru frunzele de betel.
But as he did this, he spilled a drop of blood.
Dar în timp ce făcea asta, a vărsat o picătură de sânge.
The drop of blood fell on the breast of the princess.
Picătura de sânge a căzut pe pieptul prințesei.
Because the mosquito curtains had not been let down.
Pentru că perdelele anti-țânțari nu fuseseră lăsate jos.
He worried for the health of the princess.
El era îngrijorat pentru sănătatea prințesei.
The blood might be of some sort of poison.
Sângele ar putea fi un fel de otravă.
So he resolved to lick up the blood.
Așa că s-a hotărât să lingă sângele.
But he could not look at the naked princess.
Dar nu putea privi prințesa goală.
It would have been a great sin.
Ar fi fost un mare păcat.
So he blindfolded himself with seven-fold cloth.

Așa că și-a legat ochii cu o pânză împăturită în șapte pliuri.
And he licked off the drop of blood.
Și a lins picătura de sânge.
But just at this time the princess awoke.
Dar chiar în acest moment s-a trezit prințesa.
Her scream roused her husband from his sleep.
Țipătul ei l-a trezit pe soțul ei din somn.
And he could not believe what he was seeing.
Și nu-i venea să creadă ce vedea.
The prince fell into a great rage.
Prințul a căzut într-o mare furie.
And he was prepared to kill his friend.
Și era pregătit să-și omoare prietenul.
But he gave his friend a chance to speak.
Dar i-a dat prietenului său șansa să vorbească.
"Please, my friend, restrain your anger"
„Te rog, prietene, stăpânește-ți furia"
"I have done this only to save your life"
„Am făcut asta doar ca să-ți salvez viața"
The prince was more confused than before.
Prințul era mai confuz ca înainte.
"I do not understand what you mean"
„Nu înțeleg ce vrei să spui"
"From the time we came out of the subterranean palace"
„Din momentul în care am ieșit din palatul subteran"
"You have been behaving in a most extraordinary way"
„Te-ai comportat într-un mod extraordinar"
"First, you insisted on riding my elephant"
„Mai întâi, ai insistat să te călărești pe elefantul meu."
"The elephant my father had sent for me"
„Elefantul pe care tatăl meu mi-l trimisese după mine"
"I thought it was vain of you to ask"
„Am crezut că e în zadar din partea ta că ai întrebat."
"But I remembered what you had done for me"
„Dar mi-am amintit ce ai făcut pentru mine"
"And I decided to let the matter pass"
„Și am decis să las problema în pace"

"And instead I rode back on horseback"
„Și în schimb m-am întors călare"
"Secondly, you insisted on destroying the lion-gate"
„În al doilea rând, ați insistat să distrugeți Poarta Leului"
"The lion-gate my father had adorned for me"
„Poarta leului pe care tatăl meu a împodobit-o pentru mine"
"I thought it was strange of you to ask"
„Mi s-a părut ciudat din partea ta că mă întrebi."
"But I remembered what you had done for me"
„Dar mi-am amintit ce ai făcut pentru mine"
"And I decided to let the matter pass"
„Și am decis să las problema în pace"
"And I had the lion-gate destroyed"
„Și am distrus Poarta Leului"
"Thirdly, at dinner you behaved most shamefully"
„În al treilea rând, la cină te-ai comportat cel mai rușinos"
"You snatched the rohita's head from my plate"
„Mi-ai smuls capul rohitei din farfurie."
"And you insisted on eating the fish head"
„Și ai insistat să mănânci capul de pește"
"I thought you felt too entitled"
„Am crezut că te simți prea îndreptățit/ă"
"But I remembered what you had done for me"
„Dar mi-am amintit ce ai făcut pentru mine"
"So I decided to let the matter pass"
„Așa că am decis să las problema în pace"
"You then pretended that you were going home"
„Apoi te-ai prefăcut că te duci acasă"
"And I was very glad you were going home"
„Și m-am bucurat foarte mult că te duci acasă"
"Because you had made yourself very disagreeable"
„Pentru că te-ai făcut foarte dezagreabil"
"And now you are actually in my bedroom"
„Și acum ești de fapt în dormitorul meu"
"You are bending over the naked bosom of my wife"
„Te apleci peste sânul gol al soției mele"
"You must have had some evil plan"

„Trebuie să fi avut vreun plan malefic"
"And now you pretend you are saving my life"
„Și acum te prefaci că-mi salvezi viața"
"But I don't believe you want to save my life"
„Dar nu cred că vrei să-mi salvezi viața"
"I believe you want to destroy my wife's chastity"
„Cred că vrei să distrugi castitatea soției mele."
The prince's friend knew how things looked.
Prietenul prințului știa cum arată lucrurile.
"Oh, do not harbor such thoughts in your mind"
„O, nu numi astfel de gânduri în mintea ta"
"Please do not think badly against me"
„Te rog să nu gândești rău despre mine"
"The gods know what I have done"
„Zeii știu ce am făcut"
"They know I did it to save your life"
„Știu că am făcut-o ca să-ți salvez viața"
"You would see the reasonableness of my conduct"
„Ați vedea cât de rezonabilă este conduita mea"
"But I don't have liberty to state my reasons"
„Dar nu am libertatea să-mi exprim motivele"
The prince asked him to explain himself.
Prințul i-a cerut să se explice.
"And why are you not at liberty?"
„Și de ce nu ești liber?"
"Who has put a seal upon your mouth?"
„Cine ți-a pus pecete pe gura?"
And the prince's friend answered.
Și prietenul prințului a răspuns.
"Destiny has put a seal upon my mouth"
„Destinul mi-a pecetluit gura"
"If I told you, I would be transformed into marble"
„Dacă ți-aș spune, m-aș transforma în marmură"
The prince grew angrier with his friend.
Prințul s-a înfuriat și mai tare pe prietenul său.
"You should be transformed into a marble statue!"
„Ar trebui să te transformi într-o statuie de marmură!"

"You must take me to be a simpleton"

„Trebuie să mă iei drept un prostuț"

"You can't expect me to believe this nonsense"

„Nu te poți aștepta să cred prostiile astea "

The minister's son made one last request.

Fiul ministrului a făcut o ultimă cerere.

"Do you wish me then, friend, for me to tell you?

„Vrei atunci, prietene, să-ți spun?"

"You would make your friend turn into stone?"

„L-ai face pe prietenul tău să se transforme în piatră?"

The prince wanted to hear the reason.

Prințul voia să audă motivul.

He did not care about the consequences.

Nu-i păsa de consecințe.

"Tell me, or else you are a dead man"

„Spune-mi, altfel ești un om mort"

The prince's friend wanted to clear his name.

Prietenul prințului voia să-și reabiliteze numele.

He wanted no foul accusations brought against him.

Nu a vrut să i se aducă acuzații urâte.

And he deemed it his duty to reveal the secret.

Și a considerat că este de datoria lui să dezvăluie secretul.

Even if this would put his life at risk.

Chiar dacă asta i-ar pune viața în pericol.

He again warned the prince not to ask him.

El l-a avertizat din nou pe prinț să nu-l întrebe.

But the prince remained inexorable.

Dar prințul a rămas inexorabil.

The prince's friend then told him his secret.

Prietenul prințului i-a spus atunci secretul său.

"While sleeping under a lofty tree one night"

„Într-o noapte, în timp ce dormea sub un copac înalt"

"I overheard a conversation between two birds.

„Am auzit o conversație între două păsări."

"The prophesizing birds Bihangama and Bihangami"

„Păsările profetice Bihangama și Bihangami"

"Bihangama predicted all the dangers in your life"

„Bihangama a prezis toate pericolele din viața ta"
**"First the bird predicted your father would send an
elephant"**
„Mai întâi pasărea a prezis că tatăl tău va trimite un elefant"
"The bird said you would fall from the elephant"
„Pasărea a spus că vei cădea de pe elefant"
"And the bird said you would die from the fall"
„Și pasărea a spus că vei muri din cauza căderii"
At this point the minister's son's legs turned to stone.
În acest moment, picioarele fiului pastorului s-au transformat
în piatră.
"See? my legs have already turned to stone"
„Vezi? Picioarele mele s-au transformat deja în piatră."
"Go on with your story," said the prince.
— Continuă-ți povestea, spuse prințul.
And the prince's friend continued the story.
Și prietenul prințului a continuat povestea.
"The bird said the lion-gate would be gaily decorated"
„Pasărea a spus că poarta leului va fi vesel împodobită"
"And the bird said the lion-gate would collapse on you"
„Și pasărea a spus că poarta leului se va prăbuși peste tine"
"If the lion-gate had fallen on you, you would have died"
„Dacă Poarta Leului ar fi căzut peste tine, ai fi murit"
At this point the minister's son's torso turned to stone.
În acest moment, trunchiul fiului pastorului s-a transformat în
piatră.
But the prince insisted the minister's son continues.
Dar prințul a insistat ca fiul ministrului să continue.
"Go on with your story," said the prince.
— Continuă-ți povestea, spuse prințul.
"The bird said there would be the head of a fish"
„Pasărea a spus că va fi capul unui pește"
"And the bird predicted you would choke on the fish"
„Și pasărea a prezis că te vei îneca cu peștele"
Now his head was the only thing not of stone.
Acum, capul lui era singurul lucru care nu era de piatră.
"See? my whole body has turned to stone"

„Vezi? Tot corpul meu s-a transformat în piatră."
"If I continue, I will become a man of stone"
„Dacă voi continua, voi deveni un om de piatră"
"Do you wish me to tell the rest"
„Vrei să-ţi spun restul?"
"Go on with your story," said the prince.
— Continuă-ţi povestea, spuse prinţul.
"Very well, I will go on to the end"
„Foarte bine, voi merge până la capăt"
"But you may repent after I tell you"
„Dar te poţi pocăi după ce îţi voi spune"
"And you may wish to restore me to life"
„Şi poate vrei să mă readuci la viaţă"
"I will tell you how to reverse the spell"
„Îţi voi spune cum să inversezi vraja"
"In a few months the princess will bear a child"
„În câteva luni, prinţesa va naşte un copil"
"Wait for the birth of the child"
„Aşteptaţi naşterea copilului"
"Besmear my statue with the infant's blood"
„Ungeţi statuia mea cu sângele pruncului"
"Only then will I be restored back to life"
„Numai atunci voi fi readus la viaţă"
The last word left his lips, and he turned to stone.
Ultimul cuvânt i-a ieşit din buze şi s-a transformat în piatră.
The princess jumped out of bed.
Prinţesa a sărit din pat.
She opened the vessel for betel-leaves and spices.
Ea a deschis vasul cu frunze de betel şi mirodenii.
And she saw the pieces of a serpent.
Şi ea a văzut bucăţile unui şarpe.
The prince and the princess were now convinced.
Prinţul şi prinţesa erau acum convinşi.
They saw the good faith of their departed friend.
Au văzut buna-credinţă a prietenului lor plecat.
They saw the benevolence of his actions.
Au văzut bunăvoinţa acţiunilor sale.

They went to the marble statue.
S-au dus la statuia de marmură.
But the statue of their friend was lifeless.
Dar statuia prietenului lor era lipsită de viață.
They let out a loud cry of lamentation.
Au scos un strigăt puternic de jale.
But their cries were to no purpose.
Dar strigătele lor au fost în zadar.
Because the statue was not moved by tears.
Pentru că statuia nu a fost mișcată de lacrimi.
The prince and princess knew what they had to do.
Prințul și prințesa știau ce aveau de făcut.
They concealed the marble figure in a safe place.
Au ascuns figura de marmură într-un loc sigur.
And they waited for the birth of their child.
Și au așteptat nașterea copilului lor.
In process of time the hour came.
Cu trecerea timpului, a sosit și ceasul.
The princess's travail had arrived.
Sosise chinul prințesei.
The princess bore a beautiful boy.
Prințesa a născut un băiat frumos.
The child was the perfect image of his mother.
Copilul era imaginea perfectă a mamei sale.
The beauty of their child was striking.
Frumusețea copilului lor era izbitoare.
And they were in awe of him.
Și erau cuprinși de teamă de el.
They would have spared his life.
I-ar fi cruțat viața.
But they remembered their best friend.
Dar și-au amintit de cel mai bun prieten al lor.
They remembered all he had done for them.
Și-au amintit de tot ce făcuse pentru ei.
But now he was a lifeless stone.
Dar acum era o piatră fără viață.
And they remembered the vows they had made.

Și și-au amintit de jurămintele pe care le făcuseră.
And they cut the child into two.
Și l-au tăiat pe copil în două.
They besmeared the statue with the child's blood.
Au mânjit statuia cu sângele copilului.
And their friend became animated back to life.
Și prietenul lor a revenit la viață.
They were glad to see him alive again.
S-au bucurat să-l vadă din nou viu.
But the prince's friend was overwhelmed with grief.
Dar prietenul prințului era copleșit de durere.
Because he saw the new-born in a pool of blood.
Pentru că l-a văzut pe nou-născut într-o baltă de sânge.
So he picked up the dead infant.
Așa că a ridicat copilul mort.
He carefully wrapped the child in a towel.
A înfășurat cu grijă copilul într-un prosop.
And he resolved to get the child restored to life.
Și a hotărât să învie copilul.
He consulted all the physicians of the country.
A consultat toți medicii din țară.
They all told him the same thing.
Toți i-au spus același lucru.
A cure can be found for any illness.
Un leac poate fi găsit pentru orice boală.
But life requires the spark of life.
Dar viața are nevoie de scânteia vieții.
When the spark is gone, it is beyond their jurisdiction.
Când scânteia se stinge, este în afara jurisdicției lor.
And so they had to go on with their lives.
Și astfel au fost nevoiți să-și continue viața.

Eventually the prince's friend returned to his wife.
În cele din urmă, prietenul prințului s-a întors la soția sa.
She was a devoted worshipper of the goddess kali.
Ea era o închinătoare devotată a zeiței Kali.
She was the only one who could return life.

Ea era singura care putea readuce viața.

His wife was living in a distant town.

Soția lui locuia într-un oraș îndepărtat.

So he set out on a journey to the town.

Așa că a pornit într-o călătorie spre oraș.

His wife still lived in her father's house.

Soția lui încă locuia în casa tatălui ei.

Adjoining the house there was a garden.

Alături de casă era o grădină.

And in the garden there was a tree.

Și în grădină era un copac.

The child had been stored in that tree.

Copilul fusese așezat în copacul acela.

His wife was overjoyed to see her husband.

Soția lui a fost extrem de bucuroasă să-și vadă soțul.

She had not seen him for a long time.

Nu-l mai văzuse de mult timp.

But she was surprised when she saw him.

Dar a fost surprinsă când l-a văzut.

Her husband was very melancholy that day.

Soțul ei era foarte melancolic în ziua aceea.

He spoke very little to his wife.

A vorbit foarte puțin cu soția sa.

And his wife knew that he was not himself.

Și soția lui știa că nu era el însuși.

He was brooding over something in his mind.

El medita la ceva în mintea lui.

She asked the reason for his melancholy.

Ea a întrebat motivul melancoliei lui.

But he kept quiet, and wouldn't tell her.

Dar el a tăcut și nu i-a spus.

One night they were lying together in bed.

Într-o noapte, stăteau întinși împreună în pat.

The wife got up and left the marital bed.

Soția s-a ridicat și a părăsit patul conjugal.

She opened the door and went into the garden.

Ea a deschis ușa și a ieșit în grădină.

Her husband had not been able to sleep well.

Soţul ei nu putuse dormi bine.

Therefore he awoke from the movement of his wife.

Prin urmare, s-a trezit din cauza mişcării soţiei sale.

He heard her leave in the dead of the night.

A auzit-o plecând în miez de noapte.

And he was determined to follow her.

Şi era hotărât să o urmeze.

But he was also determined not to be noticed.

Dar era şi hotărât să nu fie remarcat.

She went to a temple of the goddess kali.

Ea s-a dus la un templu al zeiţei Kali.

The temple was at no great distance from her house.

Templul nu era la mare distanţă de casa ei.

She worshipped the goddess with flowers.

Ea o venera pe zeiţă cu flori.

And she worshiped the goddess with sandal-wood perfume.

Şi ea s-a închinat zeiţei cu parfum de lemn de santal.

"Oh mother kali! have mercy upon me"

„O, mamă Kali! Ai milă de mine!"

"Deliver me out of all my troubles"

„Eliberaţi-mă de toate necazurile mele"

The goddess replied to the woman.

Zeiţa i-a răspuns femeii.

"Why, what further grievance have you?

„De ce, ce altă nemulţumire mai ai?"

"You long prayed for the return of your husband"

„Te-ai rugat mult pentru întoarcerea soţului tău"

"And your prayers have been answered"

„Şi rugăciunile tale au fost ascultate"

"Your husband has returned to you"

„Soţul tău s-a întors la tine"

"So then, what ails thee now?"

„Atunci, ce te supără acum?"

The woman answered the goddess.

Femeia i-a răspuns zeiţei.

"True, oh mother, my husband has come to me"

„Adevărat, o, mamă, soţul meu a venit la mine"
"But he has come to me in a melancholy mood"
„Dar a venit la mine într-o dispoziţie melancolică"
"He hardly speaks to me when I speak to him"
„Abia dacă vorbeşte cu mine când vorbesc eu cu el"
"He takes no delight in me when he is with me"
„El nu se bucură de mine când este cu mine"
"All he does is sit melancholy in a corner"
„Tot ce face este să stea melancolic într-un colţ"
The goddess replied to her devotee.
Zeiţa i-a răspuns devotului ei.
"Ask your husband why he feels melancholy"
„Întreabă-l pe soţul tău de ce se simte melancolic"
"When he tells you, let me know the reason"
„Când îţi spune, spune-mi motivul."
The minister's son overheard the conversation.
Fiul ministrului a auzit conversaţia.
But he stayed unnoticed by the goddess.
Dar a rămas neobservat de zeiţă.
And his wife did not notice him either.
Şi nici soţia lui nu l-a observat.
He quietly slunk away before his wife.
S-a furişat în linişte din faţa soţiei sale.
And he returned back to bed before her.
Şi s-a întors înapoi în pat, înaintea ei.
The following day the wife asked her husband.
A doua zi, soţia şi-a întrebat soţul.
"My dear husband, why are you in a melancholy mood?"
„Dragul meu soţ, de ce eşti într-o dispoziţie melancolică?"
Her husband retold the whole story.
Soţul ei a repovestit întreaga întâmplare.
He told her about the jewel serpent.
I-a povestit despre şarpele cu bijuterii.
He told her about the subterranean palace.
I-a povestit despre palatul subteran.
He told her about the princess being captured.
I-a povestit despre capturarea prinţesei.

He told her how he freed the princess.
I-a povestit cum a eliberat-o pe prințesă.
And he told her about Bihangama and Bihangami.
Și i-a povestit despre Bihangama și Bihangami.
He told her how he had turned to stone.
I-a povestit cum se transformase în piatră.
And he told her how he was returned back to life.
Și i-a povestit cum a fost readus la viață.
So he told her also about the killing of the child.
Așa că i-a povestit și despre uciderea copilului.
That night his wife left the bed again.
În noaptea aceea, soția lui s-a ridicat din nou din pat.
And she returned to the goddess kali's temple.
Și s-a întors la templul zeiței Kali.
And she told the goddess of her husband's melancholy.
Și i-a povestit zeiței despre melancolia soțului ei.
The goddess listened intently to what was said.
Zeița a ascultat cu atenție ce se spunea.
"Bring the child here and I will restore it to life"
„Aduceți copilul aici și îl voi da la viață"
The next night she left the marital bed again.
În noaptea următoare, ea a părăsit din nou patul conjugal.
She went to the tree in the garden.
Ea s-a dus la copacul din grădină.
And she took the child from the tree.
Și a luat copilul din copac.
And she took the child to the goddess kali.
Și ea a dus copilul la zeița Kali.
And the goddess kali returned the child back to life.
Și zeița Kali a readus copilul la viață.
The prince's friend was entranced with joy.
Prietenul prințului era încântat de bucurie.
He picked up the reanimated child.
El a ridicat copilul resuscitat.
And he ran as fast as he could to his friend.
Și a alergat cât de repede a putut spre prietenul său.
And he gave him his child, alive and well.

Și i-a dat copilul său, viu și sănătos.
They all rejoiced with exceedingly great joy.
Toți s-au bucurat cu o bucurie nespus de mare.
And they lived together happily till the day of their death.
Și au trăit fericiți împreună până în ziua morții lor.

The Indignant Brahman
Brahmanul indignat

There was once a poor Brahman.
A fost odată un brahman sărac.
This poor Brahman had a wife.
Acest biet brahman avea o soție.
And he also had four children.
Și a avut și patru copii.
He was a very poor man.
Era un om foarte sărac.
And he had no resources in the world.
Și nu avea resurse pe lume.
He lived from the charity of others.
Trăia din mila altora.
During marriages he earned well.
În timpul căsniciilor a câștigat bine.
And he earned well during funerals.
Și a câștigat bine la înmormântări.
But his parishioners did not marry daily.
Dar enoriașii săi nu se căsătoreau zilnic.
And they did not die every day either.
Și nici nu mureau în fiecare zi.
It was difficult to make the two ends meet.
A fost greu să fac față cheltuielilor.
His wife often rebuked him.
Soția lui îl certa adesea.
"Why can you not support me?"
„De ce nu mă poți susține?"
"Our children run around naked"
„Copiii noștri aleargă goi"
"And they suffer from hunger"
„Și suferă de foame"
Though poor, he was a good man.
Deși sărac, a fost un om bun.
And he was diligent in his devotions.
Și era sârguincios în devoțiunile sale.

Every day he said his prayers.
În fiecare zi își spunea rugăciunile.
He prayed at the same time each day.
Se ruga la aceeași oră în fiecare zi.
His tutelary deity was the Goddess Durga.
Zeitatea sa tutelară era zeița Durga.
She is the consort of Shiva.
Ea este consoarta lui Shiva.
She is the creative energy of the universe.
Ea este energia creatoare a universului.
Every day he wrote the name of Durga.
În fiecare zi scria numele lui Durga.
He wrote the name in red ink.
A scris numele cu cerneală roșie.
At least one hundred and eight times.
De cel puțin o sută opt ori.
He did not drink or eat till he did this.
Nu a băut și nu a mâncat până nu a făcut asta.
throughout the day he uttered prayers.
pe tot parcursul zilei rostea rugăciuni.
"O Durga! have mercy upon me"
„O, Durga! ai milă de mine!"
He prayed whenever he felt anxious.
Se ruga ori de câte ori era neliniștit.
And he often felt anxious.
Și adesea se simțea anxios.
Because he lived in poverty.
Pentru că trăia în sărăcie.
He prayed when his worries were too much.
Se ruga când grijile lui erau prea mari.
And there were many things he worried about.
Și erau multe lucruri care îl îngrijorau.
He worried about his wife and children.
El își făcea griji pentru soția și copiii săi.
And he worried about supporting them.
Și își făcea griji să-i sprijine.

One day he was very sad.
Într-o zi era foarte trist.
On this day he went to a forest.
În ziua aceasta, el s-a dus într-o pădure.
The forest was far outside the village.
Pădurea era departe în afara satului.
He let out all his grief.
Și-a dat drumul la toată durerea.
And he wept bitter tears.
Și a plâns cu lacrimi amare.
"O Durga! O Mother Bhagavati!"
"O Durga! O Mamă Bhagavati!"
"Please put an end to my misery?"
„Te rog, pune capăt suferinței mele?"
"I wish I were alone in the world"
„Aș vrea să fiu singur pe lume"
"Then my poverty wouldn't worry me"
„Atunci sărăcia mea nu m-ar îngrijora"
"But thou hast given me a wife"
„Dar mi-ai dat o soție"
"And my wife has given me children"
„Și soția mea mi-a dat copii"
"O Mother, I beg of you"
„O, Mamă, te implor"
"Give me the means to support them"
„Dați-mi mijloacele să-i susțin"
Shiva and his wife Durga happened to be there.
Shiva și soția sa, Durga, se întâmpla să fie acolo.
They were taking their morning walk.
Își făceau plimbarea de dimineață.
The Goddess Durga saw the Brahman at a distance.
Zeița Durga l-a văzut pe brahman de la distanță.
"O Lord of Kailas, do you see that Brahman?"
„O, Doamne al Kailasului, îl vezi pe acel Brahman?"
"He is always taking my name on his lips"
„Îmi ia mereu numele pe buze"
"He prays I deliver him from his troubles"

„Se roagă să-l eliberez de necazurile lui"
"Can we not do something for the poor Brahman?"
„Nu putem face ceva pentru bietul brahman?"
"He is oppressed with many cares"
„Este asuprit de multe griji"
"And he deeply cares for his growing family"
„Și îi pasă profund de familia sa în creștere"
"We should make his life more comfortable"
„Ar trebui să-i facem viața mai confortabilă"
"Because the poor man never has enough to eat"
„Pentru că săracul nu are niciodată să mănânce suficient"
"And his family doesn't have enough to eat either"
„Și nici familia lui nu are suficientă mâncare"
"Let us give him a pot"
„Hai să-i dăm o oală"
"A pot with an infinite supply of murukku"
„O oală cu o rezervă infinită de murukku"
The divine consort was right.
Consoarta divină a avut dreptate.
The Lord of Kailas agreed to the proposal.
Domnul din Kailas a fost de acord cu propunerea.
On the spot he created a magical pot.
Pe loc, a creat o oală magică.
Durga went to the poor Brahman.
Durga s-a dus la bietul brahman.
"O Brahman! My loyal devotee"
„O, Brahman! Devotul meu loial."
"I have often thought of your pitiable case"
„M-am gândit adesea la cazul tău jalnic"
"Your repeated prayers have moved my compassion"
„Rugăciunile tale repetate mi-au mișcat compasiunea"
"Here is a pot for you"
„Iată o oală pentru tine"
"You must turn the pot upside down"
„Trebuie să întorci oala cu susul în jos"
"And then you must shake the pot"
„Și apoi trebuie să agiți oala"

"The finest murukku will pour out"
„Cel mai bun murukku va curge"
"The murukku will keep pouring out forever"
„Murukku va continua să curgă la nesfârșit"
"Until you put the pot upright again"
„Până când pui oala la loc în poziție verticală"
"You can eat as much murukku as you like"
„Poți mânca cât murukku dorești"
"Your wife and children will hunger no more"
„Soția și copiii voștri nu vor mai suferi de foame"
"And you can sell the murukku if you like"
„Și poți vinde murukku-ul dacă vrei."
The Brahman was delighted beyond measure.
Brahmanul a fost încântat peste măsură.
He had received a truly valuable treasure.
Primise o comoară cu adevărat valoroasă.
He made his deepest obeisance to the goddess.
El i-a adus zeiței cele mai profunde plecăciuni.
And he expressed his eternal gratefulness.
Și și-a exprimat veșnica recunoștință.

The Brahman had started walking home.
Brahmanul pornise pe jos spre casă.
But first he had to test his magical pot.
Dar mai întâi trebuia să-și testeze oala magică.
He wanted to see if the pot really worked.
Voia să vadă dacă oala chiar funcționează.
He turned the pot upside down.
A întors oala cu susul în jos.
And he shook the pot, as instructed.
Și a scuturat oala, așa cum i s-a spus.
Lo and behold! The pot really did work.
Și iată! Oala chiar a funcționat.
The finest murukku fell to the ground.
Cel mai bun murukku a căzut la pământ.
He tied the sweetmeat in his sheet.
A legat dulciurile în cearșaf.

And he walked on, towards his village.

Și a mers mai departe, spre satul său.

By noon the Brahman had gotten hungry.

Până la prânz, brahmanului i se făcuse foame.

But he could not eat without his ablutions.

Dar nu putea mânca fără abluțiuni.

First, he had to say his prayers.

Mai întâi, a trebuit să-și spună rugăciunile.

There was an inn on his way.

În drumul lui era un han.

Close to the inn there was a water tank.

Lângă han era un rezervor de apă.

So, he intended to halt there.

Așadar, intenționa să se oprească acolo.

In order to bathe and say his prayers.

Ca să se spele și să-și spună rugăciunile.

After this he could eat all the murukku.

După aceasta, a putut mânca tot murukku.

The Brahman sat at the innkeeper's shop.

Brahmanul stătea la prăvălia hangiului.

The shopkeeper was smoking tobacco.

Negustorul fuma tutun.

He put the pot near the shopkeeper.

A pus oala lângă negustor.

And he asked him to look after the pot.

Și l-a rugat să aibă grijă de oală.

"Please take special care of this pot"

„Vă rog să aveți grijă în mod special de această oală"

"I must bathe and say my prayers"

„Trebuie să mă spăl și să-mi spun rugăciunile"

"Please look after this pot for me"

„Te rog să ai grijă de această oală pentru mine"

"Make sure nothing happens to this pot"

„Asigură-te că nu se întâmplă nimic cu oala asta"

He thought it was a strange request.

I s-a părut o cerere ciudată.

But he agreed to look after the pot.

Dar a fost de acord să aibă grijă de oală.
And the Brahman gave him the pot.
Și brahmanul i-a dat oala.
He besmeared his body with mustard oil.
Și-a uns corpul cu ulei de muștar.
And he went to do his ablutions.
Și s-a dus să-și facă abluțiunile.
The innkeeper grew curious about the pot.
Hangiul a devenit curios în legătură cu oala.
"This pot must have something valuable in it"
„Oala asta trebuie să conțină ceva valoros în ea."
"Why else would he be so careful?"
„Altfel de ce ar fi atât de atent?"
His curiosity had been excited.
Curiozitatea lui fusese stârnită.
So, he opened the pot.
Așa că, a deschis oala.
To his surprise the pot was empty.
Spre surprinderea lui, oala era goală.
"What can be the meaning of this?"
„Ce poate însemna asta?"
"Why does he care so much for an empty pot?"
„De ce îi pasă atât de mult de o oală goală?"
He began to examine the pot more carefully.
A început să examineze oala mai atent.
During his inspection he turned the pot upside down.
În timpul inspecției sale, a întors oala cu susul în jos.
And then the finest murukku fell out from the pot.
Și apoi cel mai fin murukku a căzut din oală.
And the murukku didn't stop falling out.
Și murukku nu a încetat să cadă.
The innkeeper called his wife and children.
Hangiul și-a chemat soția și copiii.
He wanted them to witness what had happened.
El voia ca ei să fie martori la ceea ce se întâmplase.
An unexpected stroke of good fortune!
O lovitură de noroc neașteptată!

The pot gave copious showers of sugared paddy.
Oala a împrăștiat ploi copioase de nedecorticat cu zahăr.
He filled all his pots and jars.
Și-a umplut toate oalele și borcanele.
He knew he had to have this pot.
Știa că trebuie să aibă oala asta.
So, he replaced the pot with another one.
Așa că a înlocuit oala cu alta.
He had a pot of the same size and color.
Avea o oală de aceeași mărime și culoare.

The Brahman had finished his ablutions.
Brahmanul își terminase abluțiunile.
He had performed all of his devotions.
Își îndeplinise toate rugăciunile.
He came back to the shop in wet clothes.
S-a întors la magazin în haine ude.
He was still reciting holy texts of the Vedas.
El încă recita texte sfinte ale Vedelor.
He put back on his dry clothes.
Și-a pus la loc hainele uscate.
In red ink he wrote the name of Durga.
Cu cerneală roșie a scris numele lui Durga.
He wrote her name one hundred and eight times.
I-a scris numele de o sută opt ori.
After doing this he broke his fast.
După ce a făcut aceasta, și-a întrerupt postul.
And he ate the murukku he had in his sheet.
Și a mâncat murukku-ul pe care îl avea în cearșaf.
He was refreshed from the meal.
S-a împrospătat după masă.
Now he could resume his journey home.
Acum își putea relua călătoria spre casă.
So he called to the innkeeper.
Așa că l-a chemat pe hangiu.
"Please could I get my pot back"
„Vă rog, ați putea să-mi primiți oala înapoi?"

The innkeeper gave him back his pot.
Hangiul i-a dat înapoi oala.
"There, sir, here is your pot"
„Aici este, domnule, iată oala dumneavoastră."
"The pot is exactly where you had put it"
„Oala este exact unde ai pus-o."
"Your pot is just as you left it"
„Oala ta este exact așa cum ai lăsat-o"
"I made sure no one has touched your pot"
„M-am asigurat că nimeni nu s-a atins de oala ta"
The Brahman didn't suspect a thing.
Brahmanul nu bănuia nimic.
He picked up the pot.
A ridicat oala.
And he proceeded on his journey home.
Și și-a continuat călătoria spre casă.

On his journey he had to think.
În călătoria sa, a trebuit să gândească.
He congratulated his good fortune.
El și-a felicitat norocul.
"My wife will be most pleasantly surprised!"
„Soția mea va fi plăcut surprinsă!"
"The children will devour the murukku!"
„Copiii vor devora murukku!"
"I shall soon become rich"
„În curând voi deveni bogat"
"I will be able to lift my head up high"
„Voi putea să-mi ridic capul sus"
The pains of travelling had been reduced.
Durerea călătoriei se redusese.
Now his problems were much more pleasant.
Acum problemele lui erau mult mai plăcute.
Only anticipation made the journey difficult.
Doar anticiparea a îngreunat călătoria.
He finally reached his home again.
În sfârșit a ajuns din nou acasă.

He called to his wife and children.
El și-a chemat soția și copiii.
"Look at what I have brought"
„Uite ce am adus"
"This pot is an unfailing source of wealth".
„Acest vas este o sursă nelipsită de bogăție."
"We will never have to struggle again"
„Nu va mai trebui niciodată să ne luptăm"
"I will turn the pot upside down"
„Voi întoarce oala cu susul în jos"
"And then you will see something.
„Și atunci vei vedea ceva."
"Something you've never seen before"
„Ceva ce n-ai mai văzut niciodată"
"A stream of the finest murukku will flow"
„Un pârâu din cel mai fin murukku va curge"
You can imagine what his wife was thinking.
Vă puteți imagina la ce se gândea soția lui.
"My husband has gone mad," she thought.
„Soțul meu a înnebunit", s-a gândit ea.
She was soon confirmed in her opinion.
Părerea ei a fost curând confirmată.
Nothing fell from the pot, as promised.
Nimic nu a căzut din oală, așa cum am promis.
He turned the pot upside down again and again.
A întors oala cu susul în jos iar și iar.
The Brahman was overwhelmed with grief.
Brahmanul a fost copleșit de durere.
He realized that he had been tricked.
Și-a dat seama că fusese păcălit.
The innkeeper must have swapped the pot.
Hangiul trebuie să fi schimbat oala.
He must have stolen Durga's pot.
Trebuie să-i fi furat oala lui Durga.
And he must have replaced the pot with a normal one.
Și trebuie să fi înlocuit oala cu una normală.
He went back to the innkeeper the next day.

S-a întors la hangiu a doua zi.
And he accused him of having changed his pot.
Și l-a acuzat că i-a schimbat oala.
At first the innkeeper acted surprised.
La început, hangiul s-a prefăcut surprins.
Then he pretended to be angry at the accusation.
Apoi s-a prefăcut a fi furios din cauza acuzației.
Finally, he chased him out of his shop.
În cele din urmă, l-a alungat din magazin.

He had no way of getting the pot back.
Nu avea cum să-și ia oala înapoi.
The Brahman knew what he had to do.
Brahmanul știa ce trebuia să facă.
He went to see the goddess Durga again.
S-a dus să o vadă din nou pe zeița Durga.
Siva and Durga honored him with their presence.
Siva și Durga l-au onorat cu prezența lor.
Durga spoke to the poor Brahman.
Durga i-a vorbit bietului brahman.
"So, you have lost the pot I gave you"
„Deci, ai pierdut oala pe care ți-am dat-o."
"I take pity on your situation"
„Îmi este milă de situația ta"
"Here is another magical pot"
„Iată o altă oală magică"
"Take this pot, and make good use of it"
„Ia această oală și folosește-o bine"
The Brahman was elated with joy.
Brahmanul era încântat de bucurie.
He made obeisance to the divine couple.
El s-a închinat cuplului divin.
And he took the pot with him.
Și a luat oala cu el.
Again he had to see if the pot worked.
Din nou a trebuit să vadă dacă oala funcționa.
He turned the pot upside down.

A întors oala cu susul în jos.
And he shook the pot as before.
Și a scuturat oala ca mai înainte.
And he waited for the murukku to fall out.
Și a așteptat ca murukku-ul să cadă.
But no, horror of horrors!
Dar nu, oroarea ororilor!
Murukku did not fall from the pot.
Murukku nu a căzut din oală.
Instead of murukku, demons jumped out.
În loc de murukku, au sărit afară demoni.
They began to beat the astonished Brahman.
Au început să-l bată pe brahmanul uimit.
The Brahman received punches and kicks.
Brahmanul a primit pumni și picioare.
But he kept his presence of mind.
Dar și-a păstrat prezența de spirit.
He turned the pot the right way up.
A întors oala în direcția corectă.
And he covered the pot up again.
Și a acoperit oala din nou.
Fortunately his quick thinking worked.
Din fericire, gândirea lui rapidă a funcționat.
The demons disappeared as soon as he did this.
Demonii au dispărut imediat ce a făcut asta.
The Brahman tried to understand what this meant.
Brahmanul a încercat să înțeleagă ce însemna asta.
It must be to punish the innkeeper!
Trebuie să fie ca să-l pedepsească pe hangiu!
So he went to the innkeeper again.
Așa că s-a dus din nou la hangiu.
He gave him the new pot.
I-a dat oala cea nouă.
He begged of him to look after the pot.
L-a implorat să aibă grijă de oală.
Just like he had done before.
Exact cum făcuse și înainte.

He went for his ablutions and prayers.
S-a dus pentru abluțiuni și rugăciuni.
The innkeeper was delighted.
Hangiul era încântat.
He had been given a second godsend.
Primise o a doua mană cerească.
He agreed to take the greatest care of the pot.
El a fost de acord să aibă cea mai mare grijă de oală.
He waited for the Brahman to go.
El a așteptat ca brahmanul să plece.
And he called his wife and children.
Și și-a chemat soția și copiii.
"This is another pot from the Brahman"
„Aceasta este o altă oală de la Brahman"
"This time I hope it is not murukku"
„De data asta sper să nu fie murukku"
"I hope this pot is full of sandesa"
„Sper că această oală este plină de sandesa"
"Come, be ready with the baskets"
„Veniți, fiți pregătiți cu coșurile"
"I will turn the pot upside down"
„Voi întoarce oala cu susul în jos"
"And then I will shake the pot"
„Și apoi voi agita oala"
And he did what he said he would do.
Și a făcut ce a spus că va face.
But the room did not fill with food.
Dar camera nu s-a umplut cu mâncare.
This time the room filled with demons.
De data aceasta, camera s-a umplut de demoni.
The demons caught hold of the innkeeper.
Demonii l-au prins pe hangiu.
And the demons also caught his family.
Și demonii au prins și familia lui.
And the demons beat them mercilessly.
Și demonii i-au bătut fără milă.
They would have completely destroyed the shop.

Ar fi distrus complet magazinul.
But the victims ran to the Brahman.
Dar victimele au alergat la brahman.
The Brahman had returned from his ablutions.
Brahmanul se întorsese de la abluțiuni.
The Brahman showed mercy to them.
Brahmanul le-a arătat milă.
And he accepted their request.
Și el le-a acceptat cererea.
But there was one condition to his help.
Dar ajutorul său era pus pe o singură condiție.
"I will only help if I get my pot back"
„Voi ajuta doar dacă îmi recuperez oala."
The innkeeper didn't have much choice.
Hangiul nu prea avea de ales.
He had to accept the Brahman's conditions.
A trebuit să accepte condițiile brahmanului.
The Brahman put the pot upright again.
Brahmanul a pus oala din nou în poziție verticală.
And he put the lid on the pot.
Și a pus capacul pe oală.
He took his pot back from the innkeeper.
Și-a luat oala înapoi de la hangiu.
And he returned back to his village.
Și s-a întors înapoi în satul său.
Now the Brahman had two magical pots.
Acum, brahmanul avea două oale magice.
The Brahman shut the door of his house.
Brahmanul a închis ușa casei sale.
And he called his family again.
Și și-a sunat din nou familia.
He turned the murukku-pot upside down.
A întors oala murukku cu susul în jos.
And he shook the murukku-pot as before.
Și a scuturat oala murukku ca înainte.
This time the magic pot worked.
De data aceasta, oala magică a funcționat.

An endless stream of the finest murukku.
Un flux nesfârșit de cele mai bune murukku.
The family devoured the sweetmeat.
Familia a devorat dulciura.
They ate to their hearts' content.
Au mâncat pe săturate.
All the pots and pans were filled.
Toate oalele și tigăile erau umplute.

The next day the Brahman became confectioner.
A doua zi, brahmanul a devenit cofetar.
He opened a shop in his house.
A deschis un magazin în casa lui.
And he sold the best murukku.
Și a vândut cel mai bun murukku.
The whole village came to the Brahman's house.
Întregul sat a venit la casa brahmanului.
They all wanted to buy the wonderful murukku.
Toți voiau să cumpere minunatul murukku.
They had never seen such murukku in their life.
Nu mai văzuseră niciodată un astfel de murukku în viața lor.
It was the most delicious murukku they ever had.
A fost cel mai delicios murukku pe care l-au mâncat vreodată.
No one had ever made anything like this dessert.
Nimeni nu mai făcuse vreodată așa un desert.
The reputation of the Brahman's murukku spread.
Reputația murukku-ului brahmanului s-a răspândit.
Soon people from outside the city came.
În scurt timp au venit oameni din afara orașului.
Cartloads of the sweetmeat were sold every day.
Căruțe pline cu dulciuri se vindeau în fiecare zi.
The Brahman quickly became very rich.
Brahmanul a devenit repede foarte bogat.
He built a large brick house.
El a construit o casă mare din cărămidă.
And he lived like a nobleman of the land.
Și a trăit ca un nobil al țării.

Once, however, his luck almost changed.
Odată însă, norocul aproape că i s-a schimbat.
His children had taken the wrong pot.
Copiii lui luaseră oala greșită.
A large number of demons came out.
Un număr mare de demoni au ieșit afară.
And they caught hold of the Brahman's wife.
Și au prins-o pe soția brahmanului.
And they also caught his children.
Și i-au prins și pe copiii lui.
They were striking them mercilessly.
Îi loveau fără milă.
Fortunately the Brahman came back into the house.
Din fericire, brahmanul s-a întors în casă.
He turned the pot back to its proper position.
A întors oala înapoi în poziția sa corectă.
He wanted to prevent a similar catastrophe.
El voia să prevină o catastrofă similară.
So the Brahman had a private room built.
Așa că brahmanul a construit o cameră privată.
And he put the pot in a secret place.
Și a pus oala într-un loc secret.
Mortals, however, do not have the luck of Gods.
Muritorii, însă, nu au norocul zeilor.
Uninterrupted prosperity is not their fortune.
Prosperitatea neîntreruptă nu este norocul lor.
The demon-pot had been put out of the way.
Oala-demon fusese dată la o parte.
But why might accident not befall the murukku pot?
Dar de ce nu s-ar putea întâmpla un accident oalei murukku?
One day the Brahman and his wife were absent.
Într-o zi, brahmanul și soția sa au lipsit.
The children decided to shake the pot.
Copiii au decis să agite oala.
Each of them wanted to do the honors.
Fiecare dintre ei a vrut să facă onorurile.
So there was a fight to get the pot.

Așa că a existat o luptă pentru a obține oala.
In the struggle the pot fell to the ground.
În luptă, oala a căzut la pământ.
Like any other earthen pot, it broke.
Ca orice alt vas de lut, s-a spart.
Eventually the Braham came back home again.
În cele din urmă, Brahamii s-au întors acasă.
You can imagine how the news grieved him.
Vă puteți imagina cât de mult l-a îndurerat vestea.
Of course the children were well cudgeled.
Bineînțeles că copiii au fost bine mângâiați.
But anger could not replace the pot.
Dar furia nu a putut înlocui oala.
After some days he went to the forest again.
După câteva zile, s-a dus din nou în pădure.
He offered many a prayer for Durga's favor.
El a oferit multe rugăciuni pentru favoarea lui Durga.
At last Siva and Durga appeared to him.
În cele din urmă, Siva și Durga i-au apărut.
They listened to how the pot had been broken.
Au ascultat cum se spartese oala.
Durga decided to give him another pot.
Durga a decis să-i dea o altă oală.
But this pot was accompanied with a caution.
Dar această oală a fost însoțită de o precauție.
"Brahman, take care of this pot"
„Brahman, ai grijă de această oală"
"Do not break or lose this pot again"
„Nu mai spargeți sau pierdeți această oală"
"Next time I will not give you another pot"
„Data viitoare nu-ți voi mai da oală."
The Brahman made obeisance to the Gods.
Brahmanul s-a închinat zeilor.
And he went straight back to his house.
Și s-a întors direct acasă.
This time he did not halt at the innkeeper's.
De data aceasta nu s-a oprit la hangiu.

He shut the door of his house.
A închis ușa casei sale.
He called his family to him.
Și-a chemat familia la el.
And he turned the pot upside down.
Și a întors oala cu susul în jos.
And then he began to shake the pot.
Și apoi a început să scuture oala.
They were only expecting murukku.
Se așteptau doar la murukku.
But this time it was not murukku.
Dar de data aceasta nu a fost murukku.
A stream of beautiful sandesa poured out.
Un șuvoi de frumoasă sandesa s-a revărsat.
It was the finest sandesa you can imagine.
A fost cea mai bună sandesa pe care ți-o poți imagina.
It truly was the food of Gods.
A fost cu adevărat mâncarea zeilor.
The Brahman set up another shop.
Brahmanul a deschis o altă prăvălie.
Now he was selling sandesa.
Acum vindea Sandesa.
The fame of his shop soon drew large crowds.
Faima magazinului său a atras curând mulțimi mari.
People came from all over the country.
Au venit oameni din toată țara.
At all festivals and marriage feasts.
La toate sărbătorile și ospețele de nuntă.
And at all funeral celebrations in the area.
Și la toate ceremoniile funerare din zonă.
No one bought any other sandesa.
Nimeni nu a cumpărat altă Sandesa.
All day long the pot produced sandesa.
Toată ziua, oala a produs sandesa.
Gigantic jars were filled with sweet.
Borcane gigantice erau umplute cu dulciuri.
And the jars were sent all over the country.

Și borcanele au fost trimise în toată țara.

The Brahman's wealth made the Zemindar jealous.
Bogăția brahmanului l-a făcut gelos pe Zemindar.
In these days all villages had a Zemindar.
În aceste zile, toate satele aveau un Zemindar.
He had heard strange things about the sandesa.
Auzise lucruri ciudate despre sandesa.
He heard the dessert came from a magic pot.
A auzit că desertul provine dintr-o oală magică.
So he devised a plan to get this pot.
Așa că a pus la cale un plan pentru a obține această oală.
His son was going to get married.
Fiul său urma să se căsătorească.
To celebrate there was a great feast.
Pentru a sărbători, a fost o mare sărbătoare.
Many hundreds of people were invited.
Multe sute de oameni au fost invitați.
Mountain-loads of sandesa were required.
Au fost necesare munți de sandesa.
The Zemindar made a proposal to the Brahman.
Zemindarul i-a făcut o propunere brahmanului.
"Bring the magical pot to my house"
„Adu oala magică la mine acasă"
At first the Brahman refused to bring the pot.
La început, brahmanul a refuzat să aducă oala.
But the Zemindar insisted.
Dar Zemindar a insistat.
"I will have hundreds of guests"
„Voi avea sute de invitați"
"I will need mountains of sandesa"
„Voi avea nevoie de munți de sandesa"
"More sandesa than you can carry"
„Mai multă sandesa decât poți căra"
"Bring the vessel to my house"
„Adu vasul la mine acasă"
"It will be easier for you and me"

„Va fi mai uşor pentru tine şi pentru mine"
Eventually the Brahman agreed.
În cele din urmă, brahmanul a fost de acord.
Himalayas of sandesa were shaken out.
Himalaya din Sandesa a fost scuturată.
But the Zemindar got hold of the pot.
Dar Zemindarul a pus mâna pe oală.
The Zemindar insulted the Brahman.
Zemindarul l-a insultat pe brahman.
And he chased him out of his house.
Şi l-a alungat din casă.
The Brahman didn't give vent to anger.
Brahmanul nu şi-a dat frâu liber mâniei.
Instead, he quietly went back to his house.
În schimb, s-a întors în linişte acasă.
He went to the private room.
S-a dus în camera privată.
And he took out the demon-pot.
Şi a scos oala-demon.
He came back to the Zemindar's house.
S-a întors la casa Zemindarului.
And he went to the door of the Zemindar.
Şi s-a dus la uşa Zemindarului.
He turned the pot upside down.
A întors oala cu susul în jos.
And then shook the magical pot.
Şi apoi a scuturat oala magică.
A hundred demons fell out of the pot.
O sută de demoni au căzut din oală.
The chaos was impossible to describe.
Haosul era imposibil de descris.
The unearthly visitors flooded the party.
Vizitatori nepământeni au inundat petrecerea.
They caught hundreds of the guests.
Au prins sute dintre invitaţi.
And the demons beat them mercilessly.
Şi demonii i-au bătut fără milă.

The women were dragged by their hair.
Femeile au fost târâte de păr.
The Zemindar was chased from room to room.
Zemindarul a fost fugărit dintr-o cameră în alta.
The demons' mischief was getting out of hand.
Războaiele demonilor scăpau de sub control.
Someone had to put an end to their mischief.
Cineva trebuia să pună capăt năzbâtiilor lor.
Else all the men would have been killed.
Altfel, toți bărbații ar fi fost uciși.
And the house would have been torn to the ground.
Și casa ar fi fost dărâmată din temelii.
The Zemindar fell at the feet of the Brahman.
Zemindarul a căzut la picioarele brahmanului.
And he begged to be shown mercy.
Și a implorat să i se arate milă.
The Brahman showed him great mercy.
Brahmanul i-a arătat o mare milă.
And he put the demons back in the pot.
Și i-a pus pe demoni înapoi în oală.
The Zemindar never disturbed the Brahman again.
Zemindarul nu l-a mai deranjat niciodată pe brahman.
Nor was he disturbed by anyone else.
Nici nu a fost deranjat de nimeni altcineva.
And he lived for many happy years.
Și a trăit mulți ani fericiți.

The Story of the Rakshasas
Povestea Rakshaselor

There was once a poor dimwitted Brahman.

A fost odată un brahman biet și prostuț.

This dimwitted man had a wife, but no children.

Acest bărbat prostuț avea o soție, dar nu avea copii.

But him not having children was probably for the best.

Dar faptul că nu a avut copii a fost probabil cel mai bine pentru el.

Because he was barely able to meet his own needs.

Pentru că abia era în stare să-și satisfacă propriile nevoi.

And he could hardly supply enough for his wife.

Și abia dacă putea să-i asigure soției sale ce avea.

But his dimwittedness was not even his biggest problem.

Dar prostia lui nici măcar nu era cea mai mare problemă a lui.

This dimwitted man was also a rather lazy man!

Acest om prostuț era și un om destul de leneș!

He was averse to making any long journeys.

Era reticent în a face orice călătorie lungă.

Had he travelled further he might have had enough.

Dacă ar fi călătorit mai departe, poate că s-ar fi săturat.

He could have got presents from rich men.

Ar fi putut primi cadouri de la oameni bogați.

This would have enabled them to live comfortably.

Acest lucru le-ar fi permis să trăiască confortabil.

There was a great king in a neighbouring country.

Într-o țară vecină trăia un mare rege.

The mother of the great king had just died.

Mama marelui rege tocmai murise.

So this king was celebrating the funeral obsequies.

Așadar, acest rege celebra slujba de înmormântare.

And the funeral was celebrated with great pomp.

Și înmormântarea a fost celebrată cu mare fast.

Brahmans and beggars were coming from faraway lands.

Brahmanii și cerșetorii veneau din țări îndepărtate.

They all came expecting to receive rich presents.

Toți au venit așteptându-se să primească daruri bogate.
The Brahman's wife requested him to also go.
Soția brahmanului l-a rugat și pe el să meargă.
"Seize this opportunity and get us a little money"
„Profită de această oportunitate și obține-ne niște bani"
But his constitutional indolence stood in the way.
Dar indolența sa constituțională i-a stat în cale.
The woman, however, gave her husband no rest.
Femeia, însă, nu i-a dat pace soțului ei.
Finally she extorted from him the promise.
În cele din urmă, ea i-a estorcat promisiunea.
He promised his wife that he would go.
I-a promis soției sale că va merge.
The good woman, accordingly, cut down a plantain tree.
Prin urmare, buna femeie a tăiat un bananier.
And she burnt the plantain tree to ashes.
Și a ars planta de banane în cenușă.
With the ashes she cleaned the clothes of her husband.
Cu cenușa a curățat hainele soțului ei.
And she made his clothes as white as any cleaner could.
Și i-a făcut hainele cât de albe putea fi orice curățător.
Her husband was going to the palace of a great king.
Soțul ei mergea la palatul unui mare rege.
The king could not be approached by men in rags.
Regele nu putea fi abordat de bărbați în zdrențe.
Besides, Brahman are bound to appear neat and clean.
În plus, Brahmanii sunt obligați să apară ordonați și curați.
At last, one morning the Brahman left his house.
În cele din urmă, într-o dimineață, brahmanul și-a părăsit casa.
And he made his way to the palace of the great king.
Și s-a îndreptat spre palatul marelui rege.
I have already mentioned he was a dimwitted man.
Am menționat deja că era un om prostuț.
He did not inquire which road he should take.
Nu a întrebat ce drum să ia.
Instead, he walked on and on without directions.
În schimb, a mers mai departe fără îndrumări.

And he followed wherever his nose pointed him.

Și l-a urmat oriunde l-a îndreptat nasul său.

I don't need to say he was not on the right road.

Nu trebuie să spun că nu era pe drumul cel bun.

The regions he wandered became less and less inhabited.

Regiunile pe care le-a rătăcit au devenit din ce în ce mai puțin locuite.

Soon he met no human being for many miles.

Curând nu a întâlnit nicio ființă umană pe o distanță de mulți kilometri.

But there were many other things he saw there.

Dar au văzut multe alte lucruri acolo.

Things he had never seen in all his life.

Lucruri pe care nu le mai văzuse în toată viața lui.

He saw hillocks of cowries on the roadside.

A văzut movile de cireșe pe marginea drumului.

Cowries were shells used as money in those times.

Caurii erau scoici folosite ca bani în acele vremuri.

He kept going and saw hillocks of jewels.

A continuat să meargă și a văzut movile de bijuterii.

Next, he saw hillocks of four-anna pieces.

Apoi, a văzut movile de bucăți de câte patru anna.

Further along were hillocks of eight-anna pieces.

Mai departe se aflau movile de piese de câte opt anna.

And further yet were hillocks of rupees.

Și mai departe erau movile de rupii.

But the Brahman's surprise did not end there.

Dar surpriza brahmanului nu s-a terminat aici.

Next there was a hill of burnished gold-mohurs.

Apoi era un deal de mohuri aurii lustruiți.

The burnished gold-mohurs were shining brightly.

Mohurii aurii lustruiți străluceau puternic.

Because the gold-mohurs had been freshly minted.

Pentru că mohurii de aur fuseseră proaspăt bătuți.

Close to the hill of gold-mohurs was a large house.

Aproape de dealul cu mohuri aurii se afla o casă mare.

The house looked like the palace of a powerful king.

Casa arăta ca palatul unui rege puternic.

At the door stood a lady of exquisite beauty.

La ușă stătea o doamnă de o frumusețe desăvârșită.

The lady, seeing the Brahman, said;

Doamna, văzându-l pe brahman, a spus,

"Come to me, my beloved husband"

„Vino la mine, iubitul meu soț"

"You married me when I was young"

„Te-ai căsătorit cu mine când eram tânără"

"But you never came back after our marriage"

„Dar nu te-ai mai întors niciodată după căsătoria noastră."

"Though I have been daily expecting you"

„Deși te așteptam în fiecare zi"

"Blessed be this day," said the lady.

„Binecuvântată fie ziua aceasta", a spus doamna.

"On this day I see the face of my husband"

„În această zi văd chipul soțului meu"

"Come, my sweet, come in," she asked of him.

„Vino, dragul meu, intră", l-a rugat ea.

"You must be fatigued from your long journey"

„Trebuie să fii obosit de lunga ta călătorie"

"Wash your feet and rest, and eat and drink"

„Spălați-vă picioarele și odihniți-vă, mâncați și beți"

"And after that we shall make ourselves merry"

„Și după aceea ne vom veseli"

The Brahman was astonished beyond measure.

Brahmanul a fost uimit peste măsură.

He had no recollection marrying twice.

Nu-și amintea să se fi căsătorit de două ori.

He remembered marrying the wife he left at home.

Își amintea că se căsătorise cu soția pe care o lăsase acasă.

But he did not remember marrying this lady.

Dar nu-și amintea că se căsătorise cu această doamnă.

But he remembered that he was a Kulin Brahman.

Dar și-a amintit că era un brahman Kulin.

Perhaps his father got him married as a child.

Poate că tatăl său l-a căsătorit când era copil.

But what he thought did not matter much.

Dar ce gândea el nu conta prea mult.

The woman was certain he was her husband.

Femeia era sigură că el era soțul ei.

And he had no reason to say he was not her husband.

Și nu avea niciun motiv să spună că nu era soțul ei.

Because her beauty was more than he could fathom.

Pentru că frumusețea ei era mai presus de ceea ce putea el imagina.

As beautiful as the Goddesses of Indra's heaven.

La fel de frumoase ca Zeițele din raiul lui Indra.

And he was sure that she was wealthy too.

Și era sigur că și ea era bogată.

These thoughts went through the Brahman's mind.

Aceste gânduri i-au trecut prin minte brahmanului.

But the lady interrupted his flow of thought.

Dar doamna i-a întrerupt șirul gândurilor.

"Are you doubting whether I am your wife?"

„Te îndoiești că sunt soția ta?"

"Have you lost all memories of that happy event?

„Ai pierdut toate amintirile acelui fericit eveniment?"

"All the pomp and circumstance of our nuptials"

„Toată fastul și împrejurările nunții noastre"

"Come in, beloved; this is your house"

„Intră, iubitule; aceasta este casa ta"

"Because whatever is mine is thine also"

„Pentru că ce este al meu este și al tău"

The fair lady easily persuaded the Brahman.

Frumoasa doamnă l-a convins cu ușurință pe brahman.

And he succumbed to her loving entreaties.

Și el a cedat rugăminților ei iubitoare.

And he went into the house of the lady.

Și a intrat în casa doamnei.

The house was not an ordinary one.

Casa nu era una obișnuită.

The house was in fact a magnificent palace.

Casa era de fapt un palat magnific.

All the apartments were large and lofty.
Toate apartamentele erau mari și înalte.
Every room in the palace was richly furnished.
Fiecare cameră din palat era bogat mobilată.
But one thing surprised the Brahman very much.
Însă un lucru l-a surprins foarte mult pe brahman.
There was no other person in all the house.
Nu era nicio altă persoană în toată casa.
The only one there was the lady herself.
Singura de acolo era chiar doamna.
He could not account for the strange phenomenon.
Nu-și putea explica straniul fenomen.
They meet anyone on their walks either.
Ei întâlnesc pe oricine în plimbările lor.
The fact was that the lady was not a human being.
Adevărul era că doamna nu era o ființă umană.
What the lady really was was a Rakshasi.
Ceea ce era de fapt doamna era o Rakshasi.
She had eaten up the king and queen.
Ea îi mâncase pe rege și pe regină.
And she had eaten all the members of the royal family.
Și ea îi mâncase pe toți membrii familiei regale.
And gradually she had eaten their servants too.
Și, treptat, ea îi mâncase și pe servitorii lor.
This was why there were no humans far and wide.
De aceea nu existau oameni prea departe.
The Rakshasi and the Brahman now lived together.
Rakshasi și Brahmanul locuiau acum împreună.
After a week the former said to the latter;
După o săptămână, primul i-a spus celui de-al doilea;
"I am very anxious to see my sister"
„Sunt foarte nerăbdătoare să-mi văd sora"
"As you know, my sister is your other wife"
„După cum știi, sora mea este cealaltă soție a ta "
"You must go and fetch my sister; your other wife"
„Trebuie să te duci s-o aduci pe sora mea; cealaltă soție a ta."
"Then we shall all live together happily"

„Atunci vom trăi cu toții fericiți împreună"

"You must go to get her early tomorrow"

„Trebuie să te duci să o iei mâine devreme"

"I will give you clothes and jewels for her"

„Îți voi da haine și bijuterii pentru ea"

Next morning the Brahman set out for his home.

A doua zi dimineață, brahmanul a pornit spre casă.

He was furnished with fine clothes.

El a fost îmbrăcat cu haine fine.

And he wore around his wrists costly ornaments.

Și purta în jurul încheieturilor mâinilor podoabe scumpe.

The poor woman was in great distress.

Biata femeie era în mare suferință.

The funeral ceremony of the king's mother was over.

Ceremonia funerară a mamei regelui se terminase.

All the Brahmans and Pandits had returned.

Toți brahmanii și pandiții se întorseseră.

And they were loaded with donations.

Și erau încărcați cu donații.

But her husband had not returned.

Dar soțul ei nu se întorsese.

No one could give any news of him.

Nimeni nu a putut da vreo veste despre el.

Because no one had seen him there.

Pentru că nimeni nu-l văzuse acolo.

The woman therefore could only come to one conclusion.

Prin urmare, femeia nu a putut ajunge decât la o singură concluzie.

He must have been murdered on the road by highwaymen.

Trebuie să fi fost ucis pe drum de niște tâlhari.

She was in this terrible suspense.

Ea era cuprinsă de această suspans teribilă.

But then one day she heard some rumors.

Dar apoi, într-o zi, a auzit niște zvonuri.

People in her village were talking about her husband.

Oamenii din satul ei vorbeau despre soțul ei.

They said they saw him coming back.
Au spus că l-au văzut întorcându-se.
And they said he was dressed in fine clothes.
Și au spus că era îmbrăcat în haine fine.
And they said he had fine jewels for his wife.
Și au spus că are bijuterii frumoase pentru soția sa.
And sure enough the Brahman soon appeared.
Și, într-adevăr, brahmanul a apărut curând.
And he was carrying fine jewels for his wife.
Și purta bijuterii fine pentru soția sa.
On seeing his wife the Brahman thus accosted her;
Văzându-și soția, brahmanul a abordat-o astfel;
"Come with me, my dearest wife"
„Vino cu mine, draga mea soție"
"I have found my first wife"
„Mi-am găsit prima soție"
"She lives in a stately palace"
„Locuiește într-un palat impunător"
"Near her palace are hillocks of rupees"
„Lângă palatul ei sunt movile de rupii"
"And there is a large hill of gold-mohurs"
„Și există un deal mare de mohur auriu"
"Why should you pine away in wretchedness?"
„De ce să te prăbușești în nenorocire?"
"Why would you stay in this horrible place?"
„De ce ai sta în acest loc oribil?"
"Come with me to the house of my first wife"
„Vino cu mine la casa primei mele soții"
"There we shall all live together happily"
„Acolo vom trăi cu toții fericiți împreună"
At first, she thought her half-witted man had gone mad.
La început, a crezut că bărbatul ei cel pe jumătate prost
înnebunise.
She could not imagine the hillocks of rupees.
Nu-și putea imagina movilele de rupii.
And she could not imagine a hill of gold-mohurs.
Și nu-și putea imagina un deal de mohuri aurii.

But then she saw how he was beautifully dressed.
Dar apoi a văzut cât de frumos era îmbrăcat.
Beautiful clothes of exquisite silks and satins.
Haine frumoase din mătase și satin rafinate.
Ornaments set with diamonds and precious stones.
Ornamente încrustate cu diamante și pietre prețioase.
Clothes fit for the queen of the land.
Haine potrivite pentru regina țării.
Clothes only princesses were in the habit of putting on.
Haine pe care doar prințesele aveau obiceiul să le poarte.
She concluded in her mind that something was amiss:
Ea a tras concluzia în sinea ei că ceva nu era în regulă:
Her stupid husband must have been tricked.
Soțul ei prost trebuie să fi fost păcălit.
He must have fallen into the meshes of a Rakshasi.
Trebuie să fi căzut în mrejele unui Rakshasi.
The Brahman, however, insisted his wife went with him.
Brahmanul, însă, a insistat ca soția sa să meargă cu el.
"Feel free to stay here and pine away in poverty"
„Simte-te liber să stai aici și să te prăbușești în sărăcie"
"As for me, I will return to the palace of my first wife"
„Cât despre mine, mă voi întoarce la palatul primei mele soții."
The good woman did her best to stop her husband.
Buna femeie a făcut tot posibilul să-și oprească soțul.
But in the end she resolved to go with him.
Dar, în cele din urmă, s-a hotărât să meargă cu el.
Perhaps she could judge the matter better at the palace.
Poate că ar putea judeca problema mai bine la palat.

They set out accordingly the next morning.
Au pornit la drum în consecință a doua zi dimineață.
They went the same road the Brahman had travelled.
Au mers pe același drum pe care călătorise și brahmanul.
The woman was not a little surprised by what she saw.
Femeia nu a fost mică surprindere de ceea ce a văzut.
She saw the hillocks of cowries and of jewels.

Ea a văzut movilele de cireșe și de bijuterii.
And she saw hillocks of eight-anna pieces.
Și a văzut movile de bucăți de câte opt anna.
And she saw the hillocks of rupees too.
Și a văzut și movilele de rupii.
And last of all she saw a lofty hill of gold-mohurs.
Și la urmă a văzut un deal înalt de mohuri aurii.
She saw also an exceedingly beautiful lady.
Ea a văzut și o doamnă extrem de frumoasă.
The lady of the palace was hastening towards her.
Doamna palatului se grăbea spre ea.
The lady fell on the neck of the Brahman woman.
Doamna a căzut pe gâtul femeii brahmane.
And she wept tears of joy, and said:
Și a plâns cu lacrimi de bucurie și a spus:
"Welcome, beloved sister!"
„Bine ai venit, soră iubită!"
"This is the happiest day of my life!"
„Aceasta este cea mai fericită zi din viața mea!"
"I see the face of my dearest sister again!"
„Îi văd din nou chipul dragei mele surori!"
The husband and his two wives entered the palace.
Soțul și cele două soții ale sale au intrat în palat.
Now he was lodged in a stately mansion.
Acum era găzduit într-o conac impunător.
The most delectable food appeared, as if by enchantment.
Cea mai delicioasă mâncare a apărut, ca prin vrajă.
He was caressed and endeared by his two wives.
A fost mângâiat și îndrăgit de cele două soții ale sale.
Both wives did their best to make him happy.
Ambele soții au făcut tot posibilul să-l facă fericit.
Both wives did their best to make him comfortable.
Ambele soții au făcut tot posibilul să-l facă să se simtă confortabil.
His two wives were competing for his love.
Cele două soții ale sale se întreceau pentru dragostea lui.
The Brahman had a jolly time of it.

Brahmanul s-a distrat de minune.
He was steeped in an ocean of enjoyment.
Era cufundat într-un ocean de bucurie.
The Brahman lived in this state of Elysian pleasure.
Brahmanul trăia în această stare de plăcere elizeană.
Some fifteen or sixteen years he spent this way.
A petrecut așa vreo cincisprezece sau șaisprezece ani.
During this time his two wives presented him with two sons.
În acest timp, cele două soții ale sale i-au dăruit doi fii.
The Rakshasi's son was the elder.
Fiul Rakshasi-ului era cel mai mare.
He looked more like a god than a human being.
Arăta mai mult ca un zeu decât ca o ființă umană.
He was named Sahasra-Dal.
El a fost numit Sahasra-Dal.
His name meant the thousand-branched.
Numele lui însemna cel cu o mie de ramuri.
The son of the Brahman woman was a year younger.
Fiul femeii brahmane era cu un an mai tânăr.
He was named Champa-Dal
El a fost numit Champa-Dal
His name meant the branch of a champaka tree.
Numele lui însemna ramura unui copac champaka.
The two brothers loved each other dearly.
Cei doi frați se iubeau nespus.
They were both sent to the same school.
Amândoi au fost trimiși la aceeași școală.
The school was several miles distant from the palace.
Școala se afla la câțiva kilometri distanță de palat.
Every day they rode their two little ponies to school.
În fiecare zi, își mergeau călărești cei doi ponei mici la școală.
The Brahman woman had always been suspicious.
Femeia brahmană fusese întotdeauna suspicioasă.
A thousand little circumstances gave her clues.
O mie de mici împrejurări i-au oferit indicii.
She knew her sister-in-law was not a human being.

Știa că cumnata ei nu era o ființă umană.
She was sure her sister-in-law was a Rakshasi.
Era sigură că cumnata ei era o Rakshasi.
But her suspicion had not yet ripened into certainty.
Dar bănuiala ei nu se transformase încă în certitudine.
Because the Rakshasi exercised great self-restraint.
Pentru că Rakshasi au dat dovadă de o mare stăpânire de sine.
She never did anything which human beings did not do.
Ea nu a făcut niciodată nimic ce nu au făcut ființele umane.
But she couldn't hide her demonic nature forever.
Dar nu-și putea ascunde natura demonică pentru totdeauna.
Her demonic nature was eventually going to reveal itself.
Natura ei demonică avea să se dezvăluie în cele din urmă.

The Brahman had little to keep him busy.
Brahmanul avea puține lucruri care să-l țină ocupat.
In order to pass his time he went hunting.
Ca să-și treacă timpul, a plecat la vânătoare.
The first day he returned with an antelope.
În prima zi s-a întors cu o antilopă.
The antelope was laid in the courtyard of the palace.
Antilopa a fost așezată în curtea palatului.
The Rakshasi saw the antelope with great interest.
Rakshasi a văzut antilopa cu mare interes.
At the sight of the raw meat her mouth began to water.
La vederea cărnii crude, i-a început să-i lase gura apă.
The antelope was never taken to the kitchen.
Antilopa nu a fost niciodată dusă în bucătărie.
Instead, the Rakshasi took the antelope to another room.
În schimb, Rakshasi a dus antilopa într-o altă cameră.
In this room she began devouring the antelope.
În această cameră a început să devoreze antilopele.
The Brahman woman saw everything from a secret room.
Femeia brahmană a văzut totul dintr-o cameră secretă.
Her Rakshasi sister tore a leg off the antelope.
Sora ei Rakshasi i-a smuls un picior antilopei.
She saw how she opened her tremendous jaw.

Ea a văzut cum și-a deschis maxilarul imens.
And in one mouthful she swallowed up the leg.
Și dintr-o singură gură a înghițit piciorul.
The other limbs were devoured in the same manner.
Celelalte membre au fost devorate în același mod.
And opening her jaw even further, she swallowed the body.
Și deschizându-și maxilarul și mai mult, a înghițit trupul.
Only a little bit of the meat was kept for the kitchen.
Doar o mică parte din carne a fost păstrată pentru bucătărie.
On the second day the Brahman caught another antelope.
În a doua zi, brahmanul a prins o altă antilopă.
On the third day the Brahman caught another antelope.
În a treia zi, brahmanul a prins o altă antilopă.
The Rakshasi was unable to restrain her appetite.
Rakshasi-a nu a putut să-și stăpânească pofta de mâncare.
The raw flesh brought out her demonic nature.
Carnea crudă i-a scos la iveală natura demonică.
And she devoured each antelope like the last.
Și a devorat fiecare antilopă ca pe ultima.
On the third day the Brahman woman expressed her surprise.
În a treia zi, femeia brahmană și-a exprimat surpriza.
"Nearly three whole antelopes have disappeared"
„Aproape trei antilope întregi au dispărut"
"All that is left is a little bit of meat"
„Tot ce a mai rămas este puțină carne"
The Rakshasi did not appreciate the accusation.
Rakshasi nu a apreciat acuzația.
"Do I eat raw flesh?" she asked fiercely.
„Mănânc carne crudă?", a întrebat ea cu înverșunare.
"Perhaps you do eat raw flesh," replied the Brahman woman.
„Poate că mănânci carne crudă", a răspuns femeia brahmană.
"I have nothing to prove the contrary"
„Nu am nimic care să dovedească contrariul"
The Rakshasi knew she had been discovered.
Rakshasi știa că fusese descoperită.

Her eyes became even fiercer than before.

Ochii ei deveniseră şi mai feroci ca înainte.

And she vowed to get her revenge.

Şi a jurat că se va răzbuna.

The Brahman woman concluded her fate was sealed.

Femeia brahmană a ajuns la concluzia că soarta ei era pecetluită.

She thought her husband would meet the same fate.

Ea credea că soţul ei va avea aceeaşi soartă.

She did not expect her son to be spared either.

Nici ea nu se aştepta ca fiul ei să fie cruţat.

That night she hardly slept at all.

În noaptea aceea, abia dacă a dormit deloc.

The Rakshasi had prevented her from seeing her husband.

Rakshasi-ul o împiedicase să-şi vadă soţul.

Early next morning Champa-Dal went to school.

A doua zi dimineaţă devreme, Champa-Dal s-a dus la şcoală.

Before he went to school she gave her son a golden bottle.

Înainte ca el să meargă la şcoală, ea i-a dat fiului ei o sticlă de aur.

In the golden bottle was her own breast milk.

În biberonul auriu se afla propriul ei lapte matern.

"Carefully watch the colour of the milk"

„Fiţi atenţi la culoarea laptelui"

"If the milk turns red, your father has been killed"

„Dacă laptele se înroşeşte, tatăl tău a fost ucis"

"If the milk turns redder, then I have been killed"

„Dacă laptele devine mai roşu, atunci am fost ucis."

"If the milk turns red you must gallop away"

„Dacă laptele se înroşeşte, trebuie să fugi în galop"

"Gallop as fast as your horse can carry you"

„Galopează cât de repede te poate duce calul tău"

"If you do not run away, you will be devoured"

„Dacă nu fugi, vei fi devorat"

That morning the Rakshasi made a suggestion to her husband.

În dimineaţa aceea, Rakshasi i-a făcut o sugestie soţului ei.

"Let us bathe in the river this morning"
„Hai să ne scăldăm în râu în această dimineață"
She would not take no for an answer.
Ea nu ar accepta un nu drept răspuns.
The river was some distance from the palace.
Râul era la o oarecare distanță de palat.
The Brahman followed her as meekly as a lamb.
Brahmanul a urmat-o la fel de umil ca un miel.
The Brahman woman saw that her doom was near.
Femeia brahmană a văzut că soarta ei era aproape.
But it was beyond her power to avert the catastrophe.
Dar era peste puterile ei să evite catastrofa.
The Brahman and the Rakshasi did indeed reach the river.
Brahmanul și Rakshasi au ajuns într-adevăr la râu.
Soon after the Rakshasi changed into her real dimensions.
La scurt timp după aceea, Rakshasi s-a transformat în
dimensiunile sale reale.
She tore the Brahman limb from limb.
Ea l-a sfâșiat pe brahman membru cu membru.
She devoured him like she had devoured the antelope.
L-a devorat așa cum devorase antilopa.
Then she ran back to her palace.
Apoi a fugit înapoi la palatul ei.
The wife's fate was the same as the Brahman's.
Soarta soției a fost aceeași ca și cea a brahmanului.

Young Champ Dal had done as his mother instructed.
Tânărul Champ Dal făcuse așa cum îi spusese mama sa.
He was diligently observing the golden bottle.
El observa cu sârguință sticla de aur.
He paid special attention to the colour of the milk.
A acordat o atenție deosebită culorii laptelui.
He was horror-struck to find the milk redden a little.
A fost îngrozit când a constatat că laptele s-a înroșit puțin.
"My father has been killed," he cried.
„Tatăl meu a fost ucis", a strigat el.
Soon after the milk completely reddened.

La scurt timp după aceea, laptele s-a înroșit complet.
"Now my mother has been killed too," he cried.
„Acum și mama mea a fost ucisă", a strigat el.
Quickly he rushed to mount his pony.
Repede s-a grăbit să-și încalece ponelul.
His half-brother, Sahasra-Dal, was surprised.
Fratele său vitreg, Sahasra-Dal, a fost surprins.
"Where are you going, Champa?"
„Unde te duci, Champa?"
"Why are you crying, brother?"
„De ce plângi, frate?"
"Let me accompany you to wherever you are going"
„Lasă-mă să te însoțesc oriunde te duci"
But Champa-Dal now feared his brother.
Dar Champa-Dal se temea acum de fratele său.
"Oh! do not come to me," he objected.
„O! nu veni la mine", a obiectat el.
"Your mother has devoured my father and mother"
„Mama ta mi-a devorat tatăl și mama"
"Don't you come and devour me"
„Nu veni să mă devorezi"
"I will not devour you," he promised his brother.
„Nu te voi devora", i-a promis el fratelui său.
"I'll save you," he promised his brother.
„Te voi salva", i-a promis el fratelui său.
And he galloped after his brother, Champa-Dal.
Și a galopat după fratele său, Champa-Dal.
Soon his mother, the Rakshasi, appeared at a distance.
Curând, mama sa, Rakshasi, a apărut în depărtare.
She demanded Champa-Dal to come to her.
Ea i-a cerut lui Champa-Dal să vină la ea.
But Champa-Dal knew better than to go to the Rakshasi.
Dar Champa-Dal știa că este mai bine să nu meargă la
Rakshasi.
"Champa-Dal will not come to you, but I will"
„Champa-Dal nu va veni la tine, dar eu voi veni"
And instead, Sahasra-Dal went to his mother.

Şi în schimb, Sahasra-Dal s-a dus la mama sa.
The young prince always carried a sword with him.
Tânărul prinţ purta întotdeauna o sabie cu el.
With his sword he cut off his mother's head.
Cu sabia sa i-a tăiat capul mamei sale.
Champa-Dal had not stayed to witness this.
Champa-Dal nu rămăsese ca să vadă asta.
He had galloped off as far as his pony could carry him.
A galopat cât de departe l-a putut duce poneiul său.
Because he was running for his life.
Pentru că fugea ca să-şi salveze viaţa.
But Sahasra-Dal soon caught up with his brother.
Dar Sahasra-Dal l-a ajuns curând din urmă pe fratele său.
And he told him that his mother was no more.
Şi i-a spus că mama lui nu mai este.
This was small consolation to Champa-Dal.
Aceasta a fost o mică consolare pentru Champa-Dal.
The Rakshasi had already devoured both his parents.
Rakshasi-ul îşi devorase deja ambii părinţi.
But he could still not trust Sahasra-Dal's friendship.
Dar tot nu putea avea încredere în prietenia lui Sahasra-Dal.
They both rode as fast as their horses could carry them.
Amândoi au călărit cât de repede i-au putut duce caii.
And their horses could carry them very far.
Şi caii lor îi puteau duce foarte departe.
Because their horses were Pakshirajes horses.
Pentru că caii lor erau cai Pakshiraje.
Pakshirajes horses are the kings of birds.
Caii din Pakshiraje sunt regii păsărilor.
On their horses they travelled over hundreds of miles.
Călare pe caii lor, au călătorit sute de kilometri.
An hour or two before sundown they reached a village.
Cu o oră sau două înainte de apusul soarelui, au ajuns într-un sat.
Here they became the guests of a respectable family.
Aici au devenit oaspeţii unei familii respectabile.
But the two brothers saw the family was in gloom.

Dar cei doi frați au văzut că familia era întunecată.
Something was agitating the family very much.
Ceva agita foarte tare familia.
Some of the family held private consultations.
Unii membri ai familiei au ținut consultații private.
And others in the family were weeping.
Și alții din familie plângeau.
The mother was the eldest lady in the house.
Mama era cea mai în vârstă doamnă din casă.
"I will go, as I am the eldest," she said.
„Voi merge și eu, deoarece sunt cea mai mare", a spus ea.
"I have lived long enough"
„Am trăit suficient"
"At most my life would be cut short by a year or two"
„Cel mai mult, viața mea ar fi scurtată cu un an sau doi"
The youngest member of the house was a little girl.
Cea mai tânără membră a casei era o fetiță.
"I will go, as I am young," she said.
„Voi merge, căci sunt tânără", a spus ea.
"I am useless to the family"
„Sunt inutil pentru familie"
"If I die, I shall not be missed"
„Dacă voi muri, nu-mi va fi dor"
The head of the house was the son of the old lady.
Capul casei era fiul bătrânei.
"I am the representative of the family," he said.
„Sunt reprezentantul familiei", a spus el.
"It is but reasonable that I should give up my life"
„Este rezonabil să-mi dau viața"
He also had a younger brother.
El a avut și un frate mai mic.
"You are the pillar of the family," he said.
„Tu ești pilonul familiei", a spus el.
"If you go the whole family is ruined"
„Dacă pleci, toată familia e ruinată"
"It is not reasonable that you should go"
„Nu este rezonabil să pleci"

"I will go, as I shall not be much missed"
„Voi merge, pentru că nu-mi va fi foarte dor"
The two strangers listened to all this conversation.
Cei doi străini au ascultat toată această conversație.
You can imagine their curiosity was not little.
Vă puteți imagina că curiozitatea lor nu a fost mică.
They wondered what the discussion could be about.
Se întrebau despre ce ar putea fi discuția.
Sahasra-Dal took the risk of being thought meddlesome.
Sahasra-Dal și-a asumat riscul de a fi considerat băgăcios.
"What is the subject of your consultations?"
„Care este subiectul consultărilor dumneavoastră?"
"What is the reason for your deep miserable?"
„Care este motivul pentru care ești profund nefericit?"
"Why are your words full of countenances?"
„De ce sunt cuvintele tale pline de înfățișări?"
The head of the house gave the following answer.
Capul casei a dat următorul răspuns.
"There is something you must know, me worthy guests"
„Trebuie să știți ceva, oaspeți demni."
"These lands are infested by a terrible Rakshasi"
„Aceste pământuri sunt infestate de un Rakshasi teribil"
"This Rakshasi has depopulated all the regions here"
„Acest Rakshasi a depopulat toate regiunile de aici"
"This town, too, would have been depopulated"
„Și acest oraș ar fi fost depopulat"
"But that our king became suppliant to the Rakshasi"
„Dar regele nostru a devenit implorator față de Rakshasi"
"He begged her to show mercy to us his people"
„A implorat-o să arate milă față de noi, poporul Său"
The Rakshasi replied to the king.
Rakshasi i-a răspuns regelui.
"I will consent to show mercy to your subjects"
„Voi consimți să arăt milă supușilor tăi"
"But there is one condition for my mercy"
„Dar există o condiție pentru mila mea"
"Every night I demand one human being"

„În fiecare seară cer o ființă umană"
"I don't mind if it is a male or a female"
„Nu mă deranjează dacă e bărbat sau femeie"
"Put the human being in a temple for me to feast"
„Puneți ființa umană într-un templu ca să mă ospătez"
"If I get a human being every night, I will rest satisfied"
„Dacă aș avea o ființă umană în fiecare noapte, aș dormi mulțumit"
"Promise me this and I will commit no further depredations"
„Promite-mi asta și nu voi mai comite alte jafuri"
"Your subjects will be spared from my ravenous hunger"
„Subiecții voștri vor fi cruțați de foamea mea lacomă"
"Our king had no other alternative than to agree"
„Regele nostru nu a avut altă alternativă decât să fie de acord"
"What human can ever hope to contend against a Rakshasi?"
„Ce om ar putea spera vreodată să se confrunte cu un Rakshasi?"
"From that day the king made a new law"
„Din ziua aceea, regele a dat o lege nouă"
"Every family has to send one member to the temple"
„Fiecare familie trebuie să trimită un membru la templu"
"To appease the wrath of the terrible Rakshasi"
„Pentru a potoli mânia teribilului Rakshasi"
"To satisfy the endless hunger of the Rakshasi"
„Pentru a satisface foamea nesfârșită a Rakshasi"
"All the families in this neighbourhood have had their turn"
„Tuturor familiilor din acest cartier le-a venit rândul"
"This night it is the turn of our family"
„În această seară este rândul familiei noastre"
"One of us is to devote ourself to destruction"
„Unul dintre noi trebuie să se dedice distrugerii"
"We are therefore discussing who should go to the Rakshasi"
„Prin urmare, discutăm cine ar trebui să meargă la Rakshasi"
"You can now perceive the cause of our distress"
„Acum poți înțelege cauza suferinței noastre"

The two friends consulted together for a few minutes.
Cei doi prieteni s-au sfătuit împreună preț de câteva minute.
After this time they concluded their consultation.
După acest timp, ei și-au încheiat consultarea.
Sahasra-Dal was the spokesman for the brothers.
Sahasra-Dal a fost purtătorul de cuvânt al fraților.
"Most worthy host, do not any longer be sad"
„Prea vrednică gazdă, nu mai fi tristă"
"You have been very kind to us"
„Ați fost foarte amabili cu noi"
"We have resolved to requite your hospitality"
„Ne-am hotărât să vă răsplătim ospitalitatea"
"We will go to the temple instead of you"
„Vom merge noi la templu în locul tău"
"We shall go as your representatives"
„Vom merge ca reprezentanți ai voștri"
"We will become the food of the Rakshasi"
„Vom deveni hrana Rakshasi"
The whole family protested against the proposal.
Întreaga familie a protestat împotriva propunerii.
They declared that guests were like gods.
Ei au declarat că oaspeții sunt ca niște zei.
"The host must ensure the comfort of the guests"
„Gazda trebuie să asigure confortul oaspeților"
"The guests must not suffer for the host"
„Oaspeții nu trebuie să sufere pentru gazdă"
But the two strangers could not be persuaded.
Dar cei doi străini nu au putut fi convinși.
"We will stand as proxies for your family"
„Vom fi reprezentanți ai familiei dumneavoastră"
There was a great deal of objection to the proposal.
Au existat multe obiecții la propunere.
But eventually the guests persuaded their hosts.
Dar, în cele din urmă, oaspeții i-au convins pe gazde.
Finally the hosts consented to the arrangement.
În cele din urmă, gazdele au fost de acord cu aranjamentul.

Sahasra-Dal and Champa-Dal rode off on their horses.

Sahasra-Dal și Champa-Dal au plecat călare pe caii lor.

Immediately after candle light they reached the temple.

Imediat după aprinderea lumânărilor, au ajuns la templu.

They went into the temple, and shut the door.

Au intrat în templu și au închis ușa.

Sahasra told his brother to go to sleep.

Sahasra i-a spus fratelui său să se ducă la culcare.

"I will guard over your sleep"

„Voi veghea asupra somnului tău"

"I will watch out for the terrible Rakshasi"

„Voi fi atent la teribilul Rakshasi"

Champa was soon in a fine sleep.

Champa a adormit curând.

Sahasra lay awake, waiting for the Rakshasi.

Sahasra zăcea trează, așteptând Rakshasi.

Nothing happened during the early hours of the night.

Nu s-a întâmplat nimic în primele ore ale nopții.

But then the gong of the king's bell sounded.

Dar atunci a sunat gong-ul clopotului regelui.

It was midnight, the dead hour of the night.

Era miezul nopții, ceasul mort al nopții.

Sahasra heard the sound as of a rushing tempest.

Sahasra a auzit sunetul unei furtuni năvălitoare.

He used the knowledge he had of Rakshasas.

El a folosit cunoștințele pe care le avea despre Rakshasas.

He concluded the Rakshasi was nigh.

El a concluzionat că Rakshasi era aproape.

A thundering knock was heard at the door.

O bătaie puternică s-a auzit în ușă.

The following words accompanied the knock at the door:

Următoarele cuvinte au însoțit bătaia în ușă:

"How, mow, khow! A human being I smell"

„Cum, cos, cum! Miros o ființă umană."

"Who keeps guard inside this temple?"

„Cine păzește acest templu?"

To this question Sahasra-Dal made the following reply:

La această întrebare, Sahasra-Dal a răspuns următorul:
"Sahasra-Dal keeps guard inside this temple"
„Sahasra-Dal păzește acest templu"
"Champa-Dal keeps guard inside this temple"
„Champa-Dal păzește acest templu"
"Two winged horses keep guard inside this temple"
„Doi cai înaripați păzesc acest templu"
Rakshasa blood flowed through Sahasra-Dal's veins.
Sânge Rakshasa curgea prin venele lui Sahasra-Dal.
The Rakshasi knew Sahasra-Dal was not human.
Rakshasi știau că Sahasra-Dal nu era om.
And so the Rakshasi turned away with a groan.
Și astfel, Rakshasi-ul s-a întors cu un geamăt.
After an hour the Rakshasi returned to the temple.
După o oră, Rakshasi s-a întors la templu.
The Rakshasi thundered at the door again.
Rakshasi-ul a tunat din nou la ușă.
"How, mow, khow! A human being I smell"
„Cum, cos, cum! Miros o ființă umană."
"Who keeps guard inside this temple?"
„Cine păzește acest templu?"
To this question Sahasra-Dal again replied:
La această întrebare, Sahasra-Dal a răspuns din nou:
"Sahasra-Dal keeps guard inside this temple"
„Sahasra-Dal păzește acest templu"
"Champa-Dal keeps guard inside this temple"
„Champa-Dal păzește acest templu"
"Two winged horses keep guard inside this temple"
„Doi cai înaripați păzesc acest templu "
The Rakshasi again groaned and went away.
Rakshasi-ul a gemut din nou și a plecat.
At two o'clock the Rakshasi appeared once more.
La ora două, Rakshasi a apărut din nou.
And at three o'clock the Rakshasi came again.
Și la ora trei, Rakshasi a venit din nou.
Each time the Rakshasi made the same inquiry.
De fiecare dată, Rakshasi-ul a pus aceeași întrebare.

And each time the Rakshasi left with a groan.
Și de fiecare dată, Rakshasi-ul pleca gemând.
After three o'clock, however, Sahasra-Dal felt very sleepy.
După ora trei însă, Sahasra-Dal se simțea foarte somnoros.
He could not any longer keep awake.
Nu mai putea sta treaz.
He therefore roused Champa.
Prin urmare, l-a trezit pe Champa.
And he told him to keep guard over the temple.
Și i-a spus să păzească templul.
"The Rakshasi will come again in an hour"
„Rakshasi va veni din nou peste o oră"
"The Rakshasi will ask who keeps guard here"
„Rakshasi va întreba cine stă de pază aici."
"You must mention Sahasra's name first"
„Trebuie să menționezi mai întâi numele Sahasrei"
Having given these instructions he went to sleep.
După ce i-a dat aceste instrucțiuni, s-a dus la culcare.
At four o'clock the Rakshasi again made her appearance.
La ora patru, Rakshasi și-a făcut din nou apariția.
The Rakshasi thundered at the door, and said:
Rakshasi a tunat la ușă și a spus:
"How, mow, khow! A human being I smell"
„Cum, cos, cum! Miros o ființă umană."
"Who keeps guard inside this temple?"
„Cine păzește acest templu?"
Champa-Dal was in a terrible fright.
Champa-Dal era îngrozit de frică.
He had forgotten the instructions of his brother.
Uitase instrucțiunile fratelui său.
"Champa-Dal keeps guard inside this temple"
„Champa-Dal păzește acest templu"
"Sahasra-Dal keeps guard inside this temple"
„Sahasra-Dal păzește acest templu"
"Two winged horses keep guard inside this temple"
„Doi cai înaripați păzesc acest templu"
The Rakshasi uttered a shout of exultation.

Rakshasi-ul a scos un strigăt de exultație.
And the Rakshasi laughed how only demons can laugh.
Și Rakshasi au râs cum numai demonii pot râde.
With a dreadful noise the door broke open.
Cu un zgomot îngrozitor, ușa s-a deschis brusc.
The noise roused Sahasra from his sleep.
Zgomotul l-a trezit pe Sahasra din somn.
Within a moment he sprung to his feet.
Într-o clipă a sărit în picioare.
He had his sword with him not only by day.
El își avea sabia cu el nu doar ziua.
He had his sword with him by night too.
El avea sabia cu el și noaptea.
His sword was as supple as a palm-leaf.
Sabia lui era suplă ca o frunză de palmier.
And he cut off the head of the Rakshasi.
Și i-a tăiat capul Rakshasi-ului.
The huge mountain of a body fell to the ground.
Un corp imens, ca un munte, a căzut la pământ.
The body made a great noise when it fell.
Corpul a făcut un zgomot puternic când a căzut.
And the body covered many surrounding acres.
Și trupul acoperea multe acri în împrejurimi.
Sahasra-Dal kept the severed head of the Rakshasi.
Sahasra-Dal a păstrat capul tăiat al Rakshasi.
And he slept again with the head near him.
Și a dormit din nou cu capul lângă el.

Early in the morning some wood-cutters came.
Dis-de-dimineață au venit niște tăietori de lemne.
The wood-cutters were passing near the temple.
Tăietorii de lemne treceau pe lângă templu.
The wood-cutters saw the huge body on the ground.
Tăietorii de lemne au văzut trupul uriaș pe pământ.
So they walked towards the temple.
Așa că au mers spre templu.
Soon they saw that it was a carcass.

Curând au văzut că era o carcasă.
The carcass of the terrible Rakshasi.
Cadavrul teribilului Rakshasi.
The Rakshasi that had nearly depopulated the land.
Rakshasi care aproape depopulasera pământul.
There had been a bounty for this Rakshasi.
Exista o recompensă pentru acest Rakshasi.
The king offered the hand of his daughter.
Regele i-a oferit mâna fiicei sale.
And the king had offered half the kingdom.
Și regele oferise jumătate din regat.
He would trade it all for the head of the Rakshasi.
Ar da totul la schimb pentru capul Rakshasi-ilor.
The wood-cutters saw no claimant at hand.
Tăietorii de lemne nu au văzut niciun pretendent la îndemână.
So they went to get the reward.
Așa că s-au dus să ia recompensa.
Each wood-cutter cut off a limb from the Rakshasi.
Fiecare tăietor de lemne a tăiat o creangă de la Rakshasi.
And each wood-cutter went to the king.
Și fiecare tăietor de lemne s-a dus la rege.
And each wood-cutter tried to claim the reward.
Și fiecare tăietor de lemne a încercat să revendice recompensa.
"I am the destroyer of the great man eater"
„Sunt distrugătorul marelui mâncător de oameni"
"I have come to claim my reward"
„Am venit să-mi cer răsplata"
The king knew there could only be one hero.
Regele știa că nu poate exista decât un singur erou.
So he made an inquiry with his minister.
Așa că a făcut o anchetă pe lângă ministrul său.
"What family's turn was it last night?"
„Ce familie a fost rândul aseară?"
"And who is the head of that family?"
„Și cine este capul acelei familii?"
The king's minister set out to find the family.
Ministrul regelui a pornit să găsească familia.

He brought the head of the family to the king.
L-a adus pe capul familiei la rege.
And the head of the family told of his guests.
Și capul familiei a povestit despre oaspeții săi.
"Last night two youthful travelers came to me"
„Noaptea trecută au venit la mine doi tineri călători"
"We offered to be their hosts for the night"
„Ne-am oferit să le fim gazde peste noapte"
"Soon they discovered the problem we had"
„În scurt timp au descoperit problema pe care o aveam"
"And they volunteered to take our place"
„Și s-au oferit voluntari să ne ia locul"
"They went to the temple, instead of one of us"
„Ei s-au dus la templu, în loc de unul dintre noi"
The king took his men to the temple.
Regele și-a dus oamenii la templu.
The door of the temple was broken open.
Ușa templului a fost spartă.
They found the two brothers sleeping.
I-au găsit pe cei doi frați dormind.
And the horses were safe in the temple too.
Și caii erau în siguranță în templu.
And the head of the Rakshasi was there too.
Și șeful Rakshasi-ilor era și el acolo.
There was no doubt about who had killed the monster.
Nu exista nicio îndoială despre cine ucisese monstrul.
The real hero had been discovered.
Adevăratul erou fusese descoperit.
And the king kept true to his word.
Și regele s-a ținut de cuvânt.
He gave the hand of his daughter to Sahasra-Dal.
El i-a dat mâna fiicei sale lui Sahasra-Dal.
And he gave him half his kingdom too.
Și i-a dat și jumătate din regatul său.
Champa-Dal remained with his friend.
Champa-Dal a rămas cu prietenul său.
And he rejoiced in Sahasra-Dal's prosperity.

Şi s-a bucurat de prosperitatea lui Sahasra-Dal.
And they lived together happily for some time.
Şi au trăit fericiţi împreună o vreme.

But one day a misunderstanding arose between them.
Dar într-o zi a apărut o neînţelegere între ei.
The queen-mother had a certain maid-servant.
Regina-mamă avea o anumită servitoare.
This maid-servant was the most useful domestic.
Această servitoare era cea mai utilă slujbă.
She could turn her hand to any task.
Putea să se ocupe de orice sarcină.
And she had uncommon strength for a woman.
Şi avea o forţă neobişnuită pentru o femeie.
Her intelligence was not lacking either.
Nici inteligenţa ei nu ducea lipsă.
And she had a remarkable amount of energy.
Şi avea o energie remarcabilă.
She would have been quickly missed in the palace.
I-ar fi lipsit repede dorul la palat.
The zenana was completely dependent on her.
Zenana era complet dependentă de ea.
Hence her services were highly valued.
Prin urmare, serviciile ei au fost foarte apreciate.
The queen-mother appreciated her very much.
Regina-mamă a apreciat-o foarte mult.
And the ladies of the palace valued her too.
Şi doamnele de la palat o preţuiau şi ele.
But this valuable woman was not a woman.
Dar această femeie valoroasă nu era femeie.
What this woman was was a Rakshasi.
Ceea ce era această femeie era o Rakshasi.
She had put on the appearance of a woman.
Ea îşi luase înfăţişarea unei femei.
She had her own nefarious reasons for doing this.
Ea avea propriile ei motive nefaste pentru a face asta.
And then she took service in the royal household.

Și apoi a intrat în serviciul casei regale.

At night she used to assume her own real form.

Noaptea, ea obișnuia să-și asume adevărata formă.

When everyone in the palace was asleep.

Când toți cei din palat dormeau.

And then she went about in search of food.

Și apoi a plecat în căutare de hrană.

Because her hunger was not satisfied at the palace.

Pentru că foamea ei nu a fost potolită la palat.

A Rakshasi needs much more food than a man or woman.

Un Rakshasi are nevoie de mult mai multă mâncare decât un bărbat sau o femeie.

At this time Champa-Dal had no wife.

Pe vremea aceea, Champa-Dal nu avea soție.

So he often slept outside the zenana.

Așa că dormea adesea în afara zenanei.

He was not far from the outer gate of the palace.

Nu era departe de poarta exterioară a palatului.

And from there he could observe her.

Și de acolo o putea observa.

He saw her devouring sundry goats and sheep.

El a văzut-o devorând diverse capre și oi.

And he saw her devouring horses and elephants.

Și a văzut-o devorând cai și elefanți.

This of course was not good for the maid-servant.

Bineînțeles că acest lucru nu a fost bine pentru servitoare.

Champa-Dal was in the way of her supper.

Champa-Dal i-a stat în cale la cină.

So she was determined to get rid of him.

Așa că era hotărâtă să scape de el.

One day she went to the queen-mother.

Într-o zi, ea s-a dus la regina-mamă.

"Queen-mother," she said to her.

„Regina-mamă", i-a spus ea.

"I can no longer work in the palace"

„Nu mai pot lucra la palat"

"Why?" asked the queen-mother.

„De ce?" a întrebat regina-mamă.
"What is the matter, Dasi" she wanted to know.
„Ce s-a întâmplat, Dasi?", voia ea să știe.
"How can I go on without you?"
„Cum pot continua fără tine?"
"Tell me your reasons for leaving"
„Spune-mi motivele plecării tale"
The maid-servant explained her situation.
Servitoarea i-a explicat situația ei.
"I am but a poor woman in this palace"
„Sunt doar o femeie săracă în acest palat"
"A woman like me can't preserve her honor here"
„O femeie ca mine nu-și poate păstra onoarea aici"
"Your son-in-law has a friend, Champa-Dal"
„Ginerele tău are un prieten, Champa-Dal"
"He always cracks indecent jokes with me"
„Întotdeauna face glume indecente cu mine"
"I would rather beg for my rice than to lose my honor"
„Mai bine cerșesc orezul decât să-mi pierd onoarea"
"If Champa-Dal remains in the palace I must go away"
„Dacă Champa-Dal rămâne în palat, trebuie să plec."
The maid-servant was irreplicable in the palace.
Servitoarea era ireplicabilă în palat.
The queen-mother knew what sacrifice to make.
Regina-mamă știa ce sacrificiu să facă.
Champa-Dal was going to have to leave the palace.
Champa-Dal urma să fie nevoit să părăsească palatul.
And she told Sahasra-Dal all her reasons.
Și i-a spus lui Sahasra-Dal toate motivele ei.
"Champa-Dal is a bad man"
„Champa-Dal este un om rău"
"His character and morals are loose"
„Caracterul și morala lui sunt relaxate"
"He must leave this palace at once"
„Trebuie să părăsească acest palat imediat"
Sahasra-Dal did his best to persuade her otherwise.
Sahasra-Dal a făcut tot posibilul să o convingă de contrariu.

He earnestly pleaded on behalf of his friend.
El a implorat cu ardoare în numele prietenului său.
But his efforts were in vain.
Dar eforturile sale au fost zadarnice.
The queen-mother had made up her mind.
Regina-mamă se hotărâse.
He had to be driven out of the palace.
A trebuit să fie alungat din palat.
Sahasra-Dal had not the courage to tell his friend.
Sahasra-Dal nu a avut curajul să-i spună prietenului său.
He therefore wrote a letter to him.
Prin urmare, i-a scris o scrisoare.
In the letter he was vague about the reason.
În scrisoare a fost vag în legătură cu motivul.
But either way, he was going to have to leave.
Dar, oricum ar fi, urma să fie nevoit să plece.
Champa-Dal went to have a bath.
Champa-Dal s-a dus să facă o baie.
And the letter was put in his room.
Și scrisoarea a fost pusă în camera lui.
Champa-Dal was grieved upon reading the letter.
Champa-Dal a fost îndurerat când a citit scrisoarea.
He mounted his fleet of horses.
Și-a încălecat flota de cai.
And on his horses, he left the palace.
Și pe caii săi, a părăsit palatul.

Champa's horses were uncommonly fleet.
Caii lui Champa erau neobișnuit de rapizi.
Soon he had traversed thousands of miles.
Curând, străbătuse mii de kilometri.
And eventually he reached a new city.
Și în cele din urmă a ajuns într-un oraș nou.
He stood at the gateway of a magnificent palace.
El stătea la poarta unui palat magnific.
He dismounted from his horse.
A descălecat de pe cal.

And he entered the palace.

Și a intrat în palat.

But in the palace he met not a single creature.

Dar în palat nu a întâlnit nicio făptură.

He went from apartment to apartment.

A mers din apartament în apartament.

All the rooms were richly furnished.

Toate camerele erau bogat mobilate.

But none of the rooms were lived in.

Dar niciuna dintre camere nu era locuită.

But in the end he came to a different room.

Dar, în cele din urmă, a ajuns într-o altă cameră.

In this room there was a young lady.

În această cameră se afla o tânără doamnă.

The young lady was of heavenly beauty.

Tânăra domnișoară era de o frumusețe cerească.

And she was lying down on a splendid bedstead.

Și ea stătea întinsă pe un pat splendid.

The beautiful young lady was asleep.

Frumoasa tânără domnișoară dormea.

Champa-Dal looked upon the sleeping beauty.

Champa-Dal s-a uitat la Frumoasa Adormită.

He was captivated by what he was seeing.

Era captivat de ceea ce vedea.

He had not seen any woman so beautiful.

Nu mai văzuse nicio femeie atât de frumoasă.

Upon the bed there were two sticks.

Pe pat erau două bețe.

The two sticks were near the woman's head.

Cele două bețe erau lângă capul femeii.

One of the sticks was made of silver.

Unul dintre bețe era făcut din argint.

And the other stick was made of gold.

Iar celălalt băț era făcut din aur.

Champa took the silver stick into his hand.

Champa a luat bastonul de argint în mână.

And with the stick he touched the body of the lady.

Și cu băţul a atins trupul doamnei.

But no change was perceptible to her sleep.

Dar nicio schimbare nu era perceptibilă în somnul ei.

He then took up the gold stick.

Apoi a luat bastonul de aur.

And with the stick he touched the body of the lady.

Și cu băţul a atins trupul doamnei.

This time the young lady did awake.

De data aceasta, tânăra domnișoară s-a trezit.

Eyeing the stranger, she inquired who he was.

Uitându-se la străin, ea a întrebat cine era.

"I am Champa-Dal," he told her.

„Eu sunt Champa-Dal", i-a spus el.

"There was once a poor dimwitted Brahman"

„A fost odată un brahman sărac și prostuţ"

"This dimwitted man had a wife, but no children"

„Acest om prostuţ avea o soţie, dar nu avea copii"

"But him not having children was probably for the best"

„Dar faptul că el nu a avut copii a fost probabil cel mai bine."

"Because he was barely able to meet his own needs"

„Pentru că abia își putea satisface propriile nevoi"

"And he could hardly supply enough for his wife"

„Și abia dacă putea să-i ofere soţiei sale suficiente lucruri"

"But his dimwittedness was not even his biggest problem"

„Dar nici măcar prostia lui nu era cea mai mare problemă a lui"

And he continued the story as we have followed it.

Și a continuat povestea așa cum am urmărit-o noi.

"My mother concluded her fate was sealed"

„Mama a ajuns la concluzia că soarta ei era pecetluită"

"And she thought my father would meet the same fate"

„Și ea credea că tatăl meu va avea aceeași soartă"

"And she did not expect me to be spared either"

„Și nici ea nu se aștepta să fiu cruţat"

"That night she hardly slept at all"

„În noaptea aceea abia dacă a dormit deloc"

"The Rakshasi had prevented her from seeing my father"

„Rakshasi a împiedicat-o să-l vadă pe tatăl meu"
"Early next morning I went to school"
„A doua zi dimineață devreme m-am dus la școală"
"Before I went to school she gave me a golden bottle"
„Înainte să merg la școală, mi-a dat o sticlă de aur"
"In the golden bottle was her own breast milk"
„În biberonul de aur era propriul ei lapte matern"
"I was told to carefully watch the colour of the milk"
„Mi s-a spus să fiu atent la culoarea laptelui"
And he continued the story as we have followed it.
Și a continuat povestea așa cum am urmărit-o noi.
"We will stand as proxies for your family"
„Vom fi reprezentanți ai familiei dumneavoastră"
"There was a great deal of objection to our proposal"
„Au existat multe obiecții la propunerea noastră"
"But eventually we persuaded our hosts"
„Dar în cele din urmă i-am convins pe gazdele noastre"
"Finally the hosts consented to the arrangement"
„În cele din urmă, gazdele au fost de acord cu aranjamentul"
And he continued the story as we have followed it.
Și a continuat povestea așa cum am urmărit-o noi.
"So I often slept outside the zenana"
„Așa că dormeam adesea în afara zenanei"
"I was not far from the outer gate of the palace"
„Nu eram departe de poarta exterioară a palatului"
"And from there I could observe her"
„Și de acolo am putut să o observ"
"I saw her devouring sundry goats and sheep"
„Am văzut-o devorând diverse capre și oi "
"And I saw her devouring horses and elephants"
„Și am văzut-o devorând cai și elefanți"
And he continued the story as we have followed it.
Și a continuat povestea așa cum am urmărit-o noi.
"One day a letter was put in my room"
„Într-o zi, mi-a fost pusă o scrisoare în cameră"
"I was grieved upon reading the letter"
„Am fost îndurerat când am citit scrisoarea"

"I mounted my fleet of horses"
„Mi-am încălecat flota de cai"
"And on my horses he left the palace"
„Și pe caii mei a părăsit palatul"
"My horse are uncommonly fleet"
„Calul meu este neobișnuit de rapid"
"Soon I had traversed thousands of miles"
„În curând am parcurs mii de kilometri"
"And eventually I reached a new city"
„Și în cele din urmă am ajuns într-un oraș nou"
And he continued the story as we have followed it.
Și a continuat povestea așa cum am urmărit-o noi.
"I took the silver stick into his hand"
„I-am luat bastonul de argint în mână"
"And with the stick I touched your body"
„Și cu băţul ţi-am atins corpul"
"But no change was perceptible to your sleep"
„Dar nicio schimbare nu a fost perceptibilă în somnul tău"
"I then took up the gold stick"
„Apoi am luat bastonul de aur"
And with the stick he touched your body.
Și cu băţul ţi-a atins corpul.
"This time you did awake from your sleep"
„De data asta te-ai trezit din somn"
The young lady had listened to Champa-Dal's story.
Tânăra domnișoară ascultase povestea lui Champa-Dal.
The young lady was in fact a princess.
Tânăra domnișoară era de fapt o prinţesă.
"Unhappy man! why have you come here?"
„Nefericitule! De ce ai venit aici?"
"This is the country of Rakshasas"
„Aceasta este ţara Rakshasasilor"
"No less than seven hundred Rakshasas live here"
„Nu mai puţin de șapte sute de Rakshasa locuiesc aici"
"Every morning the Rakshasas leave"
„În fiecare dimineaţă, Rakshasa pleacă"
"They go to the other side of the ocean"

„Se duc pe cealaltă parte a oceanului"
"And they search for provisions there"
„Și caută provizii acolo"
"And before dusk they return again"
„Și înainte de amurg se întorc din nou"
"My father was king in these regions"
„Tatăl meu a fost rege în aceste regiuni"
"His kingdom had millions of subjects"
„Regatul său avea milioane de supuși"
"They lived in flourishing towns and cities"
„Locuiau în orașe și sate înfloritoare"
"But some years ago the Rakshasas invaded"
„Dar acum câțiva ani, Rakshasa au invadat"
"And they devoured all the subjects of the kingdom"
„Și i-au devorat pe toți supușii împărăției"
"The Rakshasas devoured my father and my mother"
„Rakshasașii mi-au devorat tatăl și mama"
"The Rakshasas devoured my brothers and sisters"
„Rakshasașii mi-au devorat frații și surorile"
"And they devoured all the cattle of the country"
„Și au devorat toate vitele țării"
"There is no living human being in these regions"
„Nu există nicio ființă umană vie în aceste regiuni"
"I am the last human living left"
„Sunt ultimul om în viață rămas"
"I too would have been devoured long ago"
„Și eu aș fi fost devorat de mult"
"But an old Rakshasi took a liking to me"
„Dar un bătrân Rakshasi m-a simpatizat."
"She prevents the other Rakshasas from eating me"
„Ea îi împiedică pe ceilalți Rakshasa să mă mănânce."
"Do you see those sticks of silver and gold?"
„Vezi acele bețe de argint și de aur?"
"Every morning she kills me with the silver stick"
„În fiecare dimineață mă ucide cu bastonul de argint"
"Every evening she re-animates me with the gold stick"
„În fiecare seară mă reanimează cu bastonul de aur"

"I do not know how to advise you"

„Nu știu cum să te sfătuiesc"

"If the Rakshasas see you, you are a dead man"

„Dacă Rakshasa te văd, ești un om mort"

Then they talked in a very affectionate manner.

Apoi au vorbit într-un mod foarte afectuos.

And they laid their heads together.

Și și-au pus capetele împreună.

And they thought to devise a means of escape.

Și s-au gândit să născocească o modalitate de evadare.

Some way to get out of the hands of the Rakshasas.

O modalitate de a scăpa de sub controlul Rakshasasilor.

The hour of the return of the Rakshasas was coming.

Se apropia ceasul întoarcerii Rakshasasilor.

The seven hundred flesh-eaters were soon returning.

Cei șapte sute de carnivori se întorceau în curând.

Keshavati called out to Champa-Dal.

Keshavati l-a strigat pe Champa-Dal.

(Because that was the name of the princess)

(Pentru că acesta era numele prințesei)

"Hide yourself in the heaps of the sacred trefoil"

„Ascunde-te în grămezile de trifoi sacru"

But first Champ Dal picked up the silver stick.

Dar mai întâi Champ Dal a ridicat bastonul de argint.

He touched Keshavati with the silver stick.

A atins-o pe Keshavati cu bastonul de argint.

And as soon as he touched her, she died.

Și îndată ce a atins-o, ea a murit.

Then he went to the center of the temple of Siva.

Apoi s-a dus în centrul templului lui Siva.

And he hid beneath the heaps of sacred trefoil.

Și s-a ascuns sub grămezile de trifoi sacru.

From his hiding place he heard the sound of wind rushing.

Din ascunzătoarea sa a auzit sunetul vântului care bătea cu putere.

Then he heard terrible noises in the palace.

Apoi a auzit zgomote îngrozitoare în palat.

The Rakshasas had come home from their hunt.

Rakshasa se întorseseră acasă de la vânătoare.

They had filled their stomachs with meat.

Îşi umplusera stomacurile cu carne.

Sundry goats, sheep, cows, horses, buffaloes.

Diverse capre, oi, vaci, cai, bivoli.

And they had devoured elephants too.

Şi devoraseră şi elefanţi.

The old Rakshasi returned to the palace too.

Bătrânul Rakshasi s-a întors şi el la palat.

She went to the room of the sleeping princess.

Ea s-a dus în camera prinţesei care adormea.

And she woke her with the stick made of gold.

Şi a trezit-o cu băţul făcut din aur.

"Hye, mye, khye! A human being I smell"

„Hye, mye, khye! Simt mirosul unei fiinţe umane."

"I am the only human being here," said the princess.

„Sunt singura fiinţă umană de aici", a spus prinţesa.

"Eat me if you like," added Keshavati.

„Mănâncă-mă dacă vrei", a adăugat Keshavati.

To this the Rakshasi replied:

La aceasta, Rakshasi a răspuns:

"Let me eat up your enemies"

„Lasă-mă să-ţi mănânc duşmanii"

"Why should I eat you?" she asked the princess.

„De ce să te mănânc?", a întrebat ea pe prinţesă.

She laid herself down on the ground.

Ea s-a întins pe pământ.

She was as long and high as the Vindhya Hills.

Era la fel de lungă şi înaltă ca Dealurile Vindhya.

And in this position she fell asleep.

Şi în această poziţie a adormit.

The other Rakshasas and Rakshasis soon fell asleep too.

Şi ceilalţi Rakshasas şi Rakshasis au adormit curând.

Because they were tired from their gigantic labor.

Pentru că erau obosiţi de munca lor gigantică.

Keshavati also composed herself to sleep.
Și Keshavati s-a pregătit să adoarmă.
But Champa did not dare to come out from under the leaves.
Dar Champa nu a îndrăznit să iasă de sub frunze.
And he tried his best to pray to the god of repose.
Și a încercat din răsputeri să se roage zeului odihnei.

At daybreak all seven hundred Rakshasas got up again.
În zori, toți cei șapte sute de Rakshasa s-au ridicat din nou.
They went on their usual predatory excursion.
Au plecat în obișnuita lor excursie de prădători.
And along with them went the old Rakshasi.
Și odată cu ei a plecat și bătrânul Rakshasi.
But first the old Rakshasi picked up the silver stick.
Dar mai întâi bătrânul Rakshasi a luat bastonul de argint.
And she touched Keshavati with the silver stick.
Și ea a atins-o pe Keshavati cu bastonul de argint.
Soon the coast was clear for Champa-Dal.
Curând, coasta a fost liberă pentru Champa-Dal.
And he dared to come out from under the pile of leaves.
Și a îndrăznit să iasă de sub grămada de frunze.
He walked back into the room of the princess.
S-a întors în camera prințesei.
And he touched her with the golden stick.
Și a atins-o cu toiagul de aur.
And the princess revived from her death again.
Și prințesa a înviat din nou din moarte.
They sauntered about in the gardens.
Se plimbau prin grădini.
They enjoyed the cool breeze of the morning.
Se bucurau de briza răcoroasă a dimineții.
They bathed in a lucid pool of water.
S-au scăldat într-o baltă cu apă limpede.
And they ate and drank food in the palace.
Și au mâncat și au băut mâncare în palat.
And they spent the day in sweet converse.
Și au petrecut ziua în conversații dulci.

And they concocted a plan for their deliverance.
Și au pus la cale un plan pentru eliberarea lor.
Keshavaity was going to speak to the old Rakshasi.
Keshavaity urma să vorbească cu bătrânul Rakshasi.
She was going to ask on what a Rakshasa's life depended.
Ea urma să întrebe de ce depinde viața unui Rakshasa.
And with that secret they were going to act accordingly.
Și având acel secret, aveau de gând să acționeze în consecință.

The hour of the return of the Rakshasas was coming again.
Ceasul întoarcerii Rakshasasilor se apropia din nou.
And events unfolded as they had the evening before.
Și evenimentele s-au desfășurat așa cum se întâmplase cu o
seară înainte.
The seven hundred flesh-eaters were returning to the palace.
Cei șapte sute de carnivori se întorceau la palat.
Champ Dal touched Keshavati with the silver stick.
Champ Dal a atins-o pe Keshavati cu bastonul de argint.
She died like the had died the night before.
A murit așa cum murise și cu o noapte înainte.
Champa-Dal went to the center of the temple of Siva.
Champa-Dal s-a dus în centrul templului lui Siva.
He hid beneath the heaps of sacred trefoil again.
S-a ascuns din nou sub grămezile de trifoi sacru.
He heard the sound of wind rushing.
A auzit sunetul vântului care bătea cu putere.
And he heard terrible noises in the palace.
Și a auzit zgomote îngrozitoare în palat.
The Rakshasas had come home from their hunt.
Rakshasa se întorseseră acasă de la vânătoare.
They had filled their stomachs with meat.
Își umpluseră stomacurile cu carne.
Sundry goats, sheep, cows, horses, buffaloes.
Diverse capre, oi, vaci, cai, bivoli.
And they had devoured elephants too.
Și devoraseră și elefanți.
The old Rakshasi returned to the palace too.

Bătrânul Rakshasi s-a întors și el la palat.
She went to the room of the sleeping princess.
Ea s-a dus în camera prințesei care adormea.
And she woke her with the stick made of gold.
Și a trezit-o cu bățul făcut din aur.
"Hye, mye, khye! A human being I smell"
„Hye, mye, khye! Simt mirosul unei ființe umane."
"I am the only human being here," said the princess.
„Sunt singura ființă umană de aici", a spus prințesa.
"Eat me if you like," added Keshavati.
„Mănâncă-mă dacă vrei", a adăugat Keshavati.
To this the Rakshasi replied:
La aceasta, Rakshasi a răspuns:
"Let me eat up your enemies"
„Lasă-mă să-ți mănânc dușmanii"
"Why should I eat you?" she asked the princess.
„De ce să te mănânc?", a întrebat ea pe prințesă.
She laid herself down on the ground.
Ea s-a întins pe pământ.
And she looked like a part of the Himalaya mountains.
Și arăta ca o parte din munții Himalaya.
Keshavati had a phial of heated mustard oil.
Keshavati avea o fiolă cu ulei de muștar încălzit.
And she approached the foot of the Rakshasi.
Și ea s-a apropiat de poalele Rakshasi-ului.
"Mother, your feet are sore from walking"
„Mamă, te dor picioarele de la mers"
"Let me rub your sore feet with oil"
„Lasă-mă să-ți frec picioarele dureroase cu ulei"
And she began to rub with oil the Rakshasi's feet.
Și a început să frece picioarele Rakshasi-ei cu ulei.
Then a few tear-drops fell from the eyes of the princess.
Apoi, câteva lacrimi au căzut din ochii prințesei.
And the tear-drops landed on the monster's legs.
Și lacrimile au aterizat pe picioarele monstrului.
The Rakshasi tasted the tear-drops with her lips.
Rakshasi a gustat lacrimile cu buzele.

And she found the tear-drops tasted briny.

Și a descoperit că lacrimile aveau un gust sărat.

"Why are you weeping, darling?" asked the Rakshasi.

„De ce plângi, draga mea?", a întrebat Rakshasi-ul.

"What aileth thee?" she wanted to know.

„Ce te doare?", voia ea să știe.

The princess tried to stop herself from crying.

Prințesa a încercat să se abțină din plâns.

"Mother, I am weeping because you are old"

„Mamă, plâng pentru că ești bătrână"

"When you die one of the Rakshasas will devour me"

„Când voi muri, unul dintre Rakshasa mă va devora"

"When I die?! Don't be foolish, girl"

„Când voi muri?! Nu fi prostuță, fată"

"Don't you know that Rakshasas never die?"

„Nu știi că Rakshasasii nu mor niciodată?"

"We are not naturally immortal"

„Nu suntem nemuritori din fire"

"There is a secret to our strength"

„Există un secret al puterii noastre"

"But no human can unravel this secret"

„Dar niciun om nu poate dezlega acest secret"

"But let me tell you the secret"

„Dar lasă-mă să-ți spun secretul"

"So that you are comforted a little"

„Ca să vă mângâiați puțin"

"Do you see the pool of water in the palace?"

„Vezi balta cu apă din palat?"

"In that pool of water is a Sphatikasthamba"

„În acel bazin de apă se află un Sphatikasthamba"

"The Sphatikasthamba is deep in the water"

„Sphatikasthamba este adânc în apă"

"And on the Sphatikasthamba are two bees"

„Și pe Sphatikasthamba sunt două albine"

"A human being would have to dive into the water"

„O ființă umană ar trebui să se scufunde în apă"

"The human being would have to bring the bees onto dry land"

„Omul ar trebui să aducă albinele pe uscat "

"Then the human being would have to kill the two bees"

„Atunci ființa umană ar trebui să omoare cele două albine"

"But not a drop of their blood must touch the ground"

„Dar nici o picătură din sângele lor nu trebuie să atingă pământul"

"Only then can a human kill a Rakshasa"

„Numai atunci poate un om să ucidă un Rakshasa"

"But if the blood touches the ground, a thousand Rakshasas will rise"

„Dar dacă sângele atinge pământul, o mie de Rakshasa se vor ridica."

"But what human will find out this secret?"

„Dar ce om va afla acest secret?"

"And what human can achieve this feat?"

„Și ce om poate realiza această performanță?"

"No human knows the secret to the life of a Rakshasa"

„Niciun om nu cunoaște secretul vieții unui Rakshasa"

"And no human can achieve such a feat"

„Și niciun om nu poate realiza o astfel de performanță"

"So there is no reason to be sad, my darling"

„Deci nu ai niciun motiv să fii trist, draga mea."

"I am practically immortal," she confirmed.

„Sunt practic nemuritoare", a confirmat ea.

Keshavati treasured the secret in her memory.

Keshavati a prețuit secretul în memoria ei.

And then she went back to sleep.

Și apoi s-a întors la culcare.

Next morning the Rakshasas, as usual, went away.

A doua zi dimineață, Rakshasasii, ca de obicei, au plecat.

Champa came out of his hiding-place.

Champa a ieșit din ascunzătoarea sa.

And he roused Keshavati from her sleep.

Și a trezit-o pe Keshavati din somn.

The princess told him the secret she had learnt.
Prinţesa i-a spus secretul pe care îl aflase.
Champa-Dal immediately started to prepare himself.
Champa-Dal a început imediat să se pregătească.
He brought to the pool a knife.
A adus un cuţit la piscină.
And he brought a quantity of ashes.
Şi a adus o cantitate de cenuşă.
He took off his heavy clothes.
Şi-a scos hainele grele.
He put a drop or two of mustard oil into each ear.
A pus una sau două picături de ulei de muştar în fiecare ureche.
To prevent water from entering into his ears.
Ca să nu-i intre apă în urechi.
He swam out into the middle of the water.
A înotat în mijlocul apei.
And from there he dove down into the pool.
Şi de acolo s-a scufundat în piscină.
Soon he reached the top of the crystal pillar.
Curând a ajuns în vârful stâlpului de cristal.
And on Sphatikasthamba were the two bees.
Şi pe Sphatikasthamba erau cele două albine.
He caught hold of the two bees he found there.
A prins cele două albine pe care le-a găsit acolo.
And he swam up again in a singular breath.
Şi a înotat din nou la suprafaţă într-o singură respiraţie.
He took the knife he had left at the edge of the water.
A luat cuţitul pe care îl lăsase la marginea apei.
And over the ashes he cut up the bees.
Şi peste cenuşă a tăiat albinele.
A drop or two of the blood fell from the bees.
Una sau două picături de sânge au căzut de la albine.
But their blood did not touch the ground.
Dar sângele lor nu a atins pământul.
Instead, their blood landed on the ashes.
În schimb, sângele lor a aterizat pe cenuşă.

A terrible scream was heard at a distance.
Un țipăt îngrozitor s-a auzit în depărtare.
The scream was the wailing of the Rakshasas.
Țipătul era vaietul Rakshasasilor.
They were all running home as fast as they could.
Toți alergau spre casă cât de repede puteau.
They wanted to prevent the bees from being killed.
Voiau să împiedice moartea albinelor.
But they could not reach the palace in time.
Dar nu au putut ajunge la palat la timp.
Because the bees had already perished.
Pentru că albinele pieriseră deja.
The moment the bees were killed, all the Rakshasas died.
În momentul în care albinele au fost ucise, toți Rakshasasii au murit.
Their carcasses fell on the very spot they were standing.
Cadavrele lor au căzut chiar în locul unde stăteau.
Their carcasses now blocked the gateway of the palace.
Cadavrele lor blocau acum poarta palatului.
In this manner the seven hundred Rakshasas were destroyed.
În acest fel, cei șapte sute de Rakshasa au fost distruși.

Afterwards Champa-Dal and Keshavati got married.
După aceea, Champa-Dal și Keshavati s-au căsătorit.
They made the traditional exchange of garlands of flowers.
Au făcut tradiționalul schimb de ghirlande de flori.
The princess had never been out of the house.
Prințesa nu ieșise niciodată din casă.
So she naturally expressed a desire to see the outer world.
Așadar, ea și-a exprimat, în mod firesc, dorința de a vedea lumea exterioară.
Every morning and evening they went on long walks.
În fiecare dimineață și seară, făceau plimbări lungi.
There was a large river Keshavati wished to bathe in.
Exista un râu mare în care Keshavati dorea să se scalde.
As she bathed one of Keshavati's hairs came off.

În timp ce făcea baie, i s-a desprins unul dintre firele de păr ale lui Keshavati.

There was a special custom in those times.

Exista un obicei special pe vremea aceea.

A woman never threw away a hair away by itself.

O femeie nu a aruncat niciodată un fir de păr de sine stătător.

A sea-shell was floating in the water.

O scoică plutea pe apă.

So Keshavati tied the strand of hair to the sea-shell.

Așa că Keshavati a legat șuvița de păr de scoica.

And then the couple returned to the palace.

Și apoi cuplul s-a întors la palat.

Meanwhile the sea-shell floated down the stream.

Între timp, scoica plutea în josul pârâului.

And in due time the sea-shell reached another bathing spot.

Și la timpul potrivit, scoica a ajuns într-un alt loc de scăldat.

This was the bathing spot Sahasra-Dal went to.

Acesta era locul de îmbăiere unde mergea Sahasra-Dal.

Here Champa-Dal's brother performed his ablutions.

Aici, fratele lui Champa-Dal și-a făcut abluțiunile.

On this day Sahasra-Dal was in the water.

În această zi, Sahasra-Dal era în apă.

He was bathing and swimming with his friends.

El făcea baie și înota cu prietenii lui.

And so the sea-shell floated past the men.

Și astfel, scoica a plutit pe lângă oameni.

The men were in a playful mood that day.

Bărbații erau într-o dispoziție jucăușă în ziua aceea.

"Whoever gets to the sea-shell first wins"

„Cine ajunge primul la scoică câștigă"

And so they all swam towards the sea-shell.

Și astfel au înotat cu toții spre scoică.

Sahasra-Dal was the strongest swimmer among his friends.

Sahasra-Dal era cel mai puternic înotător dintre prietenii săi.

And so he was the first the reach the sea-shell.

Și astfel el a fost primul care a ajuns la scoică.

Examining the seashell, he found a hair tied to it.

Examinând scoica, a găsit un fir de păr legat de ea.
But it was a hair of extraordinary length.
Dar era un fir de păr de o lungime extraordinară.
He had never seen such a long hair.
Nu mai văzuse niciodată un păr atât de lung.
The strand of hair was exactly seven cubits long.
Șuvița de păr avea exact șapte coți lungime.
"This strand of hair must belong to a woman"
„Această șuviță de păr trebuie să aparțină unei femei"
"And this woman must be very remarkable"
„Și această femeie trebuie să fie foarte remarcabilă"
"I must see who this remarkable woman is"
„Trebuie să văd cine este această femeie remarcabilă"
Sahasra-Dal was determined to find the remarkable woman.
Sahasra-Dal era hotărât să o găsească pe femeia remarcabilă.
He went home from the river in a pensive mood.
S-a întors acasă de la râu gânditor.
And he did not proceed to the zenana for breakfast.
Și nu s-a îndreptat spre zenana pentru micul dejun.
Instead he remained in the outer part of the palace.
În schimb, a rămas în partea exterioară a palatului.
The queen-mother heard about Sahasra-Dal's melancholy.
Regina-mamă a auzit despre melancolia lui Sahasra-Dal.
And she heard he had not come to breakfast.
Și a auzit că nu venise la micul dejun.
So she went to him and asked the reason.
Așa că s-a dus la el și l-a întrebat motivul.
He showed her the strand of hair he had found.
I-a arătat șuvița de păr pe care o găsise.
**"I must see the woman who's head this strand of hair
adorned"**
„Trebuie să o văd pe femeia al cărei cap are această șuviță de
păr împodobită."
The queen-mother was happy to help her son-in-law.
Regina-mamă a fost bucuroasă să-și ajute ginerele.
"Very well," she said to him.
„Foarte bine", i-a spus ea.

"You shall soon have that lady in the palace"

„În curând o veți avea pe acea doamnă la palat."

"I promise you to bring her here"

„Îți promit că o aduci aici"

The queen mother already had a plan.

Regina mamă avea deja un plan.

Her favourite maid-servant would be good at the job.

Servitoarea ei preferată s-ar pricepe la această slujbă.

Because this maid-servant was very resourceful.

Pentru că această servitoare era foarte ingenioasă.

Of course the queen-mother did not really know her maid.

Desigur, regina-mamă nu-și cunoștea cu adevărat servitoarea.

She did not know her favourite maid was a Rakshasi.

Nu știa că servitoarea ei preferată era o Rakshasi.

"Please find the owner of this strand of hair," she asked.

„Vă rog să găsiți proprietarul acestei șuvițe de păr", a cerut ea.

And her maid-servant more than politely agreed.

Și servitoarea ei a fost mai mult decât politicos de acord.

"It would my pleasure to find this woman"

„Ar fi o plăcere să găsesc această femeie"

"I will soon bring her to the palace"

„O voi aduce curând la palat"

"I will need a boat build from Hajol wood"

„Voi avea nevoie de o barcă construită din lemn de Hajol"

"The oars of the boat must be made from Mon-Paban wood"

„Vâslele bărcii trebuie să fie făcute din lemn de Mon-Paban"

The boat makers soon made the boat.

Constructorii de bărci au construit curând barca.

And the boat was launched on the stream.

Și barca a fost lansată la apă pe pârâu.

The maid-servant went on board of the boat.

Servitoarea s-a urcat la bordul barcii.

With her she took some baskets of wicker.

A luat cu ea niște coșuri de răchită.

The baskets of wicker were of curious workmanship.

Coșurile de răchită erau de o măiestrie ciudată.

She also took with her some sweetmeats.

A luat cu ea şi nişte dulciuri.
Into the sweetmeats some poison had been mixed.
În dulciuri fusese amestecată nişte otravă.
She snapped her fingers thrice.
Ea şi-a pocnit degetele de trei ori.
And then she uttered the following charm:
Şi apoi a rostit următoarea vrăjitorie:
"Boat of Hajol! Oars of Mon Paban!"
"Barca lui Hajol! Vâsle lui Mon Paban!"
"Take me to the Ghat,"
„Du-mă la Ghat"
"The Ghat in which Keshavati bathes"
„Ghat-ul în care se scaldă Keshavati"
The boat heeded to her command.
Barca a ascultat comanda ei.
And the boat flew like lightning over the waters.
Şi barca a zburat ca fulgerul peste ape.
And the boat left many towns and cities behind.
Şi barca a lăsat în urmă multe oraşe şi sate.
At last the boat stopped at a bathing-place.
În cele din urmă, barca s-a oprit la un loc de îmbăiere.
The Rakshasi maid-servant had reached her goal.
Servitoarea Rakshasi îşi atinsese scopul.
She concluded it was the bathing ghat of Keshavati.
Ea a concluzionat că era ghat-ul pentru îmbăiere din
Keshavati.
She landed with the sweetmeats in her hand.
A aterizat cu dulciurile în mână.
She went to the gate of the palace, and cried aloud:
Ea s-a dus la poarta palatului şi a strigat cu voce tare:
"Oh Keshavati! Keshavati! I am your aunt"
„O, Keshavati! Keshavati! Sunt mătuşa ta."
"Oh Keshavati, I am your mother's sister"
„O, Keshavati, sunt sora mamei tale"
"I have come to see you, my darling"
„Am venit să te văd, draga mea"
"I have come after so many years"

„Am venit după atâția ani"
"Are you home, Keshavati?" she asked.
„Ești acasă, Keshavati?", a întrebat ea.
The princess heard the words of the false-aunt.
Prințesa a auzit cuvintele mătușii false.
She came out of her room and to the entrance of the palace.
Ea a ieșit din camera ei și s-a îndreptat spre intrarea palatului.
She had no doubt that it was really her aunt.
Nu avea nicio îndoială că era într-adevăr mătușa ei.
And she embraced and kissed her aunt.
Și a îmbrățișat-o și a sărutat-o pe mătușa ei.
They both wept rivers of joy.
Amândoi au plâns râuri de bucurie.
Although you should know the Rakshasi wept first.
Deși ar trebui să știi că Rakshasi a plâns primul.
Keshavati wept with her out of empathy.
Keshavati a plâns alături de ea, din empatie.
Champa-Dal also believed the Rakshasi to be her aunt.
Champa-Dal credea, de asemenea, că Rakshasi este mătușa ei.
They all ate and drank and enjoyed the happy occasion.
Toți au mâncat și au băut și s-au bucurat de fericita ocazie.
And then they took rest in the middle of the day.
Și apoi s-au odihnit la miezul zilei.
And they celebrated again in the evening.
Și au sărbătorit din nou seara.

The next day the celebrations continued at breakfast.
A doua zi, sărbătorile au continuat la micul dejun.
Champa-Dal had a habit of sleeping after breakfast.
Champa-Dal avea obiceiul să doarmă după micul dejun.
Towards afternoon, the supposed aunt said to Keshavati:
Spre după-amiază, presupusa mătușă i-a spus lui Keshavati:
"Let us both go to the river and wash ourselves:
„Hai să mergem amândoi la râu și să ne spălăm:"
Keshavati replied, "How can we go now?"
Keshavati a răspuns: „Cum putem pleca acum?"
"My husband is sleeping," she explained.

„Soțul meu doarme", a explicat ea.

"Do not worry about your husband's sleep," said the aunt.

„Nu-ți face griji pentru somnul soțului tău", a spus mătușa.

"Let him sleep as much as he likes"

„Lasă-l să doarmă cât vrea"

"Let me put these sweetmeats near his bedside"

„Lasă-mă să pun aceste dulciuri lângă noptea lui"

"That way, when he awakes, he has something to eat"

„Așa, când se trezește, are ce mânca"

Then they then went to the river-side.

Apoi s-au dus pe malul râului.

They went close to the spot where the boat was.

S-au apropiat de locul unde era barca.

From a distance Keshavati saw the baskets of wicker-work.

De la distanță, Keshavati a văzut coșurile din răchită.

"Aunt, what beautiful things are those!"

„Mătușă, ce lucruri frumoase sunt acelea!"

"I wish I could get some of those wicker baskets"

„Aș vrea să pot obține și eu niște coșuri de răchită."

Her aunt happily obliged her.

Mătușa ei i-a fost bucuroasă îndemnul.

"Come, my child, and look at the wicker baskets"

„Vino, copilul meu, și privește coșurile de răchită"

"You can have as many baskets as you like"

„Poți avea câte coșuri dorești"

Keshavati at first refused to go into the boat.

La început, Keshavati a refuzat să urce în barcă.

But her aunt was very persuasive.

Dar mătușa ei era foarte convingătoare.

And finally she went onto the boat.

Și în cele din urmă s-a urcat pe barcă.

But once on the boat her aunt did a strange thing.

Dar odată ajunsă pe barcă, mătușa ei a făcut un lucru ciudat.

The aunt snapped her fingers thrice and said:

Mătușa a pocnit din degete de trei ori și a spus:

"Boat of Hajol! Oars of Mon-Paban!"

"Barca lui Hajol! Vâsle lui Mon-Paban!"

"Take me to the Ghat,"
„Du-mă la Ghat"
"The Ghat in which Sahasra-Dal bathes"
„Ghat-ul în care se scaldă Sahasra-Dal"
And the boat heeded to her command.
Și barca a ascultat porunca ei.
And the boat flew like an arrow over the waters.
Și barca a zburat ca o săgeată peste ape.
Keshavati was frightened and began to cry.
Keshavati s-a speriat și a început să plângă.
But the boat went on despite her crying.
Dar barca a mers mai departe în ciuda plânsului ei.
And the boat left behind many towns and cities.
Și barca a lăsat în urmă multe orașe și sate.
In a trice the boat reached its destination.
Într-o clipă, barca a ajuns la destinație.
The ghat where Sahasra-Dal was in the habit of bathing.
Ghatul unde Sahasra-Dal obișnuia să se scalde.
Keshavati was taken to the palace.
Keshavati a fost dusă la palat.
Sahasra-Dal admired her beauty and the length of her hair.
Sahasra-Dal i-a admirat frumusețea și lungimea părului.
And the ladies of the palace tried their best to comfort her.
Și doamnele palatului au încercat tot posibilul să o consoleze.
But she set up a loud cry of protest.
Dar ea a scos un strigăt puternic de protest.
And she wanted to be taken back to her husband.
Și voia să fie dusă înapoi la soțul ei.
Finally she saw that she had been taken captive.
În cele din urmă, a văzut că fusese luată captivă.
So she spoke to the ladies of the palace.
Așa că le-a vorbit doamnelor de la palat.
"Upon marriage I made a vow to my husband"
„La căsătorie i-am făcut un jurământ soțului meu"
"I promised not to look upon the face of any other man"
„Am promis să nu mă mai uit la fața niciunui alt bărbat"
"I promised to uphold this vow for six months"

„Am promis să țin acest jurământ timp de șase luni"
She was then lodged away from the others in the palace.
Apoi a fost adăpostită departe de ceilalți în palat.
And she was given a small house to live in.
Și i s-a dat o căsuță mică în care să locuiască.
The window of the house overlooked the road.
Fereastra casei dădea spre drum.
There she spent the livelong day.
Acolo și-a petrecut întreaga zi.
And there she spent the livelong night.
Și acolo și-a petrecut toată noaptea.
Because she had very little sleep.
Pentru că a dormit foarte puțin.
Because her time was spent in sighing and weeping.
Pentru că timpul ei se petrecea suspinând și plângând.

In the meantime Champa-Dal awoke from his sleep.
Între timp, Champa-Dal s-a trezit din somn.
He was distracted with the grief of not finding his wife.
Era copleșit de durerea că nu și-a găsit soția.
His suspicions turned to the aunt of Keshavati.
Suspiciunile sale s-au îndreptat către mătușa lui Keshavati.
He knew she was a cheat and an impostor.
Știa că era o înșelătoare și o impostoare.
It must have been her who carried away Keshavati.
Trebuie să fi fost ea cea care a răpit-o pe Keshavati.
He did not eat the sweetmeats left for him.
Nu a mâncat dulciurile care i-au fost lăsate.
Because he suspected the sweets to have been poisoned.
Pentru că bănuia că dulciurile au fost otrăvite.
He threw one of the sweets to a crow.
A aruncat una dintre dulciuri unei ciori.
The moment the crow ate the sweet, it dropped down dead.
În momentul în care cioara a mâncat dulceața, a căzut moartă.
This confirmed his suspicion of the pretend aunt.
Aceasta i-a confirmat suspiciunea față de mătușa falsă.
Maddened with grief, he rushed out of the house.

Înnebunit de durere, a ieșit în fugă din casă.

He was determined to go wherever his feet took him.

Era hotărât să meargă oriunde îl vor duce picioarele.

Like a madman he blubbered, "Oh Keshavati! Oh Keshavati!"

Ca un nebun, a plâns: „O, Keshavati! O, Keshavati!"

He travelled on foot day after day.

A călătorit pe jos zi de zi.

And he followed whatever way his feet took him.

Și a urmat orice drum în care l-au dus pașii săi.

Six months he spent travelling in this wearisome manner.

Șase luni a petrecut călătorind în acest fel obositor.

After six month he reached the capital of Sahasra-Dal.

După șase luni, a ajuns în capitala Sahasra-Dal.

He passed by the gate of the palace.

A trecut pe lângă poarta palatului.

And from the road he could see a small house.

Și de pe drum putea vedea o căsuță.

And from in the house he could hear sighs.

Și din casă se auzeau suspine.

Champa-Dal instantly recognized his wife.

Champa-Dal și-a recunoscut instantaneu soția.

And Keshavita instantly recognized her husband.

Și Keshavita și-a recunoscut instantaneu soțul.

Keshavita told her husband everything that had happened.

Keshavita i-a povestit soțului ei tot ce se întâmplase.

"The woman asked to go bathing after breakfast"

„Femeia a cerut să meargă la baie după micul dejun"

"At the river there was a boat"

„La râu era o barcă"

"The woman persuaded me onto the boat"

„Femeia m-a convins să mă urc pe barcă"

"And then the boat took us to this place"

„Și apoi barca ne-a dus în acest loc"

"I realized that I had been made captive"

„Mi-am dat seama că fusesem luat captiv"

"So I told them of my vows to you"

„Așa că le-am spus despre jurămintele mele făcute față de tine"

"But tomorrow will be the end of six month"

„Dar mâine va fi sfârșitul a șase luni"

There was a custom in those days.

Exista un obicei pe vremea aceea.

The fulfilments of vows were publicly recited.

Împlinirile jurămintelor au fost recitate public.

This was normally fulfilled by a learned Brahman.

Acest lucru era îndeplinit în mod normal de un brahman învățat.

They planned for Champa-Dal to take on this role.

Au plănuit ca Champa-Dal să preia acest rol.

And so that evening the palace drum was beat.

Și astfel, în seara aceea, a fost bătută toba palatului.

The king wanted a learned Brahman to make a recitation.

Regele dorea ca un brahman învățat să facă o recitare.

The story of Keshavati on the fulfilment of her vow.

Povestea lui Keshavati despre împlinirea jurământului ei.

Champa-Dal touched the drum and volunteered.

Champa-Dal a atins toba și s-a oferit voluntar.

"I will make the recitation of Keshavita's vows"

„Voi recita jurămintele Keshavitei"

The next morning all assembled in the courtyard.

A doua zi dimineață, cu toții s-au adunat în curte.

The old king and the queen mother.

Bătrânul rege și regina mamă.

Sahasra-Dal and his wife were there.

Sahasra-Dal și soția sa erau acolo.

All the courtiers and the learned Brahmans of the country.

Toți curtenii și brahmanii învățați ai țării.

All royalty was under a huge canopy of silk.

Toată familia regală se afla sub un imens baldachin de mătase.

Keshavati was also there, but behind a veil.

Keshavati era și ea acolo, dar în spatele unui văl.

So that she wouldn't be exposed to the rude gaze of people.

Ca să nu fie expusă privirilor nepoliticoase ale oamenilor.

Champa-Dal, the reciter, sat on a dais.

Champa-Dal, recitatorul, stătea pe un podium.

And he began to tell the story of Keshavati.

Și a început să povestească despre Keshavati.

"There was once a poor dimwitted Brahman"

„A fost odată un brahman sărac și prostuț"

"This dimwitted man had a wife, but no children"

„Acest om prostuț avea o soție, dar nu avea copii"

"But him not having children was probably for the best"

„Dar faptul că el nu a avut copii a fost probabil cel mai bine."

"Because he was barely able to meet his own needs"

„Pentru că abia își putea satisface propriile nevoi"

"And he could hardly supply enough for his wife"

„Și abia dacă putea să-i ofere soției sale suficiente lucruri"

"But his dimwittedness was not even his biggest problem"

„Dar prostia lui nici măcar nu era cea mai mare problemă a lui"

And he continued the story as we have followed it.

Și a continuat povestea așa cum am urmărit-o noi.

And sometimes he turned around to Keshavati.

Și uneori se întorcea spre Keshavati.

And he asked her if he was telling the story correctly.

Și a întrebat-o dacă povestea corect.

And she told him he was telling the story correctly.

Și ea i-a spus că povestea corect.

"The Brahman woman concluded her fate was sealed"

„Femeia brahmană a ajuns la concluzia că soarta ei era pecetluită"

"And she thought her husband would meet the same fate"

„Și ea credea că soțul ei va avea aceeași soartă"

"And she did not expect her son to be spared either"

„Și nu se aștepta ca nici fiul ei să fie cruțat"

"That night she hardly slept at all"

„În noaptea aceea abia dacă a dormit deloc"

"The Rakshasi had prevented her from seeing her husband"

„Rakshasi a împiedicat-o să-și vadă soțul"

"Early next morning Champa-Dal went to school"

„A doua zi dimineață devreme, Champa-Dal s-a dus la școală"
"Before he went to school, she gave her son a golden bottle"
„Înainte ca el să meargă la școală, ea i-a dat fiului ei o sticlă de aur"
"In the golden bottle was her own breast milk"
„În biberonul de aur era propriul ei lapte matern"
"Carefully watch the colour of the milk"
„Atenție la culoarea laptelui "
During the recitation the Rakshasi maid-servant grew pale.
În timpul recitării, servitoarea Rakshasi a pălit.
She perceived that her real character was going to be discovered.
Ea a perceput că adevăratul ei caracter urma să fie descoperit.
And Sahasra-Dal was astonished at the knowledge of the reciter.
Și Sahasra-Dal a fost uimit de cunoștințele recitatorului.
The reciter clearly told the history of the prince's life.
Recitatorul a povestit clar istoria vieții prințului.
"A drop or two of the blood fell from the bees"
„O picătură sau două de sânge au căzut de la albine"
"But their blood did not touch the ground"
„Dar sângele lor nu a atins pământul"
"Instead, their blood landed on the ashes"
„În schimb, sângele lor a căzut pe cenușă"
"A terrible scream was heard at a distance"
„Un țipăt îngrozitor s-a auzit de departe"
"The scream was the wailing of the Rakshasas"
„Țipătul era vaietul Rakshasasilor"
"They were all running home as fast as they could"
„Toți alergau acasă cât de repede puteau"
"They wanted to prevent the bees from being killed"
„Au vrut să împiedice uciderea albinelor"
"But they could not reach the palace in time"
„Dar nu au putut ajunge la palat la timp"
"Because the bees had already been killed"
„Pentru că albinele fuseseră deja ucise"
"The moment the bees were killed, all the Rakshasas died"

„În momentul în care albinele au fost ucise, toți Rakshasa au murit."

"Their carcasses fell on the very spot they were standing"

„Cadavrele lor au căzut chiar în locul unde stăteau"

"Their carcasses now blocked the gateway of the palace"

„Cadavrele lor blocau acum poarta palatului"

"In this manner the seven hundred Rakshasas were destroyed"

„În acest fel, cei șapte sute de Rakshasa au fost distruși"

All where enthralled by the story of the Rakshasas.

Toți au fost fascinați de povestea Rakshasasilor.

Because the story was being told by a true storyteller.

Pentru că povestea era spusă de un povestitor adevărat.

All enjoyed the story except for the maid-servant.

Tuturor le-a plăcut povestea, cu excepția servitoarei.

Because her real character was bound to be discovered.

Pentru că adevăratul ei caracter urma să fie descoperit.

"Champa-Dal touched the drum and volunteered.

„Champa-Dal a atins toba și s-a oferit voluntar."

"I will make the recitation of Keshavita's vows"

„Voi recita jurămintele Keshavitei"

"The next morning all assembled in the courtyard"

„A doua zi dimineață, toți adunați în curte"

"The old king and the queen mother"

„Bătrânul rege și regina mamă"

"Sahasra-Dal and his wife were there"

„Sahasra-Dal și soția lui erau acolo"

"All the courtiers and the learned Brahmans of the country"

„Toți curtenii și brahmanii învățați ai țării"

"All royalty was under a huge canopy of silk"

„Toată familia regală se afla sub un imens baldachin de mătase"

"Keshavati was also there, but behind a veil"

„Și Keshavati a fost acolo, dar în spatele unui văl"

"So that she wouldn't be exposed to the rude gaze of people"

„Ca să nu fie expusă privirilor nepoliticoase ale oamenilor"

"Champa-Dal, the reciter, sat on a dais"

„Champa-Dal, recitatorul, stătea pe un podium"
"And he began to tell the story of Keshavati"
„Și a început să povestească despre Keshavati"
Sahasra-Dal jumped up from his seat.
Sahasra-Dal a sărit din scaun.
And he embraced the reciter of the story.
Și l-a îmbrățișat pe cel care îi povestea.
"You can be none other than my brother Champa-Dal"
„Nu poți fi altul decât fratele meu Champa-Dal"
Then the prince was inflamed with rage.
Atunci prințul s-a aprins de furie.
He ordered the maid-servant to come into his presence.
El i-a ordonat servitoarei să vină în prezența lui.
A hole the height of a man was dug in the ground.
O groapă de înălțimea unui om a fost săpată în pământ.
And the maid-servant was put into the hole, standing.
Și servitoarea a fost băgată în groapă, în picioare.
Prickly thorns were heaped around her.
Spini țepoși erau îngrămădiți în jurul ei.
Up to the crown of her head she was covered in thorns.
Până în creștetul capului era acoperită de spini.
In this way the maid-servant was buried alive.
În felul acesta, servitoarea a fost îngropată de vie.
After this all lived happily together for many years.
După aceasta, toți au trăit fericiți împreună mulți ani.
Sahasra-Dal and his princess, and Champa-Dal and Keshavati.
Sahasra-Dal și prințesa lui și Champa-Dal și Keshavati.

The Story of Swet and Bachanta
Povestea lui Swet și Bachanta

There was once upon a time a rich merchant.
A fost odată ca niciodată un negustor bogat.
This rich merchant had only one son.
Acest negustor bogat avea un singur fiu.
And he loved his only son very much.
Și și-a iubit foarte mult singurul fiu.
He gave to his son whatever he wanted.
I-a dat fiului său tot ce și-a dorit.
Of course his son wanted a beautiful house.
Bineînțeles că fiul său își dorea o casă frumoasă.
And he also wanted to have a large garden.
Și își dorea să aibă și o grădină mare.
So a beautiful house was built for him.
Așa că i s-a construit o casă frumoasă.
And a fine garden was made for him too.
Și i s-a făcut și o grădină frumoasă.
The merchant's son was pleased with the garden.
Fiul negustorului a fost încântat de grădină.
And he enjoyed walking in the garden.
Și îi plăcea să se plimbe prin grădină.
One day a bird's nest caught his attention.
Într-o zi, un cuib de pasăre i-a atras atenția.
This bird happens to be called Toontooni.
Această pasăre se numește Toontooni.
He put his hand into the small bird's nest.
Și-a băgat mâna în cuibul mic de pasăre.
And in the nest he found an egg.
Și în cuib a găsit un ou.
He took the egg out of its nest.
A scos oul din cuib.
There was an almirah in the wall of his house.
În zidul casei sale era o almirah.
So he put the egg in the almirah.
Așa că a pus oul în almirah.

He closed the door of the almirah.
A închis ușa almirahei.
And then he thought no more of the egg.
Și apoi nu s-a mai gândit la ou.
The merchant's son had a house of his own.
Fiul negustorului avea propria casă.
But he had a house without a household.
Dar avea o casă fără gospodărie.
So in his house there was no cook.
Așadar, în casa lui nu era bucătar.
But he had no need for his own cook.
Dar nu avea nevoie de propriul său bucătar.
Because his mother regularly sent him food.
Pentru că mama lui îi trimitea regulat mâncare.
In the morning she sent him breakfast.
Dimineața i-a trimis micul dejun.
And every day she had dinner sent to him.
Și în fiecare zi i se trimitea cina.
One day the egg in the almirah burst.
Într-o zi, oul din almirah s-a spart.
But it was not a bird that came out of the egg.
Dar nu a fost o pasăre care a ieșit din ou.
Out of the egg came a beautiful infant.
Din ou a ieșit un copil frumos.
The infant was not a bird, but a human girl.
Copilul nu era o pasăre, ci o fetiță.
But the merchant's son knew nothing of the event.
Dar fiul negustorului nu știa nimic despre eveniment.
He had forgotten everything about the egg.
Uitase totul despre ou.
The door of the wall-almirah had been kept closed.
Ușa zidului-almirah fusese ținută închisă.
However, the merchant's son did not lock the door.
Totuși, fiul negustorului nu a încuiat ușa.
The child grew up within the wall-almirah.
Copilul a crescut în interiorul zidului-almirah.
She had no knowledge of the merchant's son.

Ea nu știa nimic despre fiul negustorului.
Nor did she know of anyone else.
Nici ea nu știa de pe altcineva.
When the child could walk it grew curious.
Când copilul a putut merge, a devenit curios.
And out of curiosity she opened the door.
Și, din curiozitate, a deschis ușa.
That day, too, the mother had sent breakfast.
Și în ziua aceea, mama trimisese micul dejun.
And the breakfast had been put on the floor.
Și micul dejun fusese pus pe jos.
The child saw the food that was on the floor.
Copilul a văzut mâncarea care era pe jos.
Of course the child ate from the food.
Bineînțeles că copilul a mâncat din mâncare.
And then the child returned into the wall.
Și apoi copilul s-a întors în perete.
The merchant's mother always made a lot of food.
Mama negustorului gătea întotdeauna multă mâncare.
It was more food than he could possibly eat.
Era mai multă mâncare decât putea mânca.
So he didn't notice that any food was missing.
Așa că nu a observat că lipsea vreo mâncare.
The girl of the wall-almirah came out every day.
Fata de la zid-almirah ieșea în fiecare zi.
And every day she ate a part of the food.
Și în fiecare zi mânca o parte din mâncare.
After eating the food she returned to the almirah.
După ce a mâncat, s-a întors la almirah.
But with time the girl got older and older.
Dar, cu timpul, fata a crescut din ce în ce mai mult.
And with age she got bigger and bigger.
Și odată cu vârsta, ea a devenit din ce în ce mai mare.
And the bigger she got the hungrier she got.
Și cu cât creștea, cu atât îi devenea mai foame.
And she began to eat more of the food each day.

Și a început să mănânce mai mult din acea mâncare în fiecare zi.

Eventually the merchant's son noticed the missing food.

În cele din urmă, fiul negustorului a observat mâncarea lipsă.

But he had no way of knowing where the food went.

Dar nu avea cum să știe unde se ducea mâncarea.

The last thing he suspected was a girl from inside the almirah.

Ultimul lucru pe care îl bănuia era o fată din interiorul almirahului.

And so he came to a very different conclusion.

Și astfel a ajuns la o concluzie cu totul diferită.

"Why is mother sending such a small quantity of food?".

„De ce trimite mama o cantitate atât de mică de mâncare?"

And he had a message sent to his mother.

Și i-a trimis un mesaj mamei sale.

"Why am I being sent insufficient food?".

„De ce nu mi se trimite suficientă mâncare?"

"And why is the dish served so slovenly?".

„Și de ce este servit felul de mâncare atât de neglijent?"

Of course we know why the food was insufficient.

Desigur, știm de ce mâncarea a fost insuficientă.

And we know why the food was presented slovenly.

Și știm de ce mâncarea a fost prezentată neglijent.

The girl from in the wall ate from his food.

Fata din zid a mâncat din mâncarea lui.

And as she ate she fingered the rice and curry.

Și în timp ce mânca, a pipăit orezul și curry-ul.

And she always hurried back into her cell in the wall.

Și se grăbea mereu înapoi în chilia ei din zid.

So that she would not be seen by anyone.

Ca să nu fie văzută de nimeni.

She had no time to put the rice in proper order.

Nu a avut timp să pună orezul în ordine cum trebuie.

The mother was astonished at her son's complaint.

Mama a fost uimită de plângerea fiului ei.

She gave him more than he could eat.

Ea i-a dat mai mult decât putea mânca.
The food was served up on a silver plate.
Mâncarea a fost servită pe o farfurie de argint.
And she neatly arranged the food herself.
Și a aranjat ea însăși cu grija mâncarea.
But her son repeated the same complaint again.
Dar fiul ei a repetat aceeași plângere.
Day after day he complained of the small portions.
Zi de zi se plângea de porțiile mici.
Day after day he complained of the messy food.
Zi de zi se plângea de mâncarea murdară.
And so his mother began to suspect foul play.
Și astfel mama lui a început să suspecteze o infracțiune.
She told her son to watch over the food.
Ea i-a spus fiului ei să aibă grijă de mâncare.
"See if anyone is eating your food".
„Vezi dacă cineva îți mănâncă mâncarea."
The next day a servant brought the food.
A doua zi, un servitor a adus mâncarea.
The servant laid the food in a clean place.
Slujitorul a pus mâncarea într-un loc curat.
Normally the merchant's son took a bath.
În mod normal, fiul negustorului făcea baie.
But this day he did not go for a bath.
Dar în ziua aceea nu s-a dus la o baie.
Instead, on this day he hid himself nearby.
În schimb, în ziua aceea s-a ascuns în apropiere.
From his hiding place he could see the food.
Din ascunzătoarea lui putea vedea mâncarea.
The merchant's son did not have to wait for long.
Fiul negustorului nu a trebuit să aștepte mult.
Soon he saw the wall-almirah open.
Curând a văzut zidul-almirah deschis.
And he saw a beautiful damsel step out.
Și a văzut o domnișoară frumoasă ieșind afară.
She could not have been more than sixteen.
Nu putea avea mai mult de șaisprezece ani.

She sat on the carpet by the breakfast.
Ea s-a așezat pe covor lângă micul dejun.
And she began to eat from the food left on the floor.
Și a început să mănânce din mâncarea lăsată pe jos.
The merchant's son came out of his hiding-place.
Fiul negustorului a ieșit din ascunzătoarea sa.
And the damsel could not escape from him.
Și domnișoara nu a putut scăpa de el.
"Who are you, beautiful creature?".
„Cine ești tu, creatură frumoasă?"
"You do not seem to be earth-born".
„Nu pari să fii născut pe pământ."
"Are you one of the daughters of the gods?".
„Ești una dintre fiicele zeilor?"
The girl replied, "I do not know who I am".
Fata a răspuns: „Nu știu cine sunt".
"But there is one thing I do know," the girl continued.
„Dar știu un lucru", a continuat fata.
"One day I found myself in the almirah in the wall".
„Într-o zi m-am trezit în almirah-ul din zid."
"And since then I have been living in the wall".
„Și de atunci locuiesc în zid."
The merchant's son thought her story was strange.
Fiul negustorului a considerat că povestea ei era ciudată.
But then he thought a bit more about the story.
Dar apoi s-a mai gândit puțin la poveste.
And he remembered what happened sixteen years ago.
Și și-a amintit ce se întâmplase acum șaisprezece ani.
He remembered the nest of the toontoori bird.
Și-a amintit de cuibul păsării tuontoori.
And he remembered finding an egg in the nest.
Și și-a amintit că a găsit un ou în cuib.
And he remembered putting the egg in the almirah.
Și și-a amintit că a pus oul în almirah.
The wall-almirah girl was of uncommon beauty.
Fata din almirah-ul de perete era de o frumusețe neobișnuită.
And the merchant's son was struck by her beauty.

Și fiul negustorului a fost impresionat de frumusețea ei.
Her beauty made a deep impression on his mind.
Frumusețea ei i-a lăsat o impresie profundă.
And he resolved in his mind to marry her.
Și s-a hotărât în mintea lui să se căsătorească cu ea.
From then on the girl didn't stay in the almirah.
De atunci încolo, fata nu a mai rămas în almirah.
She was given a room in the merchant's son's house.
I s-a dat o cameră în casa fiului negustorului.
The next day the merchant's son wrote a message.
A doua zi, fiul negustorului a scris un mesaj.
And he had the message sent to his mother.
Și i-a trimis mesajul mamei sale.
You can guess the general theme of the message.
Poți ghici tema generală a mesajului.
The merchant's son said he would like to get married.
Fiul negustorului a spus că ar vrea să se căsătorească.
The mother of the merchant's son reproached herself.
Mama fiului negustorului se mustră singură.
She had not tried to find a wife for his son.
Ea nu încercase să găsească o soție pentru fiul său.
She felt she should have thought of his marriage.
Simțea că ar fi trebuit să se gândească la căsătoria lui.
And so she promptly replied to her son's message.
Și astfel, ea a răspuns prompt la mesajul fiului ei.
She and her father were going to send out ghataks.
Ea și tatăl ei urmau să trimită ghatak-uri.
The ghataks were going to go to different countries.
Ghatak-urile urmau să meargă în diferite țări.
There they were going to look for suitable brides.
Acolo urmau să caute mirese potrivite.
But the merchant's son said there would be no need.
Dar fiul negustorului a spus că nu va fi nevoie.
He had secured himself a lovely young lady.
Își asigurase o tânără domnișoară încântătoare.
If they had no objection, he would introduce her to them.
Dacă nu ar avea nicio obiecție, le-ar fi prezentat-o.

And so the young lady was taken to the merchant's house.
Și astfel tânăra domnișoară a fost dusă la casa negustorului.
The merchant and his wife welcomed the stranger.
Negustorul și soția sa l-au întâmpinat pe străin.
And they were also struck by her unmatched beauty.
Și au fost, de asemenea, impresionați de frumusețea ei neegalată.
The girl was of perfect loveliness and grace.
Fata era de o frumusețe și o grație desăvârșite.
The parents made no questions to her birth.
Părinții nu au pus nicio întrebare cu privire la nașterea ei.
And the nuptials were celebrated there and then.
Și nunta a fost celebrată acolo și atunci.

In the course of time the merchant's son had two sons.
În decursul timpului, fiul negustorului a avut doi fii.
The elder of the sons he named Swet.
Pe cel mai mare dintre fii l-a numit Swet.
And the younger son he named Basanta.
Și pe fiul cel mic l-a numit Basanta.
After the passing of more time the old merchant died.
După trecerea mai multor timp, bătrânul negustor a murit.
So the merchant's son now became the merchant.
Așadar, fiul negustorului a devenit acum negustor.
And after some time his mother died too.
Și după un timp a murit și mama lui.
Swet and Basanta grew up to be fine lads.
Swet și Basanta au crescut și au devenit băieți grozavi.
And the elder son was in due time married.
Și fiul cel mare s-a căsătorit la vremea cuvenită.
Sometime after Swet's marriage his mother also died.
La ceva timp după căsătoria lui Swet, a murit și mama lui.
The girl from in the wall was no more.
Fata din zid nu mai era.
The widower lost no time in marrying again.
Văduvul nu a pierdut nicio clipă și s-a recăsătorit.
And he had a new young and beautiful wife.

Și avea o nouă soție tânără și frumoasă.
Swet's wife was older than his stepmother.
Soția lui Swet era mai în vârstă decât mama lui vitregă.
So his wife became the mistress of the house.
Așa că soția lui a devenit stăpâna casei.
The stepmother was like all stepmothers are.
Mama vitregă era ca toate mamele vitrege.
She hated Swet and Basanta with a perfect hatred.
Ea îi ura pe Swet și Basanta cu o ură desăvârșită.
And the two ladies also couldn't stand each other.
Și cele două doamne nu se suportau.
It so happened one day that a fisherman came.
S-a întâmplat într-o zi să vină un pescar.
The fisherman brought to the merchant a fish.
Pescarul i-a adus negustorului un pește.
This fish was of singular and remarkable beauty.
Acest pește era de o frumusețe singulară și remarcabilă.
It was unlike any other fish that had been seen.
Era diferit de orice alt pește văzut până atunci.
And the fish had other qualities too.
Și peștele avea și alte calități.
The fisherman explained the wonders of the fish.
Pescarul i-a explicat minunățiile peștilor.
"Two things will happen if you eat this fish".
„Două lucruri se vor întâmpla dacă mănânci acest pește."
"When you laugh maniks will drop from your mouth".
„Când râzi, îți vor curge manichiuri din gură."
"And when you weep pearls will drop from your eyes".
„Și când vei plânge, îți vor cădea perle din ochi."
The merchant was astounded by what he had heard.
Negustorul a fost uimit de ceea ce auzise.
And he wanted the wonderful properties of the fish.
Și el își dorea proprietățile minunate ale peștelui.
And so he bought the fish at one thousand rupees.
Și astfel a cumpărat peștele cu o mie de rupii.
And he put the fish into the hands of Swet's wife.
Și a pus peștele în mâinile soției lui Swet.

Because Swet's wife was the mistress of the house.
Pentru că soția lui Swet era stăpâna casei.
He strictly instructed her to cook the fish well.
El i-a spus cu strictețe să gătească bine peștele.
And he told her to give the fish to him alone to eat.
Și i-a spus să-i dea lui singur peștele să mănânce.
The house-mother however knew the fish's secret.
Mama casei, însă, știa secretul peștelui.
She had overheard what the fisherman had said.
Ea auzise ce spusese pescarul.
Secretly she made a different plan in her mind.
În secret, ea a făcut un alt plan în mintea ei.
She was going to cook the fish for her husband.
Ea urma să gătească pește pentru soțul ei.
And she was going to share the fish with his brother.
Și avea de gând să împartă peștele cu fratele lui.
For her father-in-law she was going to prepare a frog.
Pentru socrul ei, ea urma să pregătească o broască.
Soon she had finished cooking the marvelous fish.
Curând a terminat de gătit minunatul pește.
And she had finished cooking a frog too.
Și ea terminase de gătit și o broască.
But from the kitchen she could hear a squabble.
Dar din bucătărie se auzea o ceartă.
She could hear who it was that was arguing.
Putea auzi cine se certa.
Her stepmother-in-law and her husband's brother.
Soacra ei vitregă și fratele soțului ei.
And she understood the cause of the argument.
Și ea a înțeles motivul certurilor.
Basanta was still but a young lad.
Basanta era încă un băiețel.
But he was passionately fond of his pigeons.
Dar era pasionat de porumbeii săi.
And he tamed his pigeons very well.
Și și-a îmblânzit foarte bine porumbeii.
Nonetheless, one of his pigeons had escaped.

Cu toate acestea, unul dintre porumbeii lui a scăpat.
And the pigeon flew into his stepmother's room.
Și porumbelul a zburat în camera mamei sale vitrege.
His stepmother hid the pigeon in her clothes.
Mama lui vitregă a ascuns porumbelul în hainele ei.
Basanta rushed after the pigeon into the room.
Basanta s-a repezit după porumbel în cameră.
And he loudly demanded to have the pigeon back.
Și a cerut cu voce tare să i se înapoieze porumbelul.
His stepmother denied having the pigeon.
Mama lui vitregă a negat că ar fi avut porumbelul.
Swet, however, did know she had the pigeon.
Swet, însă, știa că are porumbelul.
And the older brother forcibly took the bird.
Și fratele mai mare a luat pasărea cu forța.
And he freed the pigeon from her clothes.
Și a eliberat porumbelul din haine.
And he gave the pigeon back to his brother.
Și i-a dat porumbelul înapoi fratelui său.
The stepmother cursed and swore, and added;
Mama vitregă a blestemat și a înjurat, adăugând:
"Wait until the head of the house comes home".
„Așteaptă până vine acasă stăpânul casei.”
"He will get no water till he sheds your blood".
„Nu va primi apă până nu-ți va vărsa sângele.”
Swet's wife called her husband and said to him;
Soția lui Swet și-a sunat soțul și i-a spus;
"My dearest lord, that woman is a most wicked woman".
„Preaiubitul meu domn, femeia aceea este o femeie foarte
rea.”
"And she has boundless influence over my father-in-law".
„Și ea are o influență nemărginită asupra socrului meu.”
"She will make him do what she has threatened".
„Ea îl va face să facă ceea ce a amenințat ea.”
"All our lives are in imminent danger".
„Viețile noastre sunt în pericol iminent, tuturor.”
"But let us first eat a little," she added.

„Dar mai întâi haideți să mâncăm puțin", a adăugat ea.
"And then let us all three run away from this place".
„Și atunci să fugim toți trei de aici."
Swet forthwith called Basanta to him.
Swet l-a chemat imediat pe Basanta la el.
And he told him what he had heard from his wife.
Și i-a povestit ce auzise de la soția sa.
They resolved to run away before nightfall.
Au hotărât să fugă înainte de căderea nopții.
The woman placed before her husband the fish.
Femeia a pus peștele înaintea soțului ei.
And her brother-in-law ate of the fish too.
Și cumnatul ei a mâncat și el din pește.
And they ate of the fish heartily.
Și au mâncat din pește cu poftă.
The woman packed up all her jewels in a box.
Femeia și-a împachetat toate bijuteriile într-o cutie.
There was only one horse in the stables.
În grajduri era un singur cal.
But the horse was of uncommon fleetness.
Dar calul era de o viteză neobișnuită.
They could all sit on the horse together.
Puteau sta cu toții împreună pe cal.
Swet held the reins of the horse.
Swet ținea frâiele calului.
The woman sat in the middle of the horse.
Femeia stătea în mijlocul calului.
And she had the jewel-box in her lap.
Și avea cutia cu bijuterii în poală.
And Basanta sat on the rear of the horse.
Și Basanta s-a așezat pe spatele calului.
The horse galloped with the utmost swiftness.
Calul a galopat cu cea mai mare iuțeală.
They passed through many a plain and noted town.
Au trecut prin multe orașe simple și renumite.
After midnight they found themselves in a forest.
După miezul nopții, s-au trezit într-o pădure.

And they were not far from the banks of a river.

Și nu erau departe de malurile unui râu.

Here the most untoward event took place.

Aici a avut loc cel mai neplăcut eveniment.

Swet's wife began to feel the pains of child-birth.

Soția lui Swet a început să simtă durerile nașterii.

They dismounted from the horse without delay.

Au descălecat de pe cal fără întârziere.

And within an hour Swet's wife gave birth to a son.

Și în decurs de o oră, soția lui Swet a născut un fiu.

What were the two brothers to do in this forest?

Ce trebuiau să facă cei doi frați în pădurea aceasta?

They knew that a fire had to be kindled.

Știau că trebuia aprins un foc.

The mother and the new-born baby needed warmth.

Mama și nou-născutul aveau nevoie de căldură.

But from where was there fire to be gotten?

Dar de unde putea fi luat focul?

There were no human habitations visible.

Nu se vedeau locuințe omenești.

Nonetheless, a fire had to be procured.

Cu toate acestea, a trebuit să se aprindă un foc.

And it was the winter month of December.

Și era luna decembrie de iarnă.

The mother and the baby would certainly perish.

Mama și copilul ar pieri cu siguranță.

Swet told Basanta to sit beside his wife.

Swet i-a spus lui Basanta să se așeze lângă soția sa.

And he set out in the darkness of the night.

Și a pornit la drum în întunericul nopții.

And he went in search of wood to make a fire.

Și s-a dus să caute lemne ca să facă foc.

Swet walked many a mile through the darkness.

Swet a mers mulți kilometri prin întuneric.

But despite the distance he saw no human habitations.

Dar, în ciuda distanței, nu a văzut nicio așezare omenească.

But eventually his eyes were given some help.

Dar, în cele din urmă, ochii lui au primit puțin ajutor.
The genial light of Sukra somewhat illumined his path.
Lumina blândă a lui Sukra i-a luminat oarecum calea.
And he saw at a distance what seemed a large city.
Și a văzut de departe ceea ce părea un oraș mare.
He was congratulating himself on his journey's end.
Se felicita pentru sfârșitul călătoriei sale.
And he congratulated himself for finding fire.
Și s-a felicitat pentru că a găsit focul.
The fire that was going to benefit his poor wife.
Focul care urma să-i fie de folos biatei sale soții.
His wife that was lying cold in the forest.
Soția lui, care zăcea înghețată în pădure.
The fire that was going to save his new-born child.
Focul care urma să-i salveze nou-născutul.
The new-born baby born into the coldness.
Nou-născutul născut în frig.
Suddenly an elephant shot across his path.
Deodată, un elefant i-a traversat calea în viteză.
The elephant was gorgeously caparisoned.
Elefantul era superb împodobit.
And the elephant gently picked him with his trunk.
Și elefantul l-a apucat ușor cu trompa.
He placed him on the rich howdah on its back.
L-a așezat pe bogatul howdah de pe spatele acestuia.
The elephant then walked rapidly towards the city.
Elefantul a mers apoi repede spre oraș.
Swet was quite taken aback by the events.
Swet a fost destul de luată prin surprindere de evenimente.
He did not understand the elephant's actions.
El nu a înțeles acțiunile elefantului.
And he wondered what was in store for him.
Și se întreba ce îl așteaptă.
A crown is that which was in store for him.
O coroană era ceea ce îl aștepta.
He was being taken to the chief city of a kingdom.
El era dus în orașul principal al unui regat.

In this kingdom every morning a king was elected.
În acest regat, în fiecare dimineață era ales un rege.
Because the kings of this city lasted but a day.
Pentru că regii acestui oraș au rezistat doar o zi.
Every night the new king joined the queen in her room.
În fiecare seară, noul rege se alătura reginei în camera ei.
And every morning the previous king was found dead.
Și în fiecare dimineață, regele anterior era găsit mort.
No one knew what caused the deaths of the kings.
Nimeni nu știa ce a cauzat moartea regilor.
Not even the queen knew what caused their death.
Nici măcar regina nu știa ce le-a cauzat moartea.
So this kingdom had its own king-maker.
Așadar, acest regat avea propriul său făuritor de regi.
The elephant who suddenly took hold of Swet.
Elefantul care l-a apucat brusc pe Swet.
Early in the morning the elephant roamed about.
Dis-de-dimineață, elefantul hoinărea de colo-colo.
Sometimes the elephant went to distant places.
Uneori, elefantul mergea în locuri îndepărtate.
And every evening the elephant returned with a man.
Și în fiecare seară, elefantul se întorcea cu un om.
The man on the elephant's became their king.
Omul pe elefant a devenit regele lor.
The elephant majestically marched through the streets.
Elefantul a mărșăluit maiestuos pe străzi.
A crowd of people welcomed their new king.
O mulțime de oameni l-a întâmpinat pe noul lor rege.
But Swet did not yet understand their cheers.
Dar Swet nu le înțelegea încă uralele.
The elephant entered the kingdom's palace.
Elefantul a intrat în palatul regatului.
And the elephant placed Swet on the throne.
Și elefantul l-a așezat pe Swet pe tron.
Amid much rejoicing he was proclaimed king.
În mijlocul unei mari bucurii, a fost proclamat rege.
But there were lamentations in the crowd too.

Dar s-au auzit și lamentări în mulțime.
In the course of the day he heard of the curse.
În cursul zilei a auzit de blestem.
The nightly death of every newly elected king.
Moartea nocturnă a fiecărui rege nou ales.
But Swet was possessed of great discretion.
Dar Swet era posedată de o mare discreție.
And he had the courage not to try an escape.
Și a avut curajul să nu încerce o evadare.
He took every precaution that he could take.
A luat toate măsurile de precauție pe care le-a putut lua.
But he did not know how to avert the catastrophe.
Dar nu știa cum să evite catastrofa.
And he knew not what expedients to adopt.
Și nu știa ce soluții să adopte.
Because he didn't know the nature of the danger.
Pentru că nu cunoștea natura pericolului.
He resolved, however, upon two things;
El s-a hotărât, totuși, asupra a două lucruri;
He was going to go armed into the bedchamber.
Avea de gând să intre înarmat în dormitor.
And he was going to stay awake the whole night.
Și avea de gând să stea treaz toată noaptea.
The queen was young and of exquisite beauty.
Regina era tânără și de o frumusețe desăvârșită.
Guileless and benevolent was the expression of her face.
Expresia de pe chipul ei era nevinovată și binevoitoare.
It was impossible to attribute her any malice.
Era imposibil să-i atribui vreo răutate.
No one believed she caused all the kings' deaths.
Nimeni nu credea că ea a cauzat moartea tuturor regilor.
In the queen's chamber Swet spent an agreeable evening.
În camera reginei, Swet a petrecut o seară plăcută.
As the night advanced the queen fell asleep.
Pe măsură ce noaptea înainta, regina a adormit.
But Swet kept awake, and was on the alert.
Dar Swet a rămas trează și era în alertă.

He looked at every creek and corner of the room.
S-a uitat la fiecare pârâu și colț al camerei.
And he expected every minute to be murdered.
Și se aștepta în fiecare minut să fie ucis.
But the queen did not rise to murder him.
Dar regina nu s-a ridicat să-l ucidă.
And no one entered the room to murder him either.
Și nimeni n-a intrat în cameră ca să-l ucidă.
Nor did he feel anything other than sleepiness.
Nici nu simțea altceva în afară de somnolență.
But in the dead of night he perceived something.
Dar în miezul nopții a perceput ceva.
A thread was coming out the queen's nostril.
Un fir ieșea din nara reginei.
The thread was so thin that it was almost invisible.
Firul era atât de subțire încât era aproape invizibil.
Slowly the thread reached several yards in length.
Încet, firul a ajuns la câțiva metri lungime.
And eventually all the thread came out.
Și în cele din urmă a apărut tot firul.
Only then did the thread begin to grow thicker.
Abia atunci firul a început să se îngroașe.
Soon the thread took on its real shape.
Curând, firul și-a căpătat adevărata formă.
The thread was in fact a huge serpent.
Firul era de fapt un șarpe uriaș.
Immediately Swet cut off the head of the serpent.
Imediat, Swet i-a tăiat capul șarpelui.
The body of the serpent wriggled violently.
Corpul șarpelui se zvârcolea violent.
He sat quiet in the room, expecting other adventures.
A stat liniștit în cameră, așteptând alte aventuri.
But nothing else happened the rest of the night.
Dar nu s-a întâmplat nimic altceva în restul nopții.
The queen slept longer than usual.
Regina a dormit mai mult decât de obicei.
Because she had been relieved of the huge snake.

Pentru că fusese eliberată de șarpele uriaș.
Early next morning the ministers came.
A doua zi dimineață devreme au venit miniștrii.
They were expecting to hear of the king's death.
Așteptau să audă de moartea regelui.
The ladies of the bedchamber knocked at the door.
Doamnele din dormitor au bătut la ușă.
But to their astonishment Swet come out.
Dar, spre uimirea lor, Swet a ieșit.
The folk learned the mystery of all the kings' deaths.
Poporul a aflat misterul morților tuturor regilor.
And now the country rejoiced their permanent king.
Și acum țara se bucura de regele lor permanent.
There is a strange thing you probably noticed.
Probabil ai observat un lucru ciudat.
Swet did not remember his wife he left behind.
Swet nu-și amintea de soția pe care o lăsase în urmă.
It is a strange thing, nevertheless it is true.
E un lucru ciudat, și totuși e adevărat.
Nor did he remember the defenseless new-born babe.
Nici nu-și amintea de nou-născutul lipsit de apărare.
And he did not remember his brother either.
Și nu și-a amintit nici de fratele său.
He had no time to remember when the elephant came.
Nu a avut timp să-și amintească când a venit elefantul.
On the first night he had to worry for his own life.
În prima noapte a trebuit să-și facă griji pentru propria viață.
And now the crown brought on his forgetfulness.
Și acum coroana i-a adus uitarea.
But he had entrusted his wife and child to Basanta.
Dar el îi încredințase Basantei soția și copilul său.
And his brother sat waiting for many weary hours.
Și fratele său a așteptat multe ore obositoare.
Every moment he expected to see Swet return with fire.
În fiecare clipă se aștepta să-l vadă pe Swet întorcându-se cu foc.
But the whole night passed away without his return.

Dar toată noaptea a trecut fără ca el să se întoarcă.
At sunrise he went to the bank of the river.
La răsăritul soarelui, s-a dus pe malul râului.
There he anxiously looked about for his brother.
Acolo, și a căutat cu nerăbdare fratele.
But his waiting and searching were all in vain.
Dar așteptarea și căutările sale au fost în zadar.
Distressed beyond measure, he wept at the riverside.
Îndurerat peste măsură, a plâns pe malul râului.
As he was weeping a boat was passing by.
În timp ce plângea, a trecut o barcă.
In the boat a merchant was returning from business.
În barcă, un negustor se întorcea de la treburi.
The boat was not far from the shore.
Barca nu era departe de țărm.
So the merchant could see Basanta weeping.
Așa că negustorul a putut să o vadă pe Basanta plângând.
Something struck the attention of the merchant.
Ceva i-a atras atenția negustorului.
By the weeping man appeared to be a pile of pearls.
Lângă bărbatul care plângea părea să fie o grămadă de perle.
The merchant requested the boatman to halt.
Negustorul i-a cerut barcagiului să se oprească.
And the merchant went to the weeping man.
Și negustorul s-a dus la omul care plângea.
By the weeping man was in fact a pile of pearls.
Lângă omul care plângea se afla de fapt o grămadă de perle.
And the pearls were of the highest quality.
Și perlele erau de cea mai înaltă calitate.
And another thing astonished the merchant.
Și încă un lucru l-a uimit pe negustor.
The pile of pearls grew larger every second.
Grămada de perle creștea cu fiecare secundă.
Because the man was crying, but not tears.
Pentru că bărbatul plângea, dar nu avea lacrimi.
Because his tears turned to pearls on the ground.
Pentru că lacrimile lui s-au transformat în perle pe pământ.

The merchant stowed away the pearls into his boat.
Negustorul a pus perlele în barca sa.
Then the merchant got his servants to help him.
Atunci negustorul și-a pus slujitorii să-l ajute.
And together they captured the crying man.
Și împreună l-au capturat pe bărbatul care plângea.
They put him on board of the vessel.
L-au pus la bordul navei.
And he tied him to one of the ship's masts.
Și l-a legat de unul dintre catargele navei.
Basanta, of course, tried his best to resist.
Basanta, desigur, a încercat tot posibilul să reziste.
But what could he do against so many sailors?
Dar ce putea face împotriva atâtor marinari?
He thought of his brother who never returned.
S-a gândit la fratele său care nu se mai întorsese niciodată.
He thought of his sister-in-law in the forest.
S-a gândit la cumnata lui din pădure.
And he thought of his newly born niece.
Și s-a gândit la nepoata lui nou-născută.
And he cried even more bitterly than before.
Și a plâns și mai amar decât înainte.
His weeping mightily pleased the merchant.
Plânsul lui l-a încântat negustor.
Because even more pearls were falling to the ground.
Pentru că și mai multe perle cădeau pe pământ.
And the merchant became richer and richer.
Și negustorul a devenit din ce în ce mai bogat.
Eventually the merchant reached his native town.
În cele din urmă, negustorul a ajuns în orașul său natal.
When they got there he confined Basanta in a room.
Când au ajuns acolo, l-a închis pe Basanta într-o cameră.
At stated hours every day he had him whipped.
La orele stabilite în fiecare zi, îl punea să fie biciuit.
In order to make him shed yet more tears.
Ca să-l facă să verse și mai multe lacrimi.
And every tear converted into a bright pearl.

Și fiecare lacrimă s-a transformat într-o perlă strălucitoare.
The merchant one day said to his servants;
Într-o zi, negustorul le-a spus slujitorilor săi;
"The fellow is making me rich by his weeping".
„Tipul ăsta mă îmbogățește cu plânsul lui."
"Let us see what he gives me by laughing".
„Să vedem ce-mi oferă râzând."
Accordingly, he began to tickle his captive.
Prin urmare, a început să-și gâdile captivul.
Upon being tickled Basanta began to laugh.
Când a fost gâdilat, Basanta a început să râdă.
Of course he was not laughing out of happiness.
Bineînțeles că nu râdea de fericire.
But none the less maniks dropped from his mouth.
Dar, cu toate acestea, i-au căzut manichiuri din gură.
After this Basanta was not just whipped anymore.
După aceasta, Basanta nu a mai fost doar biciuit.
Now he was alternately whipped and tickled.
Acum era pe rând biciuit și gâdilat.
All day and far into the night he was exploited.
Toată ziua și până târziu în noapte a fost exploatat.
The merchant's wealth increased day and night.
Averea negustorului creștea zi și noapte.
Soon he became the wealthiest man in the land.
În scurt timp a devenit cel mai bogat om din țară.
But let us return to Basanta's subjugation later.
Dar să revenim mai târziu la subjugarea lui Basanta.
Now let us turn our attention to Swet's wife.
Acum să ne îndreptăm atenția către soția lui Swet.

Swet's abandoned wife was still in the forest.
Soția abandonată a lui Swet era încă în pădure.
She had just given birth to her child.
Tocmai își născuse copilul.
But now she was alone in the forest.
Dar acum era singură în pădure.
First her husband had abandoned her.

Mai întâi, soțul ei o abandonase.
And now her brother-in-law abandoned her too.
Și acum cumnatul ei a abandonat-o și el.
Imagine how overwhelmed with grief she felt.
Imaginează-ți cât de copleșită de durere a simțit-o.
Alone, and in a forest, far from civilization.
Singur și într-o pădure, departe de civilizație.
Her case was indeed deserving of sympathy.
Cazul ei merita într-adevăr compasiune.
She wept rivers of sad and lonely tears.
A plâns râuri de lacrimi triste și singuratice.
Excessive grief, however, brought her relief.
Durerea excesivă, însă, i-a adus ușurare.
She fell asleep with the new-born in her arms.
A adormit cu nou-născutul în brațe.
While she was deep in sleep another tragedy took place.
În timp ce dormea adânc, a avut loc o altă tragedie.
It so happened that the Kotwal was passing by.
S-a întâmplat ca Kotwal-ul să treacă pe acolo.
He had recently suffered his own misfortune.
Recent suferise propria-i nenorocire.
But his misfortune was of a different nature.
Dar ghinionul lui a fost de altă natură.
The children his wife bore died shortly after birth.
Copiii pe care i-a născut soția sa au murit la scurt timp după
naștere.
And he was now going to bury the last infant.
Și acum urma să îngroape ultimul prunc.
He was heading to the banks of the river.
Se îndrepta spre malurile râului.
The place where the other infants were buried.
Locul unde au fost îngropați ceilalți prunci.
But then he saw the woman sleeping in the forest.
Dar apoi a văzut-o pe femeie dormind în pădure.
And in her arms he saw her holding a baby.
Și în brațele ei a văzut-o ținând în brațe un copil.
The infant was a lively and beautiful boy.

Copilul era un băiețel vioi și frumos.
His liveliness did not disturb his mother's sleep.
Vioiciunea lui nu i-a tulburat somnul mamei sale.
The Kotwal wanted the lovely infant very much.
Kotwal-ul și-a dorit foarte mult minunatul copil.
He quietly took the child from his mother.
A luat copilul în liniște de la mama sa.
And in her arms he placed his own dead child.
Și în brațele ei și-a pus propriul copil mort.
Of course this is not what he could tell his wife.
Desigur, nu asta i-ar fi putut spune soției sale.
"We both thought that our son had died".
„Amândoi am crezut că fiul nostru a murit.”
"And I carried his body to the river bank".
„Și i-am dus trupul până la malul râului.”
"And that was when a miracle occurred".
„Și atunci s-a produs o minune.”
"Once more our son opened his young eyes".
„Fiul nostru și-a deschis încă o dată ochii tineri.”
"And now we have a beautiful and lively boy".
„Și acum avem un băiat frumos și vioi.”
But Swet's wife did not know the true events.
Dar soția lui Swet nu știa adevăratele evenimente.
When she woke she held the dead child in her arms.
Când s-a trezit, ținea copilul mort în brațe.
And she thought it was her child that had died.
Și ea a crezut că murise copilul ei.
The distress of her mind may easily be imagined.
Suferința ei poate fi ușor de imaginat.
The whole world became dark to her.
Întreaga lume devenise întunecată pentru ea.
She was distracted by the loss of her child.
A fost distrasă de pierderea copilului ei.
And in her distraction she formed a resolution.
Și, în distragerea ei, și-a luat o hotărâre.
She had resolved to take her own life.
Ea hotărâse să-și ia viața.

The river was not far from where she had slept.
Râul nu era departe de locul unde dormise ea.
And she determined to drown herself in the river.
Și s-a hotărât să se înece în râu.
She took in her hand the bundle of jewels.
Ea a luat în mână mănunchiul de bijuterii.
And then she proceeded to the river-side.
Și apoi ea s-a îndreptat spre malul râului.
An old Brahman was at no great distance.
Un bătrân brahman nu era la mare distanță.
The Brahman was performing his morning ablutions.
Brahmanul își făcea abluțiunile de dimineață.
He noticed the woman going into the water.
A observat-o pe femeie intrând în apă.
Naturally he thought that she was going to bathe.
Firește că el s-a gândit că ea avea de gând să facă baie.
But then he saw her going into the deep waters.
Dar apoi a văzut-o mergând în apele adânci.
Something akin to suspicion arose in his mind.
Ceva asemănător cu suspiciune i-a apărut în minte.
The Brahman discontinued his devotions.
Brahmanul și-a întrerupt devoțiunile.
He too waded out towards the river's depth.
Și el a înaintat spre adâncul râului.
And he ordered the woman to come to him.
Și i-a poruncit femeii să vină la el.
Swet's wife heard the old man calling her.
Soția lui Swet l-a auzit pe bătrân strigând-o.
So she retraced her steps to the old man.
Așa că s-a întors pe urmele bătrânului.
"What were your intentions?" asked the Braham.
„Care erau intențiile tale?", a întrebat Brahamul.
And the woman confirmed his suspicions.
Și femeia i-a confirmat bănuielile.
"I was going to put an end to my life".
„Aveam de gând să-mi pun capăt vieții."
And she thanked the Brahman for saving her.

Și ea i-a mulțumit brahmanului pentru că a salvat-o.
"Accept these jewels as a sign of appreciation".
„Acceptă aceste bijuterii ca semn de apreciere."
The Brahman accepted the sign of appreciation.
Brahmanul a acceptat semnul de apreciere.
But he was more interested in her story.
Dar el era mai interesat de povestea ei.
And at his request she related her story.
Și, la cererea lui, ea și-a relatat întâmplarea.
She had escaped from her stepmother in law.
Ea scăpase de soacra ei vitregă.
In the forest she gave birth to a child.
În pădure a născut un copil.
First her husband went looking for fire.
Mai întâi, soțul ei a mers să caute foc.
But her husband never came back to her.
Dar soțul ei nu s-a mai întors niciodată la ea.
Then her brother-in-law looked for her husband.
Apoi, cumnatul ei l-a căutat pe soțul ei.
But her brother-in-law did not return either.
Dar nici cumnatul ei nu s-a întors.
Eventually she fell asleep with her child.
În cele din urmă a adormit cu copilul ei.
But when she woke her child was dead.
Dar când s-a trezit, copilul ei era mort.
And that's when she decided to drown herself.
Și atunci a decis să se înece.
She felt the relieve of telling her fate.
Simți ușurarea de a-și povesti soarta.
The Brahman invited the woman to his house.
Brahmanul a invitat-o pe femeie la el acasă.
And the woman was accepted into his family.
Și femeia a fost acceptată în familia lui.
The Brahman's wife treated her like a daughter.
Soția brahmanului a tratat-o ca pe o fiică.
And she spent years with her new family.
Și a petrecut ani de zile cu noua ei familie.

Swet spend those years in his kingdom.
Swet a petrecut acei ani în regatul său.
Basanta spent those years being tortured.
Basanta și-a petrecut acei ani fiind torturat.
And the adopted son of the Kotwal grew up.
Și fiul adoptiv al lui Kotwal a crescut.
The Brahman's house was not far from the Kotwal's.
Casa brahmanului nu era departe de cea a familiei Kotwal.
So the Kotwal's son met the Brahman's adopted daughter.
Așadar, fiul familiei Kotwal a întâlnit-o pe fiica adoptivă a
brahmanului.
And the lad thought he fell in love with her.
Și băiatul a crezut că s-a îndrăgostit de ea.
He spoke to his father about the woman.
El a vorbit cu tatăl său despre femeie.
And the father spoke to the Brahman about the woman.
Și tatăl i-a vorbit brahmanului despre femeie.
The Brahman's rage knew no bounds.
Furia brahmanului nu cunoștea limite.
"What is this insolence!" the Brahman protested.
„Ce este această insolență?", a protestat brahmanul.
"Your son is the son of an infidel".
„Fiul tău este fiul unui necredincios."
"How can he aspire to the hand of a Brahman's daughter!?".
„Cum poate aspira la mâna fiicei unui brahman!?".
"A dwarf may as well aspire to catch hold of the moon!".
„Un pitic ar putea la fel de bine să aspire să pună mâna pe
lună!"
But the Kotwal's son determined to have her by force.
Dar fiul Kotwal-ului s-a hotărât să o ia cu forța.
One day he scaled the wall of the Brahman's house.
Într-o zi, a escaladat zidul casei brahmanului.
He got upon the thatched roof of the cow-house.
A urcat pe acoperișul de paie al grajdului.
And from that lofty position he reconnoitered.
Și din acea poziție înaltă a recunoscut.
And he saw two young calves below him.

Și a văzut doi viței tineri sub el.
And he overheard the conversation of two young calves.
Și a auzit conversația a doi viței tineri.
"Men accuse us of brutish ignorance and immorality".
„Bărbații ne acuză de ignoranță brutală și imoralitate."
"But in my opinion men are fifty times worse".
„Dar, după părerea mea, bărbații sunt de cincizeci de ori mai răi."
"What makes you say so, brother?" the calf asked.
„Ce te face să spui asta, frate?", a întrebat vițelul.
"Have you witnessed instances of human depravity?".
„Ați fost martori la cazuri de depravare umană?"
"Who is a greater monster than the Kotwal's son?".
„Cine este un monstru mai mare decât fiul lui Kotwal?"
"The same lad standing on the thatched roof".
„Același flăcău care stă pe acoperișul de paie."
"The roof of this hut above our heads".
„Acoperișul acestei colibe deasupra capetelor noastre."
"I thought he was just the son of our Kotwal".
„Am crezut că e doar fiul lui Kotwal al nostru."
"I never heard that he was exceptionally vicious".
„N-am auzit niciodată că ar fi fost excepțional de rău."
"You may have never heard of his wickedness".
„Poate că n-ai auzit niciodată de răutatea lui."
"But now you will hear of his wickedness from me".
„Dar acum veți auzi de la mine despre răutatea lui."
"This wicked lad is now making immoral plans".
„Acest băiat rău pune acum la cale planuri imorale."
"He is trying get married to his own mother!".
„Încearcă să se căsătorească cu propria lui mamă!"
The First Calf then related the whole story.
Primul Vițel a povestit apoi întreaga întâmplare.
And the inquisitive Second Calf listened.
Și curiosul Al Doilea Vițel a ascultat.
And the calf told Swet's and Basanta's story.
Și vițelul a povestit povestea lui Swet și a Basantei.
"A merchant built a house for his son"

„Un negustor i-a construit o casă fiului său”
"In the garden of the house was a Toontooni bird"
„În grădina casei era o pasăre Toontooni”
"In the nest of the Toontooni bird was an egg"
„În cuibul păsării Toontooni se afla un ou”
"The merchant's son put the egg in an almirah"
„Fiul negustorului a pus oul într-o cutie de lucru”
"Out of the egg came a beautiful girl"
„Din ou a ieșit o fată frumoasă”
"Eventually the merchant's son married this beautiful girl"
„În cele din urmă, fiul negustorului s-a căsătorit cu această
fată frumoasă”
"Together they had two children; Swet and Basanta"
„Împreună au avut doi copii: Swet și Basanta”
"Some time later the grandfather of the children died"
„Ceva mai târziu, bunicul copiilor a murit”
"Some time later again their grandmother died too"
„Ceva mai târziu, a murit și bunica lor”
"At the right time, the oldest son, Swet, got married"
„La momentul potrivit, fiul cel mare, Swet, s-a căsătorit”
"His mother, the Toontooni woman, died sometime later"
„Mama lui, femeia din Toontooni, a murit ceva mai târziu”
"Soon after their father married a younger woman"
„La scurt timp după ce tatăl lor s-a căsătorit cu o femeie mai
tânără”
"But their new stepmother hated her stepsons"
„Dar noua lor mamă vitregă își ura fiii vitregi”
"And she also hated her new stepdaughter-in-law"
„Și o ura și pe noua ei noră vitregă”
"One day a fisherman happened to visit the merchant"
„Într-o zi, un pescar a venit întâmplător în vizită la negustor”
"The Fisherman had sold the merchant a magical fish"
„Pescarul îi vânduse negustorului un pește magic”
"Whoever ate the fish would laugh maniks"
„Oricine ar fi mâncat peștele ar fi râs de manichi”
"And whoever ate the fish would weep pearls"
„Și oricine mânca peștele plângea perle”

"The same day there was an argument over some pigeons"
„În aceeași zi a fost o ceartă din cauza unor porumbei"
"The stepmother was terribly vengeful to her stepsons"
„Mama vitregă era teribil de răzbunătoare pe fiii ei vitregi"
"And she swore revenge on her stepsons"
„Și a jurat răzbunare pe fiii ei vitregi "
"That day Swet, his wife, and Basanta escaped"
„În ziua aceea, Swet, soția lui și Basanta au scăpat"
"But before leaving they ate the magical fish"
„Dar înainte să plece au mâncat peștele magic"
"On their journey Swet's wife gave birth to a baby boy"
„În călătoria lor, soția lui Swet a născut un băiețel"
"Swet went to look for wood to make a fire"
„Sweet s-a dus să caute lemne ca să facă foc"
"But he was carried away by an elephant"
„Dar a fost luat de un elefant"
"He was taken to a Queen haunted by a snake"
„A fost dus la o regină bântuită de un șarpe "
"But he succeeded in killing the serpent"
„Dar a reușit să ucidă șarpele"
"And so he became king of the land"
„Și astfel a devenit rege al țării"
"Basanta went looking for his brother"
„Basanta a plecat să-și caute fratele"
"But he was captured by a merchant"
„Dar a fost capturat de un negustor"
"And now he's flogged and tickled daily"
„Și acum este biciuit și gâdilat zilnic"
"And he cries pearls and laughs maniks"
„Și plânge perle și râde ca niște manichiuri"
"The Kotwal's son had died that night"
„Fiul familiei Kotwal murise în noaptea aceea"
"So the Kotwal exchanged the two babies"
„Așa că Kotwal-ii au făcut schimb de cei doi bebeluși."
"The mother couldn't bear the loss of her child"
„Mama nu a mai putut suporta pierderea copilului ei"
"So she made the decision to drown herself"

„Aşa că a luat decizia să se înece"
"But there was a Brahman that saved her life"
„Dar a existat un brahman care i-a salvat viaţa"
"And this Brahman took her into his home"
„Şi acest brahman a luat-o în casa lui"
"The Kotwal's son grew up a hardy boy"
„Fiul familiei Kotwal a crescut ca un băiat curajos"
"And he fell in love with the woman"
„Şi s-a îndrăgostit de femeie"
"And now he stands on the roof"
„Şi acum stă pe acoperiş"
"And he's intent on having the woman"
„Şi este hotărât să o aibă pe femeie"
All this the Kotwal's son heard.
Toate acestea a auzit fiul lui Kotwal.
And he was struck with horror.
Şi a fost cuprins de groază.
He forthwith got down from the thatch.
El a coborât imediat de pe acoperişul de paie.
And he went home to his father.
Şi s-a dus acasă la tatăl său.
And he said he must speak with the king.
Şi a spus că trebuie să vorbească cu regele.
The father protested against the request.
Tatăl a protestat împotriva cererii.
But he got an interview with the king.
Dar a obţinut o interviu cu regele.
He told the king about the two calves.
El i-a povestit regelui despre cei doi viţei.
And he repeated the whole story.
Şi a repetat toată povestea.
The king now remembered his poor wife.
Regele şi-a amintit acum de biata sa soţie.
So a servant was sent to the Brahman.
Aşa că un servitor a fost trimis la brahman.
And the Brahman was richly rewarded.
Şi brahmanul a fost răsplătit din belşug.

And his wife was brought back to the palace.

Și soția lui a fost adusă înapoi la palat.

His wife was put in her proper position.

Soția lui a fost pusă în poziția ei cuvenită.

And she became queen of the kingdom.

Și ea a devenit regina regatului.

The reputed son of the Kotwal was readopted.

Presupusul fiu al lui Kotwal a fost readoptat.

And he was proclaimed heir to the throne.

Și a fost proclamat moștenitor al tronului.

Basanta was brought out of the dungeon.

Basanta a fost scoasă din temniță.

And the wicked merchant was buried alive.

Și negustorul rău a fost îngropat de viu.

And thorns were put in his burying-place.

Și au fost puși spini în mormântul lui.

And all lived together happily for many years.

Și toți au trăit fericiți împreună mulți ani.

Swet, his wife and son, and Basantas.

Swet, soția și fiul său și Basantas.

The Evil Eye of Sani
Ochiul rău al lui Sani

Once upon a time Sani and Lakshmi fell out with each other.
A fost odată ca niciodată, Sani și Lakshmi s-au certat.
Sani, also known as Saturn, is the God of bad luck.
Sani, cunoscut și sub numele de Saturn, este zeul ghinionului.
And Lakshmi is the Goddess of good luck.
Și Lakshmi este zeița norocului.
And these two Gods fell out with each other in heaven.
Și acești doi Zei s-au certat în ceruri.
Sani said he was higher in rank than Lakshmi.
Sani a spus că are un rang mai înalt decât Lakshmi.
And Lakshmi said she was higher in rank than Sani.
Și Lakshmi a spus că are un rang mai înalt decât Sani.
But there were just as many Gods as there were Goddesses.
Dar existau tot atâtea Zei câte Zeițe existau.
Therefore the dispute could not be settled in heaven.
Prin urmare, disputa nu putea fi rezolvată în ceruri.
The contending deities agreed to refer the matter to humans.
Zeitățile rivale au fost de acord să sesizeze oamenii cu această problemă.
The humans had a name for wisdom and justice.
Oamenii aveau o renume pentru înțelepciune și dreptate.
There lived at that time upon earth a man named Sribatsa.
Trăia pe atunci pe pământ un om pe nume Sribatsa.
(Sri is another name of Lakshmi).
(Sri este un alt nume al lui Lakshmi).
(And "batsa" is another word for child).
(Și „batsa" este un alt cuvânt pentru copil).
(so Sribatsa literally means "the child of fortune").
(deci Sribatsa înseamnă literalmente „copilul norocului").
Sribatsa had as much wisdom as he had wealth.
Sribatsa avea tot atâta înțelepciune câtă bogăție.
And he was as fair as he was rich, too.
Și era la fel de frumos pe cât era de bogat.
He was therefore a good judge for the dispute.

Prin urmare, el a fost un judecător bun în această dispută.
And the God and Goddess agreed he could judge their case.
Și Zeul și Zeița au fost de acord că el le poate judeca cazul.
One day, accordingly, Sribatsa was contacted.
Prin urmare, într-o zi, Sribatsa a fost contactat.
He was told that Sani and Lakshmi would come to him.
I s-a spus că Sani și Lakshmi vor veni la el.
And he was told they wished for him to settle their dispute.
Și i s-a spus că doreau ca el să le rezolve disputa.
This put Sribatsa in a delicate situation.
Acest lucru l-a pus pe Sribatsa într-o situație delicată.
He could say Sani was higher in rank than Lakshmi.
Putea spune că Sani avea un rang mai înalt decât Lakshmi.
But then she would be angry with him and forsake him.
Dar atunci s-ar supăra pe el și l-ar părăsi.
He could say Lakshmi was higher in rank than Sani.
Putea spune că Lakshmi avea un rang mai înalt decât Sani.
But then Sani would cast his evil eye upon him.
Dar atunci Sani își arunca ochii răi asupra lui.
He made up his mind not to say anything directly.
S-a hotărât să nu spună nimic direct.
The god and the goddess had to observe his actions.
Zeul și zeița trebuiau să-i observe acțiunile.
And from his actions they could gather their opinions.
Și din acțiunile lui își puteau culege opiniile.
Sribatsa ordered two chairs to be made.
Sribatsa a comandat să fie făcute două scaune.
One of the chairs was made from gold.
Unul dintre scaune era făcut din aur.
And the other chair was made from silver.
Și celălalt scaun a fost făcut din argint.
And he placed the two chairs beside himself.
Și a așezat cele două scaune lângă el.
The day came when Sani and Lakshmi visited Sribatsa.
A venit ziua în care Sani și Lakshmi au vizitat-o pe Sribatsa.
He told Sani to sit upon the silver chair.
I-a spus lui Sani să se așeze pe scaunul de argint.

And he told Lakshmi to sit upon the gold chair.
Și i-a spus lui Lakshmi să se așeze pe scaunul de aur.
Sani became mad with rage, and spoke angrily;
Sani a înnebunit de furie și a vorbit cu furie;
"You consider me lower in rank than Lakshmi"
„Mă consideri inferior lui Lakshmi.”
"I will cast my eye on you for three years"
„Te voi privi timp de trei ani”
"We shall see how you fare at the end of that period"
„Vom vedea cum te descurci la sfârșitul acelei perioade”
The god then went away in great anger.
Zeul a plecat apoi plin de mânie.
Lakshmi, before she went away, said to Sribatsa;
Lakshmi, înainte să plece, i-a spus lui Sribatsa;
"My child, do not fear. I'll befriend you"
„Copilul meu, nu te teme. Mă voi împrieteni cu tine.”
The god and the goddess then went away.
Zeul și zeița au plecat apoi.
Sribatsa spoke to his wife, Chantamani;
Sribatsa a vorbit cu soția sa, Chantamani;
"Dearest, the evil eye of Sani will be upon me"
„Dragul meu, ochiul rău al lui Sani va fi asupra mea.”
"I had better go away from the house"
„Mai bine plec de acasă”
"If I stay evil will befall you and me"
„Dacă rămân rău, mie și ție ne va veni răul.”
"But if I go, evil will overtake me only"
„Dar dacă mă duc, răul mă va ajunge doar pe mine”
Chintamani said, "it cannot be that way"
Chintamani a spus: „Nu se poate fi așa”.
"Wherever you go, I will go with you"
„Oriunde te duci, voi merge și eu cu tine”
"Your good luck shall be my good luck"
„Norocul tău va fi norocul meu”
"And your bad luck shall be my bad luck"
„Și ghinionul tău va fi ghinionul meu”
The husband tried hard to persuade his wife to stay.

Soțul a încercat din greu să-și convingă soția să rămână.
But all his efforts were of no use.
Dar toate eforturile lui au fost de niciun folos.
She refused to abandon her husband.
Ea a refuzat să-și abandoneze soțul.
Sribatsa told his wife to make an opening in their mattress.
Sribatsa i-a spus soției sale să facă o deschizătură în saltea.
And he told her to stow away all their money and jewels.
Și i-a spus să le ascundă toți banii și bijuteriile.
On the eve of leaving their house, Sribatsa invoked Lakshmi.
În ajunul plecării din casă, Sribatsa a invocat-o pe Lakshmi.
Upon being invoked, Lakshmi forthwith appeared.
După ce a fost invocată, Lakshmi a apărut imediat.
"Mother Lakshmi, the evil eye of Sani is upon us"
„Mamă Lakshmi, ochiul rău al lui Sani este asupra noastră"
"We are going away into exile"
„Plecăm în exil"
"Please befriend us, and take care of our property"
„Vă rugăm să fiți prieteni cu noi și să aveți grijă de proprietatea noastră"
The goddess of good luck answered.
Zeița norocului a răspuns.
"Do not fear; I'll befriend you"
„Nu te teme; mă voi împrieteni cu tine"
"In the end all will be right"
„În cele din urmă totul va fi bine"
They then set out on their journey.
Apoi au pornit în călătoria lor.
Sribatsa rolled up the mattress and put it on his head.
Sribatsa a rulat salteaua și și-a pus-o pe cap.
They had not gone many miles when they saw a river.
Nu merseseră mulți kilometri când au văzut un râu.
There was a canoe with a man sitting in it.
Era o canoe cu un bărbat stând în ea.
The travelers requested the ferryman to take them across.
Călătorii i-au cerut luntrașului să-i ducă peste mare.

The ferryman said he could only take one at a time.

Luntrașul a spus că poate lua doar câte unul odată.

"Tere are three of you," he objected.

„Sunteți trei", a obiectat el.

"There is you, your wife, and your mattress"

„Iată-te tu, soția ta și salteaua ta"

Sribatsa proposed in what order they should ferry over the river.

Sribatsa a propus în ce ordine ar trebui să treacă râul cu feribotul.

"First my wife should be taken across the river"

„Mai întâi soția mea ar trebui dusă peste râu"

"After my wife, take the mattress across the river"

„După soția mea, du salteaua peste râu."

"And then you can take me across the river"

„Și apoi mă poți duce peste râu"

But the ferryman would not hear of it.

Dar luntrașul nici nu a vrut să audă de asta.

"Only one at a time," he repeated.

„Doar unul pe rând", repetă el.

"First let me take across the mattress"

„Mai întâi lasă-mă să trec peste saltea"

Sribatsa saw no reason to object to the proposal.

Sribatsa nu a văzut niciun motiv să se opună propunerii.

The ferryman started taking the mattress across the river.

Lunchiul a început să ducă salteaua peste râu.

He had reached halfway across the river.

Ajunsese la jumătatea râului.

But then, from nowhere, a fierce gale arose.

Dar apoi, de nicăieri, s-a stârnit o furtună puternică.

The ferryman lost control of his canoe.

Lunchiul a pierdut controlul canoei sale.

The mattress was blown into the river.

Salteaua a fost aruncată de vânt în râu.

The river carried everything away with it.

Râul a luat totul după el.

And the ferrymen, canoe, and mattress were never seen again.

Și luntrașii, canoea și salteaua nu au mai fost văzuți niciodată.

But that was not even the strangest events.

Dar acestea nu au fost nici măcar cele mai ciudate evenimente.

Because the river also disappeared into thin air.

Pentru că și râul a dispărut în neant.

Where there was water there was now dry ground.

Unde era apă, acum era pământ uscat.

Sribatsa knew the evil eye of Sani had been watching.

Sribatsa știa că ochiul rău al lui Sani îl pândise.

Sribatsa and his wife had not a pice in their pockets.

Sribatsa și soția lui nu aveau niciun ban în buzunare.

Together, impoverished, they went to a nearby village.

Împreună, săraci, s-au dus într-un sat din apropiere.

The village was dwelt in mostly by wood-cutters.

Satul era locuit în mare parte de tăietori de lemne.

At sunrise the woodcutters went to cut wood.

La răsăritul soarelui, tăietorii de lemne s-au dus să taie lemne.

And the wood they cut they sold in a faraway town.

Și lemnele pe care le tăiau le vindeau într-un oraș îndepărtat.

Sribatsa asked to work with the wood-cutters.

Sribatsa a cerut să lucreze cu tăietorii de lemne.

And the wood-cutters agreed to let him cut wood.

Și tăietorii de lemne au fost de acord să-l lase să taie lemne.

He could fell trees as well as the best of them.

Putea doborî copaci la fel de bine ca oricare dintre ei.

But Sribatsa was different from the wood-cutters.

Dar Sribatsa era diferit de tăietorii de lemne.

The wood-cutters cut any and every sort of wood.

Tăietorii de lemne tăiau orice fel de lemn.

But Sribatsa cut only the precious types of wood.

Dar Sribatsa tăia doar tipurile prețioase de lemn.

His efforts were focused on cutting down sandal-wood.

Eforturile sale s-au concentrat pe tăierea lemnului de santal.

The wood-cutters brought to market large loads of common wood.
Tăietorii de lemne aduceau la piață încărcături mari de lemn comun.
Sribatsa brought only a few pieces of sandal-wood to the market.
Sribatsa a adus la piață doar câteva bucăți de lemn de santal.
He was paid a great deal more money than the others.
El a fost plătit cu mult mai mulți bani decât ceilalți.
Things went on this way for some days.
Lucrurile au continuat așa timp de câteva zile.
And the wood-cutters became jealous of Sribatsa.
Și tăietorii de lemne au devenit geloși pe Sribatsa.
In their jealousy they plotted against Sribatsa.
În gelozia lor, au complotat împotriva lui Sribatsa.
And finally they drove Sribatsa and his wife from the village.
Și în cele din urmă i-au alungat pe Sribatsa și pe soția lui din sat.

Sribatsa and his wife made their way to another village.
Sribatsa și soția sa s-au îndreptat spre un alt sat.
In this village there were many women that weaved.
În acest sat erau multe femei care țeseau.
Here Chintamani made herself useful by spinning cotton.
Aici Chintamani s-a făcut utilă torcând bumbac.
Chintamani was an intelligent and skillful woman.
Chintamani era o femeie inteligentă și iscusită.
So she spun finer thread than the other women.
Așa că torcea ață mai fină decât celelalte femei.
And she got paid more money than the other women.
Și a fost plătită mai mulți bani decât celelalte femei.
This roused the envy of the native women of the village.
Acest lucru a stârnit invidia femeilor băștinașe din sat.
But the envy of the other women was not all.
Dar invidia celorlalte femei nu era totul.
Sribatsa wanted to gain the good grace of the weavers.

Sribatsa voia să câştige bunăvoinţa ţesătorilor.
So he invited the women that spun cotton to a feast.
Aşa că le-a invitat pe femeile care torceau bumbac la un ospăţ.
The dishes of the feat were all cooked by his wife.
Bucăturile isprăvitei au fost toate gătite de soţia sa.
Chintamani was a good weaver, and an excellent in cook.
Chintamani era un bun ţesător şi un bucătar excelent.
She placed the delicacies before the women.
Ea a pus delicatesele înaintea femeilor.
And the barbarous weavers were quite charmed.
Şi ţesătorii barbari au fost destul de fermecaţi.
The men went to their homes with their bellies full.
Bărbaţii s-au întors la casele lor cu burţile sătui.
But when they got home, they reproached their wives.
Dar când au ajuns acasă, şi-au mustrat soţiile.
"Why do you not cook like the wife of Sribatsa"
„De ce nu găteşti ca soţia lui Sribatsa?"
And the men called their wives good-for-nothing women.
Şi bărbaţii şi-au numit soţiile femei neastâmpărate.
This made the women hate Chintamani the more.
Asta a făcut ca femeile să o urască şi mai mult pe Chintamani.

One day Chintamani went to the river-side.
Într-o zi, Chintamani s-a dus la malul râului.
She wanted to bathe along with the other women of the village.
Ea voia să se scalde împreună cu celelalte femei din sat.
A boat had been lying on the bank, stranded on the sand.
O barcă zăcea pe mal, eşuată pe nisip.
The boat had been stranded there for many days.
Barca rămăsese blocată acolo mai multe zile.
They had tried to move the boat, but in vain.
Încercaseră să mute barca, dar în zadar.
It so happened that Chintamani touched the boat.
S-a întâmplat ca Chintamani să atingă barca.
It was an accident, for she did not mean to touch the boat.
A fost un accident, pentru că nu a vrut să atingă barca.

But whether she meant to or not, the boat moved.
Dar, fie că voia sau nu, barca s-a mișcat.
And soon the boat was heading off to the river.
Și curând barca se îndrepta spre râu.
The boatmen were astonished by what they had seen.
Barcagii au fost uimiți de ceea ce văzuseră.
They thought that the woman had uncommon power.
Ei credeau că femeia avea o putere neobișnuită.
And so they thought she might be useful in future.
Și astfel s-au gândit că ar putea fi de folos în viitor.
They therefore caught hold of her, against her will.
Prin urmare, au prins-o, împotriva voinței ei.
And they put her in the boat, and rowed off.
Și au pus-o în barcă și au vâslit departe.
The women of the village were present for this kidnapping.
Femeile din sat au fost prezente la această răpire.
But they did not offer Chintamani any assistance.
Dar nu i-au oferit lui Chintamani niciun ajutor.
Because Chintamani had put them in a bad light.
Pentru că Chintamani îi pusese într-o lumină proastă.

Sribatsa heard how his wife had been carried away by boatmen.
Sribatsa a auzit cum soția sa fusese răpită de barcagii.
I will let you imagine how he became mad with grief.
Vă las să vă imaginați cum a înnebunit de durere.
He left the village and went to the river-side.
A părăsit satul și s-a dus pe malul râului.
And he resolved to follow the course of the stream.
Și s-a hotărât să urmeze cursul râului.
Along the stream he was sure to meet the kidnappers' boat.
De-a lungul pârâului, era sigur că va întâlni barca răpitorilor.
He travelled on and on, along the side of the river.
A călătorit tot mai departe, de-a lungul râului.
And he travelled till it eventually became dark.
Și a călătorit până când, în cele din urmă, s-a întunecat.
Where he was there were no huts to be seen.

Unde era el nu se vedeau colibe.
So he climbed into a tree to sleep for the night.
Așa că s-a urcat într-un copac ca să doarmă peste noapte.
In the next morning he got down from the tree.
A doua zi dimineață a coborât din copac.
At the foot of the tree he saw a Kapila-cow.
La poalele copacului a văzut o vacă Kapila.
A Kapila-cow never has any calves of her own.
O vacă Kapila nu are niciodată proprii ei viței.
But she can be milked at all hours of the day.
Dar poate fi mulsă la orice oră din zi.
Sribatsa milked the cow without her objecting.
Sribatsa a muls vaca fără ca ea să obiecteze.
And he drank the milk to his heart's content.
Și a băut laptele pe săturate.
And then he noticed something else about the cow.
Și apoi a observat altceva la vacă.
The dung of the cow was of a bright yellow color.
Excrementele de vacă aveau o culoare galben strălucitor.
In fact, the dung of the cow was made of pure gold.
De fapt, bălegarul vacii era făcut din aur pur.
The golden cow dung was still in a soft state.
Bălegarul de vacă auriu era încă într-o stare moale.
So he was able to write his name in the golden dung.
Așa că a putut să-și scrie numele în bălegarul de aur.
During the course of the day the dung hardened.
Pe parcursul zilei, bălegarul s-a întărit.
And finally the dung looked like a brick of gold.
Și în cele din urmă, bălegarul arăta ca o cărămidă de aur.
The tree he had slept in grew on the river-side.
Copacul în care dormise creștea pe malul râului.
And the Kapila-cow supplied him with milk all day.
Și vaca Kapila i-a hrănit cu lapte toată ziua.
So Sribatsa decided to wait there for the boat.
Așa că Sribatsa a decis să aștepte acolo barca.
In the morning the cow deposited the precious article.
Dimineața, vaca a lăsat prețiosul articol.

And at night the cow deposited the precious article.

Și noaptea, vaca a lăsat prețiosul articol.

So the gold bricks increased every day.

Așa că numărul cărămizilor de aur creștea în fiecare zi.

And on each golden brick he had engraved his name.

Și pe fiecare cărămidă de aur își gravase numele.

He stacked the bricks on top of each other.

A stivuit cărămizile una peste alta.

From a distance it looked like a hillock of gold.

De la distanță părea o movilă de aur.

But now we must leave Sribatsa to stack his gold.

Dar acum trebuie să-l lăsăm pe Sribatsa să-și strângă aurul.

And we must turn our attention to Chintamani.

Și trebuie să ne îndreptăm atenția către Chintamani.

Chintamani was a graceful woman of great beauty.

Chintamani era o femeie grațioasă, de o mare frumusețe.

She had worried her beauty might be her ruin.

Își făcuse griji că frumusețea ei ar putea fi ruina ei.

So she offered a prayer as she was being kidnapped.

Așa că s-a rugat în timp ce era răpită.

"Lakshmi, O Mother Lakshmi! have pity upon me"

„Lakshmi, o, Mamă Lakshmi! Ai milă de mine!"

"Thou hast made me beautiful, you have"

„M-ai făcut frumoasă, m-ai făcut"

"But now my beauty will undoubtedly be my ruin"

„Dar acum frumusețea mea va fi, fără îndoială, ruina mea"

"I am bound to loss my honor and my chastity"

„Sunt sortit să-mi pierd onoarea și castitatea"

"I therefore beseech thee, gracious Mother;"

„De aceea te implor, Maică plină de har";

"Take my beauty from me, and make me ugly"

„Ia-mi frumusețea și fă-mă urâtă"

"Cover my body with some loathsome disease"

„Acoperă-mi corpul cu o boală oribilă"

"That way the boatmen might not touch me"

„Așa s-ar putea ca barcagiii să nu mă atingă"

Chintamani was in the arms of the boatmen.
Chintamani era în brațele barcagiilor.
But the Goddess of good fortune heard her prayer.
Dar Zeița norocului i-a ascultat rugăciunea.
In the twinkling of an eye her form changed.
Într-o clipă, forma ei s-a schimbat.
Her naturally beautiful form faded away.
Frumoasa ei formă naturală s-a estompat.
And she was turned into a vile carcass.
Și a fost transformată într-o carcasă josnică.
The boatmen were putting her down in the boat.
Barcagii o puneau jos în barcă.
They found her body was covered with loathsome sores.
Au descoperit că trupul ei era acoperit de răni oribile.
And the sores were giving out a disgusting stench.
Și rănile emanau un miros dezgustător.
They therefore threw her into the hold of the boat.
Prin urmare, au aruncat-o în cala bărcii.
And they left her amongst the cargo of the ship.
Și au lăsat-o printre încărcătura navei.
Morning and evening they sent her some food.
Dimineața și seara i-au trimis câte ceva de mâncare.
A little boiled rice, and some water to drink.
Puțin orez fiert și niște apă de băut.
Chintamani was miserable in the hull of the ship.
Chintamani se simțea nefericit în coca navei.
But she greatly preferred misery to the alternative.
Dar ea a preferat cu mult nefericirea alternativei.
She would rather be miserable than loss her chastity.
Ar prefera să fie nefericită decât să-și piardă castitatea.

The boatmen had gone to some port to sell cargo.
Barcașii se duseseră într-un port să vândă marfă.
While sailing back they caught sight something.
În timp ce navigau înapoi, au zărit ceva.
By the river-side there seemed to be a hillock of gold.
Pe malul râului părea să fie o movilă de aur.

Sribatsa had been keeping watch by the river.
Sribatsa stătuse de pază lângă râu.
So he was delighted to see a boat approach him.
Așa că a fost încântat să vadă o barcă apropiindu-se de el.
Because he fondly imagined his wife might be on board.
Pentru că își imagina cu drag că soția lui ar putea fi la bord.
The boatmen went greedily to the hillock of gold.
Barcașii s-au dus cu lăcomie la movila de aur.
Of course Sribatsa told them the gold was his.
Bineînțeles că Sribatsa le-a spus că aurul era al lui.
But that didn't help Sribatsa very much.
Dar asta nu l-a ajutat prea mult pe Sribatsa.
The sailors took him prisoner on the boat.
Marinarii l-au luat prizonier pe barcă.
And they loaded the gold onto their vessel.
Și au încărcat aurul pe corabia lor.
They happened to imprison him close to the ugly woman.
S-a întâmplat să-l închidă aproape de femeia urâtă.
Of course the husband and wife recognized each other.
Bineînțeles că soțul și soția s-au recunoscut.
In spite of the change Chintamani had undergone.
În ciuda schimbării pe care o suferise Chintamani.
And despite their excitement they kept their composure.
Și, în ciuda entuziasmului, și-au păstrat calmul.
And they thought it prudent not to speak to each other.
Și au considerat că este mai prudent să nu vorbească unul cu altul.
Instead they communicated their ideas through gestures.
În schimb, ei și-au comunicat ideile prin gesturi.
There is something you should know about the boatmen.
E ceva ce ar trebui să știi despre barcagii.
These boatmen were very fond of playing at dice.
Acești barcagii erau foarte pasionați de jocul de zaruri.
Sribatsa appeared to them to be a respectable man.
Sribatsa li s-a părut un om respectabil.
So they always asked him to join in the game.
Așa că îl rugau mereu să se alăture jocului.

Sribatsa happened to be an expert dice player.
Sribatsa se întâmpla să fie un jucător de zaruri expert.
Despite their efforts he won almost every game.
În ciuda eforturilor lor, a câștigat aproape fiecare meci.
You can imagine how the sailors felt about losing.
Vă puteți imagina cum s-au simțit marinarii când au pierdut.
And in jealousy the boatmen threw him overboard.
Și, din gelozie, barcagiii l-au aruncat peste bord.
Chintamani saw the men throw her husband overboard.
Chintamani i-a văzut pe bărbați aruncându-l pe soțul ei peste
bord.
**Fortunately for Sribatsa, his wife had great presence of
mind.**
Din fericire pentru Sribatsa, soția sa avea o mare prezență de
spirit.
The boatmen had allowed her a pillow to rest her head.
Barcagiii îi îngăduiseră o pernă ca să-și odihnească capul.
And she simultaneously threw this pillow into the water.
Și simultan a aruncat această pernă în apă.
Sribatsa was able to grab hold of the pillow.
Sribatsa a reușit să apuce perna.
And the pillow helped him float down the stream.
Și perna l-a ajutat să plutească în josul pârâului.
Up until nightfall the river carried him downstream.
Până la căderea nopții, râul l-a purtat în aval.
At nightfall he arrived at what seemed to be a garden.
La căderea nopții, a ajuns la ceea ce părea a fi o grădină.
Because it was dark there was nothing he could do.
Pentru că era întuneric, nu putea face nimic.
So all night he stayed in the garden, cold and wet.
Așa că toată noaptea a stat în grădină, ud și înghețat.
I should tell you who this garden belonged to.
Ar trebui să-ți spun cui a aparținut această grădină.
This was the garden of an old widowed woman.
Aceasta era grădina unei văduve în vârstă.
This woman used to supply flowers for the king.
Această femeie obișnuia să ofere flori regelui.

But one day some blight had come over her garden.
Dar într-o zi, o nenorocire a venit peste grădina ei.
Almost all the trees and plants ceased flowering.
Aproape toți copacii și plantele au încetat să mai înflorească.
She had therefore given up the business she had.
Prin urmare, ea renunțase la afacerea pe care o avea.
And she was no longer the royal flower supplier.
Și ea nu mai era furnizoarea regală de flori.
However, Sribatsa's arrival had rejuvenated her garden.
Totuși, sosirea Sribatsei îi întinerise grădina.
She could scarcely believe her eyes in the morning.
Dimineața, cu greu își putea crede ochilor.
The whole garden was ablaze with flowers again.
Întreaga grădină era din nou învăluită în flori.
There was no plant that was not in bloom.
Nu exista plantă care să nu fi înflorit.
And every tree she had was begemmed with flowers.
Și fiecare copac pe care îl avea era înfrumusețat cu flori.
She had no way of knowing the cause of the miracle.
Nu avea cum să știe cauza minunii.
And so she took a walk through the garden.
Și așa a făcut o plimbare prin grădină.
But she soon found the cause of all the flowers.
Dar ea a descoperit curând cauza tuturor florilor.
At the edge of her garden was a cold, wet man.
La marginea grădinii ei se afla un bărbat ud și rece.
He was shivering and almost dead from hypothermia.
Tremura și era aproape mort din cauza hipotermiei.
She immediately brought the man into to her cottage.
Ea l-a adus imediat pe bărbat în căsuța ei.
And she lighted a fire to give him some warmth.
Și a aprins un foc ca să-i dea puțină căldură.
She nursed him and showed him every attention.
L-a îngrijit și i-a arătat toată atenția.
And she ascribed the miracle to his presence.
Și ea a atribuit minunea prezenței lui.
She made him as comfortable as she could.

L-a făcut să se simtă cât de confortabil a putut.
And then she ran to the king's palace.
Și apoi a fugit la palatul regelui.
She asked to speak to the king's chief servant.
Ea a cerut să vorbească cu cel mai important slujitor al regelui.
And she told him the good fortune she had had.
Și i-a povestit ce noroc avusese.
"I can again supply the palace with flowers"
„Pot din nou să aprovizionez palatul cu flori"
Her flowers had been very much missed at the palace.
Florile ei fuseseră foarte dor de la palat.
So she was immediately restored to her former position.
Așa că a fost imediat repusă în poziția ei anterioară.
She was again the flower-woman of the royal household.
Ea era din nou femeia cu flori a casei regale.

Sribatsa spent a few more days recovering his health.
Sribatsa a mai petrecut câteva zile recăpătându-și sănătatea.
And eventually he had all his vitality back.
Și, în cele din urmă, și-a recăpătat toată vitalitatea.
He asked the woman if he could speak with a minister.
A întrebat-o pe femeie dacă poate vorbi cu un pastor.
So the woman took him to the palace with her.
Așa că femeia l-a luat cu ea la palat.
One of the king's ministers gave him an appointment.
Unul dintre miniștrii regelui i-a dat o întâlnire.
And he was at once found to be a man of intelligence.
Și s-a dovedit imediat a fi un om inteligent.
So was offered a position in the king's service.
Așa că i s-a oferit un post în slujba regelui.
In fact, he was allowed to choose what job he wanted.
De fapt, i s-a permis să aleagă ce meserie dorea.
He asked to be collector of tolls on the river.
A cerut să fie perceptor de taxe pe râu.
The minister was happy to give Sribatsa the job.
Ministrul a fost bucuros să-i dea postul lui Sribatsa.
The kingdom needed someone to collect river-tolls.

Regatul avea nevoie de cineva care să colecteze taxele fluviale.
And Sribatsa immediately started his new job.
Și Sribatsa și-a început imediat noua slujbă.
It wasn't long before his plan came to fruition.
Nu a durat mult până când planul său s-a concretizat.
The boat his wife was on was coming down the river.
Barca în care se afla soția lui cobora râul.
Under the king's authority he detained the boat.
Sub autoritatea regelui, el a reținut barca.
And he charged the boatmen with the theft of gold-bricks.
Și i-a acuzat pe barcagii de furt de cărămizi de aur.
The king liked the sound of a boat full of gold.
Regelui îi plăcea sunetul unei bărci pline cu aur.
So the king himself came to the river-side.
Așa că regele însuși a venit la malul râului.
Even he was amazed by the quantity of gold they had.
Chiar și el a fost uimit de cantitatea de aur pe care o aveau.
And every gold brick had Sribatsa's inscription.
Și fiecare cărămidă de aur avea inscripția lui Sribatsa.
At the same time he rescued his wife from the boatmen.
În același timp, și-a salvat soția din mâinile barcagiilor.
Back on dry land she returned to her previous beauty.
Înapoi pe uscat, și-a recăpătat frumusețea de odinioară.
He told the king the story of their misfortune.
El i-a povestit regelui povestea nenorocirii lor.
And the king had them as a guest in his palace.
Și regele i-a avut ca oaspeți în palatul său.
The king gave them presents of horses and elephants.
Regele le-a oferit daruri de cai și elefanți.
And on the horses and elephants they rode to their country.
Și pe cai și elefanți au călărit spre țara lor.
The evil eye of Sani was now turned away from Sribatsa.
Ochiul rău al lui Sani fusese acum întors de la Sribatsa.
And he again became what he formerly was.
Și a devenit din nou ceea ce fusese odinioară.
He was again Sribatsa; the Child of Fortune.
El era din nou Sribatsa; Copilul Norocului.

The Boy whom Seven Mothers Suckled
Băiatul pe care şapte mame l-au alăptat

Once on a time there reigned a king who had seven queens.
A fost odată un rege care avea şapte regine

He was very sad, for the seven queens were all barren.
El era foarte trist, căci cele şapte regine erau toate sterile.

One day, however, he met a holy mendicant.
Într-o zi, însă, a întâlnit un cerşetor sfânt.

The holy mendicant told the king about a certain forest.
Sfântul cerşetor i-a povestit regelui despre o anumită pădure.

In this forest there grew a special kind of tree.
În această pădure creştea un copac special.

On a branch of this tree hung seven mangoes.
Pe o creangă a acestui copac atârnau şapte mango.

These mangos could restore the fertilities of his queens.
Aceste mango-uri ar putea reda fertilitatea reginelor sale.

But the king had to pluck the mangoes himself.
Dar regele a trebuit să culeagă mango-urile el însuşi.

The king followed the advice of the mendicant.
Regele a urmat sfatul cerşetorului.

And he set off to go to the forest with the mango tree.
Şi a pornit să meargă în pădurea cu mango.

Soon he had found the tree the mendicant spoke of.
Curând găsise copacul despre care vorbise cerşetorul.

And he plucked the seven mangoes that grew upon one branch.
Şi a cules cei şapte mango care creşteau pe o ramură.

He gave a mango to each of the queens to eat.
El le-a dat fiecăreia dintre regine câte un mango să mănânce.

In a short time the king's heart was filled with joy.
În scurt timp, inima regelui s-a umplut de bucurie.

He was told that the seven queens were all with child.
I s-a spus că cele şapte regine erau toate însărcinate.

One day the king was out hunting.
Într-o zi, regele era la vânătoare.

On his path he saw a young lady of peerless beauty.
Pe calea sa a văzut o tânără domnișoară de o frumusețe inegalabilă.
He instantly fell in love with the beautiful woman.
S-a îndrăgostit instantaneu de frumoasa femeie.
And he brought her to his palace, and married her.
Și a adus-o la palatul său și s-a căsătorit cu ea.
This lady was, however, not a human being.
Această doamnă, însă, nu era o ființă umană.
But what this woman was was a Rakshasi.
Dar ceea ce era această femeie era o Rakshasi.
But the king of course did not know this.
Dar regele, desigur, nu știa asta.
The king became dotingly fond of her.
Regele a devenit nespus de îndrăgostit de ea.
And he did whatever she told him to do.
Și a făcut tot ce i-a spus ea să facă.
One day she made a very particular request of the king.
Într-o zi, ea i-a făcut regelui o cerere foarte specială.
"You say that you love me more than anyone else"
„Spui că mă iubești mai mult decât pe oricine altcineva"
"Let me see whether you really love me as much as you say"
„Lasă-mă să văd dacă mă iubești cu adevărat atât de mult pe cât spui"
"If you love me, make your seven other queens blind"
„Dacă mă iubești, orbește-ți celelalte șapte regine"
"And once they are blind, let them be killed"
„Și odată ce vor fi orbi, să fie omorâți"
The king became very sad at the terrible request.
Regele s-a întristat foarte mult la auzul acestei cereri teribile.
He was especially sad because the queens were all pregnant.
Era deosebit de trist pentru că toate reginele erau însărcinate.
But he had no choice but to comply with her request.
Dar nu a avut altă opțiune decât să se conformeze cererii ei.

The eyes of the queens were plucked out of their sockets.
Ochii reginelor au fost smulși din orbite.

And the queens were delivered up to the chief minister.
Și reginele au fost predate ministrului șef.
It was up to the chief minister to destroy the queens.
Ministrul-șef depindea de el să le distrugă pe regine.
But the chief minister was a merciful man.
Dar ministrul șef a fost un om milostiv.
In the side of the hill there was secret a cave.
În coasta dealului se afla o peșteră secretă.
Instead of killing the queens, the minister hid them.
În loc să le ucidă pe regine, ministrul le-a ascuns.
In course of time the eldest of the seven queens gave birth.
În decursul timpului, cea mai mare dintre cele șapte regine a
născut.
"What shall I do with the child," said she.
„Ce să fac cu copilul?", a spus ea.
"We are blind and are dying for want of food."
„Suntem orbi și murim din lipsă de hrană."
"Let me kill the child," she proposed.
„Lasă-mă să omor copilul", a propus ea.
"Let us all eat of the child's flesh," she added.
„Să mâncăm cu toții din carnea copilului", a adăugat ea.
Just as she said she would, she killed the infant.
Așa cum spusese că o va face, a ucis copilul.
She gave to each of her sister-queens a part of the child.
Ea le-a dat fiecăreia dintre surorile ei-regine câte o parte din
copil.
And the sister queens ate their part of the child.
Și reginele-surori și-au mâncat partea lor din copil.
But the youngest queen did not eat her share.
Dar cea mai tânără regină nu și-a mâncat partea.
Instead, she laid her part of the child beside her.
În schimb, și-a așezat partea din copil lângă ea.
In a few days the second queen also was delivered of a child.
În câteva zile, și a doua regină a născut un copil.
**She did with her child as her eldest sister had done with
hers.**
Ea a făcut cu copilul ei așa cum făcuse sora ei cea mare cu al ei.

So did the third, the fourth, the fifth, and the sixth queen.

La fel și a treia, a patra, a cincea și a șasea regină.

Eventually the seventh queen gave birth to a son.

În cele din urmă, a șaptea regină a născut un fiu.

But she did not follow the example of her sister-queens.

Dar ea nu a urmat exemplul surorilor sale-regine.

Instead, she resolved to raise the child.

În schimb, ea a hotărât să crească copilul.

The other queens demanded their portions of the newly-born.

Celelalte regine și-au cerut părțile din nou-născut.

But she still had the portions she had not eaten.

Dar încă avea porțiile pe care nu le mâncase.

And she gave her sister-queens back their children's parts.

Și le-a dat înapoi surorilor sale-regine părțile copiilor lor.

The other queens at once perceived that their portions were dry.

Celelalte regine și-au dat seama imediat că porțiile lor erau uscate.

Therefore the parts could not be of the newly born child.

Prin urmare, părțile nu puteau fi ale copilului nou-născut.

"I have decided not to kill me child," she explained.

„Am hotărât să nu-mi omor copilul", a explicat ea.

"I will not eat him, but try to raise him instead"

„Nu-l voi mânca, dar voi încerca să-l cresc în schimb"

The others were glad to hear this news.

Ceilalți s-au bucurat să audă această veste.

They all said that they would help her in nursing the child.

Toți au spus că o vor ajuta să alăpteze copilul.

And so the child was suckled by seven mothers.

Și astfel copilul a fost alăptat de șapte mame.

And the child became the hardiest and strongest boy that ever lived.

Și copilul a devenit cel mai rezistent și mai puternic băiat care a trăit vreodată.

In the meantime the Rakshasi-queen was doing infinite mischief.

Între timp, regina Rakshasi făcea nenumărate năzbâtii.

And she got the royal household into all sorts of trouble.

Și a băgat casa regală în tot felul de necazuri.

What she ate at the royal table did not fill her capacious stomach.

Ceea ce a mâncat la masa regală nu i-a umplut stomacul încăpător.

She therefore, in the darkness of night, went hunting.

Așadar, ea, în întunericul nopții, a plecat la vânătoare.

Gradually she ate up all the members of the royal family.

Treptat, ea i-a mâncat pe toți membrii familiei regale.

She ate all the king's servants, and his attendants.

Ea i-a mâncat pe toți slujitorii regelui și pe însoțitorii lui.

She ate all his horses, elephants, and cattle.

Ea i-a mâncat toți caii, elefanții și vitele.

And eventually only her royal consort and the king were left.

Și în cele din urmă au mai rămas doar consoarta ei regală și regele.

After that she used to go out in the evenings into the city.

După aceea, obișnuia să iasă seara în oraș.

And she ate up stray human beings wherever she found any.

Și a mâncat ființe umane rătăcite oriunde a găsit.

The king was left without any servants.

Regele a rămas fără niciun slujitor.

There was no person left to cook for him.

Nu a mai rămas nimeni să-i gătească.

Because no one would accept this job.

Pentru că nimeni nu ar accepta acest job.

But at last someone volunteered their services.

Dar, în sfârșit, cineva s-a oferit voluntar să-și facă serviciile.

The boy who had been suckled by seven mothers.

Băiatul care fusese alăptat de șapte mame.

He had now grown up to be a stalwart youth.

Acum devenise un tânăr voinic.

He attended on the king and prepared his food.
El l-a slujit pe rege și i-a pregătit mâncarea.
But he took every care while with the queen.
Dar a avut toată grijă cât timp a fost cu regina.
And he made sure that she did not swallow him up.
Și s-a asigurat că ea nu-l va înghiți.
The Rakshasi-queen seized her victims only at night.
Regina Rakshasi își captura victimele doar noaptea.
So the boy he went home long before nightfall.
Așa că băiatul s-a dus acasă cu mult înainte de căderea nopții.
So she had to find another way to get rid of the boy.
Așa că a trebuit să găsească o altă modalitate de a scăpa de
băiat.

The boy always boasted that he could do any work.
Băiatul se lăuda mereu că poate face orice muncă.
So the queen invented a disease for herself.
Așa că regina și-a inventat o boală.
She said that there was a cure for her disease.
Ea a spus că există un leac pentru boala ei.
But she said the cure was not easy to get.
Dar ea a spus că leacul nu a fost ușor de obținut.
This made the boy even more interested in the task.
Acest lucru l-a făcut pe băiat și mai interesat de sarcină.
She said there was a melon which cured her disease.
Ea a spus că există un pepene care i-a vindecat boala.
The melon was twelve cubits in length.
Pepenele avea doisprezece coți lungime.
But the stone of the lemon was thirteen cubits long.
Dar sâmburele lămâii avea treisprezece coți lungime.
The fruit could only be gotten from her mother.
Fructul putea fi obținut doar de la mama ei.
And her mother lived on the other side of the ocean.
Și mama ei locuia pe cealaltă parte a oceanului.
She gave him a letter of introduction to her mother.
Ea i-a dat o scrisoare de prezentare pentru mama ei.
But actually the note told her to eat the boy.

Dar, de fapt, biletul îi spunea să mănânce băiatul.
The boy had suspected there was some foul play.
Băiatul bănuise că era vorba de vreo infracțiune.
So he tore up the letter and proceeded on his journey.
Așa că a rupt scrisoarea și și-a continuat călătoria.
The dauntless youth passed through many lands.
Tânărul neînfricat a străbătut multe ținuturi.
After much travel he stood on the shore of the ocean.
După o lungă călătorie, a ajuns pe malul oceanului.
On the other side of the ocean was the country of the Rakshasis.
De cealaltă parte a oceanului se afla țara Rakshasiilor.
He then bawled as loud as he could, and said;
Apoi a țipat cât a putut de tare și a spus:
"Granny! granny! come and save your daughter"
„Bunico! bunico! vino și salvează-ți fiica"
"Your daughter, my mother, is dangerously ill"
„Fiica ta, mama mea, este grav bolnavă"
On the other side of the ocean an old Rakshasi heard him.
De cealaltă parte a oceanului, un bătrân Rakshasi l-a auzit.
The old Rakshasi crossed the ocean to the boy.
Bătrânul Rakshasi a traversat oceanul către băiat.
The boy told her the message of the queen.
Băiatul i-a spus mesajul reginei.
And the Rakshasi took the boy on her back.
Și Rakshasi l-a luat pe băiat în spate.
She re-crossed the ocean to the land of the Rakshasi.
Ea a traversat din nou oceanul spre țara Rakshasiilor.
And the boy was at once given the medicinal melon.
Și băiatului i s-a dat imediat pepenele medicinal.
The Rakshasi told him to hurry back to her daughter.
Rakshasi i-a spus să se grăbească înapoi la fiica ei.
But the boy said he was too tired to keep travelling.
Dar băiatul a spus că era prea obosit ca să mai continue călătoria.
And he begged to be allowed to rest one day.
Și a implorat să i se permită să se odihnească într-o zi.

The old Rakshasi consented to her grandson's wishes.
Bătrâna Rakshasi a consimţit la dorinţele nepotului ei.

The boy noticed interesting things in the Rakshasi's room.
Băiatul a observat lucruri interesante în camera lui Rakshasi.
There was a stout club and a rope hanging in the room.
În cameră atârnau o crosă robustă şi o frânghie.
The boy inquired what the stout club and rope were for.
Băiatul a întrebat la ce servesc bâta şi frânghia aia groasă.
"Child, with that club and rope I cross the ocean"
„Copilule, cu bâta şi frânghia aceea traversez oceanul"
"One just has to take the club and the rope in his hands"
„Trebuie doar să iei bâta şi frânghia în mâini"
"And then you have to say the following magical words:"
„Şi apoi trebuie să rosteşti următoarele cuvinte magice:"
"O stout club! O strong rope!"
„O, ce bâtă puternică! O, ce frânghie puternică!"
"Take me at once to the other side"
„Du-mă imediat pe partea cealaltă"
"Then they will take him to the other side of the ocean"
„Apoi îl vor duce pe cealaltă parte a oceanului"
The boy noticed another interesting thing in the room.
Băiatul a observat un alt lucru interesant în cameră.
There was a bird in a cage in the corner of the room.
În colţul camerei era o pasăre într-o colivie.
The boy also wanted to know what this bird was for.
Băiatul voia să ştie şi la ce foloseşte această pasăre.
"The bird contains a secret, my child"
„Pasărea conţine un secret, copilul meu"
"But that secret must not be disclosed to mortals"
„Dar acel secret nu trebuie dezvăluit muritorilor"
"But how can I hide this secret from my own grandchild?"
„Dar cum pot să ascund acest secret de propriul meu nepot?"
"That bird, child, contains the life of your mother.
„Pasărea aceea, copilă, conţine viaţa mamei tale."
"If the bird is killed, your mother will at once die"
„Dacă pasărea este ucisă, mama ta va muri imediat"

Armed with these secrets, the boy went to bed that night.
Înarmat cu aceste secrete, băiatul s-a dus la culcare în noaptea aceea.

Next morning the old Rakshasi went to distant countries.
A doua zi dimineață, bătrânul Rakshasi a plecat în țări îndepărtate.
Together with all the other Rakshasis, she went to forage.
Împreună cu toți ceilalți Rakshasi, ea a mers să culeagă.
The boy took down the bird-cage from the ceiling.
Băiatul a dat jos colivia de pe tavan.
And the boy took the club and the rope.
Și băiatul a luat bâta și frânghia.
And then he spoke the magic words to the club and rope.
Și apoi le-a rostit cuvintele magice clubului și frânghiei.
"O stout club! O strong rope!"
„O, ce bâtă puternică! O, ce frânghie puternică!"
"Take me at once to the other side"
„Du-mă imediat pe partea cealaltă"
In the twinkling of an eye the boy was put on this side of the ocean.
Într-o clipă, băiatul a fost adus de partea aceasta a oceanului.
He then retraced his steps, back to the queen.
Apoi s-a întors pe urmele sale, înapoi la regină.
To her astonishment he really had the medicinal lemon.
Spre uimirea ei, el chiar avea lămâia medicinală.
But the bird in the cage he kept carefully concealed.
Dar pasărea din colivie a ținut-o ascunsă cu grijă.

In the course of time the people of the city came to the king.
În decursul timpului, locuitorii orașului au venit la rege.
And they told the king of their troubles.
Și i-au povestit regelui despre necazurile lor.
"A monstrous bird comes from the palace every evening"
„O pasăre monstruoasă vine din palat în fiecare seară"
"The bird seizes the people in the streets"
„Pasărea îi prinde pe oameni pe străzi"

"And the bird swallows the people up whole"
„Şi pasărea înghite oamenii întregi"
"This has been going on for a long time"
„Asta se întâmplă de mult timp"
"And now the city has become almost desolate"
„Şi acum oraşul a devenit aproape pustiu"
The king did not know what this monstrous bird was.
Regele nu ştia ce era această pasăre monstruoasă.
But the king's servant, the boy, said he knew.
Dar slujitorul regelui, băiatul, a spus că ştie.
"I will kill the monstrous bird," he offered.
„Voi ucide pasărea monstruoasă", a oferit el.
"But the queen has to stand beside us," he added.
„Dar regina trebuie să ne fie alături", a adăugat el.
The king saw no reason to object to the proposal.
Regele nu a văzut niciun motiv să se opună propunerii.
And so the queen was made to stand beside the king.
Şi astfel, regina a fost pusă să stea lângă rege.
The boy then took the bird out from its cage.
Apoi, băiatul a scos pasărea din colivie.
On seeing the bird she fell into a fainting fit.
Când a văzut pasărea, a leşinat.
Then the boy turned to the king, and spoke.
Apoi băiatul s-a întors către rege şi a vorbit.
"King, you will soon perceive who the monstrous bird is"
„Rege, în curând vei înţelege cine este pasărea monstruoasă."
"You will see what devours your people every evening"
„Vei vedea ce îţi devorează poporul în fiecare seară"
"I tear off each limb of this bird"
„Smulg fiecare membru al acestei păsări"
"The corresponding limb of the man-eater will fall off"
„Membrul corespunzător al mâncătorului de oameni va
cădea"
The boy then tore off one leg of the bird in his hand.
Băiatul a smuls apoi un picior al păsării pe care o ţinea în
mână.
All assembled were astonished at what happened next.

Toți cei adunați au fost uimiți de ce s-a întâmplat în
continuare.
One of the legs of the queen fell off.
Unul dintre picioarele reginei a căzut.
Then the boy squeezed the throat of the bird.
Apoi băiatul a strâns gâtul păsării.
And as he squeezed the bird, the queen gave up the ghost.
Și în timp ce strângea pasărea, regina și-a dat duhul.
The boy then retold his history to the king.
Băiatul i-a povestit apoi regelui povestea sa.
"You used to have seven barren wives"
„Ai avut șapte soții sterile"
"To treat their barrenness, you gave them each a mango"
„Ca să le vindeci sterilitatea, le-ai dat fiecăruia câte un mango"
"And each of your wives fell pregnant with a child"
„Și fiecare dintre soțiile voastre a rămas însărcinată cu un
copil"
"However, you then married an eighth wife"
„Totuși, apoi te-ai căsătorit cu o a opta soție."
"This wife ordered you to blind your other wives"
„Această soție ți-a ordonat să le orbești pe celelalte soții ale
tale."
"And she ordered you to have your other wives killed"
„Și ea ți-a ordonat să le ucizi pe celelalte soții."
"Your minister blinded your seven wives"
„Ministrul vostru ți-a orbit cele șapte soții"
"But he was too good hearted to kill your wives"
„Dar a fost prea bun la suflet ca să vă ucidă soțiile."
"Your seven wives were taken to a hiding place"
„Cele șapte soții ale tale au fost duse într-un loc ascuns"
"And in this hiding place they each gave birth"
„Și în acest loc ascuns fiecare a născut"
"But they were forced to eat their newly born children"
„Dar au fost obligați să-și mănânce copiii nou-născuți"
"Only my mother did not let me be eaten"
„Doar mama nu m-a lăsat să fiu mâncat"
"Instead, I was suckled by seven mothers"

„În schimb, am fost alăptat de șapte mame"
"And I grew up strong and capable"
„Și am crescut puternic și capabil"
"Eventually I came to work in your palace"
„În cele din urmă am venit să lucrez în palatul dumneavoastră"
"Your wife, my stepmother, sent me on a mission"
„Soția ta, mama mea vitregă, m-a trimis într-o misiune"
"She sent me to her mother for a medicine"
„M-a trimis la mama ei pentru un medicament"
"However, her mother was a Rakshasi"
„Totuși, mama ei era o Rakshasi"
"From her I found the secret of your wife's life"
„De la ea am aflat secretul vieții soției tale"
"And so I brought the bird that held your wife's life"
„Și așa am adus pasărea care a ținut viața soției tale"
The king had listened to the story his son told him.
Regele ascultase povestea pe care i-o spusese fiul său.
The seven queens were brought back to the palace.
Cele șapte regine au fost aduse înapoi la palat.
And their eyes were miraculously restored.
Și ochii lor s-au vindecat în mod miraculos.
The boy that was suckled by seven mothers was crowned.
Băiatul care a fost alăptat de șapte mame a fost încoronat.
And he was recognized by the king as his rightful heir.
Și a fost recunoscut de rege ca moștenitor de drept.
And they lived together happily.
Și au trăit fericiți împreună.

The Story of Prince Sobur
Povestea Prinţului Sobur

Once upon a time there lived a merchant.
A fost odată ca niciodată un negustor.
This merchant had seven daughters.
Acest negustor avea şapte fiice.
One day the merchant asked them a question.
Într-o zi, negustorul le-a pus o întrebare.
"From whose fortune do you live?"
„Din averea cui trăieşti?"
The eldest daughter answered first.
Fiica cea mare a răspuns prima.
"Papa, I live from your fortune"
„Tată, trăiesc din averea ta"
The second daughter gave the same answer.
A doua fiică a dat acelaşi răspuns.
The same answer was given by the third daughter.
Acelaşi răspuns a fost dat şi de a treia fiică.
His fourth daughter also lived from his fortune.
Şi a patra sa fiică a trăit din averea lui.
His fifth daughter was no different.
Cea de-a cincea fiică a sa nu a făcut excepţie.
And his sixth daughter was like the rest.
Şi a şasea sa fiică era ca toate celelalte.
But his youngest daughter surprised him.
Dar fiica lui cea mică l-a surprins.
She had a very different answer.
Ea a avut un răspuns cu totul diferit.
"I live from my own fortune"
„Trăiesc din propria mea avere"
He did not like this answer.
Nu i-a plăcut acest răspuns.
Her answer made the merchant very angry.
Răspunsul ei l-a înfuriat foarte tare pe negustor.
"You are very ungrateful," he told her.
„Eşti foarte nerecunoscătoare", i-a spus el.

"See how well you do on your own"
„Vezi cât de bine te descurci pe cont propriu"
"I am kicking you out of my house"
„Te dau afară din casa mea"
"You will not have a rupee in your pocket"
„Nu vei avea nicio rupie în buzunar"
He called his palanquins to come.
Și-a chemat palanchinii să vină.
And he ordered them to take the girl away.
Și le-a ordonat să o ia pe fată.
"Leave her in the midst of a forest"
„Lasă-o în mijlocul pădurii"
The girl begged to be allowed one thing.
Fata a implorat să i se permită un lucru.
"Please let me take my work-box"
„Vă rog să-mi luați cutia de lucru."
"In the box are my needles and threads"
„În cutie sunt acele și ața mea"
Her father allowed her to take her box.
Tatăl ei i-a permis să-și ia cutia.
She got into the seat of the palanquins.
Ea s-a așezat pe scaunul palanchinelor.
And the bearers lifted her up.
Și cei care o duceau au ridicat-o.
And they put her onto their shoulders.
Și au pus-o pe umeri.
As the bearers ran they chanted.
În timp ce purtătorii alergau, scandau.
"Hoon! Hoon! Hoon! Hoon! Hoon!"
"Hoon! Hoon! Hoon! Hoon! Hoon!"
But they didn't get very far.
Dar nu au ajuns prea departe.
An old woman stood in their way.
O bătrână le-a stat în cale.
She came up to the carriage.
Ea a venit la trăsură.
"Where are you taking my daughter?"

„Unde o duci pe fiica mea?"
She was the maid of the child.
Ea era servitoarea copilului.
"We have been given orders by the merchant"
„Am primit ordine de la comerciant"
"He told us to take her away"
„Ne-a spus să o luăm de aici"
"We will leave her in a forest"
„O vom lăsa într-o pădure"
"We are going to do his bidding"
„Vom face la voia lui"
"I must go with her," said the old woman.
„Trebuie să merg cu ea", a spus bătrâna.
But the bearers were not sure.
Dar purtătorii nu erau siguri.
Bearers run when they carry a sedan chair.
Purtătorii aleargă când cară un scaun de mână.
"How will you be able to keep pace with us?"
„Cum vei reuși să ții pasul cu noi?"
The old woman was not deterred.
Bătrâna nu s-a descurajat.
"It does not matter how I do it"
„Nu contează cum o fac "
"I must go where my daughter goes"
„Trebuie să merg acolo unde merge fiica mea"
The youngest daughter begged the bearers.
Fiica cea mică i-a implorat pe purtători.
"Please carry my mother with me"
„Vă rog să o luați pe mama cu mine"
And the bearers gracefully agreed.
Și purtătorii au fost de acord cu grație.
They carried mother and child to the forest.
I-au dus pe mamă și pe copil în pădure.
"Hoon! Hoon! Hoon! Hoon! Hoon!"
"Hoon! Hoon! Hoon! Hoon! Hoon!"
In the afternoon they reached a dense forest.
După-amiaza au ajuns la o pădure densă.

They went deeper and deeper into the forest.
Au mers tot mai adânc în pădure.
Towards sunset they reached their goal.
Spre apusul soarelui și-au atins scopul.
They stopped at the foot of an old tree.
S-au oprit la poalele unui copac bătrân.
They lowered the girl and the old woman.
Au coborât fata și bătrâna.
And they left them in the forest.
Și i-au lăsat în pădure.
Then they retraced their steps home.
Apoi s-au întors acasă.

The merchant's youngest daughter looked around.
Fiica cea mică a negustorului s-a uitat în jur.
You would not have wanted to be in her shoes.
Nu ți-ai fi dorit să fii în pielea ei.
Her situation was truly pitiable.
Situația ei era cu adevărat jalnică.
She was hardly fourteen years old.
Abia avea paisprezece ani.
She had grown up in luxury.
Ea crescuse în lux.
But now there was no luxury for her.
Dar acum nu mai exista niciun lux pentru ea.
She was in the heart of a dark forest.
Ea se afla în inima unei păduri întunecate.
She had not a rupee in her pocket.
Nu avea nicio rupie în buzunar.
And she had nothing for protection.
Și nu avea nimic de protejat.
Nothing except an old, decrepit, woman.
Nimic, în afară de o femeie bătrână și decrepită.
Even the trees of the forest pitied her.
Chiar și copacii pădurii o compătimeau.
The young girl and old woman sat together.
Tânăra fată și bătrâna stăteau împreună.

They were at the foot of an old tree.

Se aflau la poalele unui copac bătrân.

And together they cried over their situation.

Și împreună au plâns din cauza situației lor.

I should say this all happened long ago.

Ar trebui să spun că toate astea s-au întâmplat de mult.

In these times the trees could talk.

În aceste vremuri, copacii puteau vorbi.

And the old tree spoke to the girl.

Și bătrânul copac i-a vorbit fetei.

"Unhappy women, I much pity you"

„Femei nefericite, vă compătimesc mult"

"There are wild beasts in this forest"

„Sunt animale sălbatice în pădurea asta"

"Soon they will come out of their lairs"

„În curând vor ieși din bârlogurile lor"

"They will roam about for prey"

„Vor rătăci după pradă"

"And they are sure to devour you two"

„Și sigur vă vor devora pe amândoi"

"But I can help you, if you want"

„Dar te pot ajuta, dacă vrei"

"I will make an opening for you"

„Îți voi face o deschidere"

"When you see the opening, go into it"

„Când vezi deschiderea, intră în ea"

"And then I will close the opening up"

„Și apoi voi închide deschiderea"

"As long as you are in me you'll be safe"

„Atâta timp cât ești în Mine, vei fi în siguranță"

"This way the wild beasts can't touch you"

„În felul acesta, fiarele sălbatice nu te pot atinge"

And then the tree split itself in two.

Și apoi copacul s-a despicat în două.

The two women went inside the tree.

Cele două femei au intrat în copac.

And the old tree resumed its natural shape.

Şi bătrânul copac şi-a reluat forma naturală.

The shade of night darkened the forest.
Umbra nopţii întuneca pădurea.
Everything the tree had said was true.
Tot ce spusese copacul era adevărat.
The wild beasts came out of their lairs.
Fiarele sălbatice au ieşit din bârlogurile lor.
The fierce tiger came out at night.
Tigrul cel feroce a ieşit noaptea.
The wild bear left his lair.
Ursul sălbatic şi-a părăsit bârlogul.
The rhinoceros roamed the forest.
Rinocerul cutreiera pădurea.
The bushy bear was there that night.
Ursul stufos a fost acolo în noaptea aceea.
The great elephant could be heard.
Se putea auzi marele elefant.
And there was the horned buffalo.
Şi mai era bivolul cu coarne.
They all growled as they circled the tree.
Toţi au mârâit în timp ce înconjurau copacul.
They had gotten the scent of human blood.
Simţiseră mirosul de sânge uman.
They could hear the growls of the beasts.
Puteau auzi mârâiturile fiarelor.
The beasts came dashing against the tree.
Fiarele s-au năpustit asupra copacului.
They broke the old tree's branches.
Au rupt crengile bătrânului copac.
Their horns pierced the tree's trunk.
Coarnele lor au străpuns trunchiul copacului.
They scratched its bark with their claws.
I-au zgâriat scoarţa cu ghearele.
But all their efforts were in vain.
Dar toate eforturile lor au fost în zadar.
The girl and woman were safe in the tree.

Fata și femeia erau în siguranță în copac.
Towards dawn the wild beasts went away.
Spre zori, fiarele sălbatice au plecat.
After sunrise the good tree spoke again.
După răsăritul soarelui, copacul cel bun a vorbit din nou.
"The wild beasts have gone back"
„Fiarele sălbatice s-au întors"
"They are in their lairs again"
„Sunt din nou în bârlogurile lor"
"But they did their best to torment me"
„Dar au făcut tot posibilul să mă chinuie"
"The sun has risen up again"
„Soarele a răsărit din nou"
"So you can come out now"
„Deci poți ieși acum"
The tree split itself into two again.
Copacul s-a împărțit din nou în două.
The girl and the old woman came out.
Fata și bătrâna au ieșit.
They saw the extent of the damage.
Au văzut amploarea pagubelor.
The tree's branches had been broken off.
Crengile copacului fuseseră rupte.
The tree's trunk had been pierced.
Trunchiul copacului fusese străpuns.
The bark had been stripped off.
Scoarța fusese îndepărtată.
"Good mother, we thank you"
„Mamă bună, îți mulțumim"
"You have been very kind to us"
„Ați fost foarte amabili cu noi"
"You gave us shelter from the beasts"
„Ne-ai oferit adăpost de fiare"
"But it was at a great cost to yourself"
„Dar a fost cu un cost mare pentru tine"
"You have many wounds from the wilds beasts"
„Ai multe răni de la fiarele sălbatice"

"You must be in great pain?"
„Trebuie să te doară tare?"
Close by there was a flowing river.
În apropiere curgea un râu.
The young girl went to the river bank.
Tânăra fată s-a dus la malul râului.
At the bank of the river she found mud.
Pe malul râului a găsit noroi.
She covered the tree with the mud.
Ea a acoperit copacul cu noroi.
She especially covered the damaged parts.
Ea a acoperit în special părțile deteriorate.
The tree thanked her for the treatment.
Copacul i-a mulțumit pentru tratament.
"My good girl, I thank you"
„Fata mea dragă, îți mulțumesc"
"I am greatly relieved of my pain"
„Sunt mult ușurat de durerea mea"
"I am, however, more concerned for you"
„Sunt însă mai îngrijorat pentru tine"
"You must be hungry"
„Trebuie să-ți fie foame"
"You have not eaten since yesterday"
„N-ai mâncat de ieri"
"But what can I give you?"
„Dar ce pot să-ți dau?"
"I have no fruit of my own"
„Nu am rod al meu"
"But I do have some advice"
„Dar am și eu niște sfaturi"
"Give the old woman whatever money you have"
„Dă-i bătrânei toți banii pe care îi ai"
"Let her go into the city"
„Lăsați-o să se ducă în oraș"
"In the city she can buy some food"
„În oraș poate cumpăra niște mâncare"
They explained their situation to the tree.

I-au explicat copacului situația lor.

"We have been sent out with no money"

„Am fost trimiși fără bani "

But she searched through her work-box anyway.

Dar oricum și-a căutat prin cutia de lucru.

And in the box she found five cowries.

Și în cutie a găsit cinci caurii.

The tree continued to give its advice.

Copacul a continuat să-și dea sfaturile.

"Go with your cowries to the city"

„Du-te cu caurii tăi în oraș"

"Use the cowries to buy some fried rice"

„Folosește caurii ca să cumperi orez prăjit"

So the old woman went to the city.

Așa că bătrâna s-a dus la oraș.

Fortunately the city was not far away.

Din fericire, orașul nu era departe.

She went to the first shopkeeper she found.

S-a dus la primul negustor pe care l-a găsit.

"Please give me five cowries worth of rice"

„Te rog să-mi dai orez în valoare de cinci caurii."

The shopkeeper laughed at her.

Negustorul a râs de ea.

"Where can rice be had for five cowries?"

„De unde se poate găsi orez pentru cinci caurii?"

"Be off, you old hag," he told her.

„Pleacă, babă", i-a spus el.

So she tried to barter at another shop.

Așa că a încercat să facă troc la un alt magazin.

This shopkeeper could see her distress.

Această negustoare îi putea vedea suferința.

And the shopkeeper took pity on her.

Și negustorului i s-a făcut milă de ea.

She gave her a large quantity of rice.

Ea i-a dat o cantitate mare de orez.

The old woman returned with the rice.

Bătrâna s-a întors cu orezul.

And the tree gave further instructions.
Și copacul a dat alte instrucțiuni.
"Eat less than half of the rice"
„Mănâncă mai puțin de jumătate din orez"
"Go to the embankments of the river bank"
„Du-te pe malurile râului"
"Cast the remaining rice on the river bank"
„Aruncă orezul rămas pe malul râului"
They did not understand the sense of it.
Nu au înțeles sensul acestui lucru.
"Why sow the riverbank with rice?"
„De ce să semănăm orez pe malul râului?"
But they did as they were advised.
Dar au făcut așa cum li s-a sfătuit.
And they threw their rice onto the ground.
Și și-au aruncat orezul pe jos.

They spent the day lamenting their fate.
Și-au petrecut ziua plângându-și soarta.
Just as before the beasts came out at night.
Exact ca înainte să iasă fiarele noaptea.
The tree housed them inside of its trunk again.
Copacul i-a adăpostit din nou în trunchiul său.
Again they mutilated and tortured the tree.
Din nou au mutilat și torturat copacul.
But that night something else happened.
Dar în noaptea aceea s-a întâmplat altceva.
The women only saw it the next day.
Femeile l-au văzut abia a doua zi.
The rice had attracted hundreds of peacocks.
Orezul atrăsese sute de păuni.
The peacocks competed for the rice.
Păunii s-au întrecut pentru orez.
And their feathers fell on the floor.
Și penele le-au căzut pe podea.
The tree had known what would happen.
Copacul știa ce avea să se întâmple.

And the tree advised them what to do next.
Și copacul i-a sfătuit ce să facă în continuare.
"Go back to the bank of the river"
„Întoarce-te pe malul râului"
"Go to where you cast the rice"
„Du-te unde ai aruncat orezul"
"There you will see many feathers"
„Acolo vei vedea multe pene"
"Collect all the feathers you can find"
„Colectează toate penele pe care le poți găsi"
"Use the feathers to make a beautiful fan"
„Folosește penele pentru a face un evantai frumos"
"And take the feather-fan to the city"
„Și du evantaiul cu pene în oraș"
The two women did as they were advised.
Cele două femei au făcut așa cum li s-a spus.
It was good the girl had taken her work-box.
A fost bine că fata își luase cutia de lucru.
In her work-box was some string.
În cutia ei de lucru era niște sfoară.
The tied the feathers together.
Au legat penele împreună.
And she had made a fan from the feathers.
Și ea își făcuse un evantai din pene.
She took the feather fan to the city.
Ea a dus evantaiul din pene în oraș.
The son of the king happened to be there.
Fiul regelui s-a întâmplat să fie acolo.
He admired the feathers greatly.
El a admirat foarte mult penele.
He paid a large sum of money for the feathers.
A plătit o sumă mare de bani pentru pene.
Each morning a quantity of feathers was collected.
În fiecare dimineață se aduna o cantitate de pene.
And each day a feather fan was made and sold.
Și în fiecare zi se făcea și se vindea câte un evantai din pene.
Within a short time the two women got rich.

În scurt timp, cele două femei s-au îmbogățit.
The tree then advised them to build a house.
Copacul i-a sfătuit apoi să construiască o casă.
"Employ men to burn bricks for you"
„Angajați oameni să ardă cărămizi pentru voi”
"Get them to cut beams and rafters"
„Pune-i să taie grinzi și căpriori”
"Make them plaster the walls with lime"
„Puneți-i să tencuiască pereții cu var”
In a few months a stately house was built.
În câteva luni a fost construită o casă impunătoare.
The tree was pleased for the women.
Copacul s-a bucurat pentru femei.
"You should add a garden to your house"
„Ar trebui să adaugi o grădină la casa ta”
"And you want to be able to store water"
„Și vrei să poți stoca apă”
"Dig a water tank in your garden"
„Săpați un rezervor de apă în grădina dvs.”

The girl had not had much time.
Fata nu avusese mult timp la dispoziție.
So she didn't think of her family.
Așa că nu s-a gândit la familia ei.
The merchant's luck had taken a turn.
Norocul negustorului luase o întorsătură nefavorabilă.
The goddess of wealth frowned upon him.
Zeița bogăției l-a dezaprobat.
He was struck by a sudden misfortune.
A fost lovit de o nenorocire subită.
All at once he lost all of his money.
Deodată, și-a pierdut toți banii.
He was forced to sell his house.
A fost obligat să-și vândă casa.
But he made a great loss on the property.
Dar a suferit o pierdere uriașă pe proprietate.
He and his family were left penniless.

El și familia sa au rămas fără un ban.

So they were forced to live elsewhere.

Așa că au fost forțați să locuiască în altă parte.

They happened to move to a nearby village.

S-a întâmplat să se mute într-un sat din apropiere.

The palace was not far from their new house.

Palatul nu era departe de noua lor casă.

But the merchant was not rich anymore.

Dar negustorul nu mai era bogat.

And he still had to support his family.

Și totuși trebuia să-și întrețină familia.

He had been reduced to doing manual labor.

Fusese redus la muncă manuală.

He applied for the job at the palace.

A aplicat pentru postul de la palat.

He was going to dig the hole for the water.

El urma să sape groapa pentru apă.

His wife also offered to work with him.

Și soția sa s-a oferit să lucreze cu el.

But they got there too late to work.

Dar au ajuns acolo prea târziu ca să mai lucreze.

The water tank had already been finished.

Rezervorul de apă fusese deja terminat.

And they did not know whose house it was.

Și nu știau a cui era casa.

The merchant's daughter was looking out the window.

Fiica negustorului se uita pe fereastră.

She happened to see her parents in the garden.

S-a întâmplat să-și vadă părinții în grădină.

She could see the rags they were wearing.

Putea vedea zdrențele pe care le purtau.

Her eyes filled with tears at the sight.

Ochii i s-au umplut de lacrimi la această priveliște.

She could not believe what she saw.

Nu-i venea să creadă ce vedea.

Her parents had come to her for work.

Părinții ei veniseră la ea pentru muncă.

She immediately called her servants.
Ea şi-a chemat imediat servitorii.
"Outside in the garden are my parents"
„Afară, în grădină, sunt părinţii mei"
"Please offer them these fine clothes"
„Vă rog să le oferiţi aceste haine frumoase"
"And ask them to come into the palace"
„Şi roagă-i să intre în palat"
Her servants did as they were told.
Slujitorii ei au făcut aşa cum li s-a spus.
But her parents were frightened beyond measure.
Dar părinţii ei erau îngroziţi de moarte.
They had seen that the tank was finished.
Văzuseră că tancul era terminat.
There used to be a strange tradition.
Exista o tradiţie ciudată.
In those days human sacrifices were offered.
În acele vremuri se aduceau sacrificii umane.
One of those occasions was after digging a pool.
Una dintre acele ocazii a fost după ce am săpat o piscină.
You can imagine her parents' fear.
Vă puteţi imagina teama părinţilor ei.
They had come to dig the water tank.
Veniseră să sape rezervorul de apă.
But now servants were calling them.
Dar acum slujitorii îi chemau.
They thought they going to be sacrificed.
Au crezut că vor fi sacrificaţi.
"Throw away your rags" they said.
„Aruncaţi-vă cârpele", au spus ei.
"Here, wear these fine clothes"
„Uite, poartă aceste haine frumoase"
And their fears increased even more.
Şi temerile lor au crescut şi mai mult.
But they did not have to fear for long.
Dar nu au avut de ce să se teamă mult timp.
Their rich daughter came out to meet them.

Fiica lor bogată a ieşit să-i întâmpine.

She hugged and kissed her parents.

Ea şi-a îmbrăţişat şi sărutat părinţii.

And she told them everything that had happened.

Şi ea le-a povestit tot ce se întâmplase.

The father felt that she had been right.

Tatăl a simţit că ea avusese dreptate.

"You do live from your own fortune"

„Trăieşti din propria ta avere"

The daughter did not blame her father.

Fiica nu şi-a învinovăţit tatăl.

And she gave him a large fortune.

Şi ea i-a dat o avere uriaşă.

With the money he moved back to the city.

Cu banii s-a mutat înapoi în oraş.

Soon he became a merchant again.

Curând a devenit din nou negustor.

And he went to distant countries for trade.

Şi a plecat în ţări îndepărtate pentru comerţ.

One day he got ready for another business venture.

Într-o zi s-a pregătit pentru o altă afacere.

But that day something strange happened.

Dar în ziua aceea s-a întâmplat ceva ciudat.

The ship was ready to leave the port.

Nava era gata să părăsească portul.

But for some reason the ship did not move.

Dar, dintr-un anumit motiv, nava nu s-a mişcat.

No one could explain what was happening.

Nimeni nu a putut explica ce se întâmpla.

But the merchant had an idea.

Dar negustorului i-a venit o idee.

"Perhaps my daughters would like presents"

„Poate că fiicele mele ar dori cadouri"

"I need to ask them what they would like"

„Trebuie să-i întreb ce ar dori"

He went to see his daughters.

S-a dus să-și vadă fiicele.
He asked them what they would like.
I-a întrebat ce ar dori.
And he promised to bring them presents.
Și le-a promis că le va aduce cadouri.
But the ship would still not move.
Dar nava tot nu se mișca.
He had not asked all his daughters.
Nu le întrebase pe toate fiicele sale.
His youngest daughter was not there.
Fiica lui cea mică nu era acolo.
She was living in a different city.
Ea locuia într-un alt oraș.
So he ordered his servants go to her palace.
Așa că a ordonat slujitorilor săi să meargă la palatul ei.
The messenger came at the wrong time.
Mesagerul a venit la momentul nepotrivit.
The young girl was engaged in devotions.
Tânăra fată era angajată în slujbe religioase.
But the messenger asked her anyway.
Dar mesagerul a întrebat-o oricum.
She just told him "sobur"
Ea tocmai i-a spus „trezi".
The meaning of this was "wait"
Înțelesul acestui lucru era „așteptați"
But the messenger didn't know this.
Dar mesagerul nu știa asta.
He thought she wanted something called "sobur"
El a crezut că ea vrea ceva numit „sobur"
So he went back to the city of the merchant.
Așa că s-a întors în orașul negustorului.
And he delivered the message he received.
Și a transmis mesajul pe care l-a primit.
"Your daughter wants something called 'sobur'"
„Fiica ta vrea ceva numit «sobur»"
This time the ship could move again.
De data aceasta, nava se putea mișca din nou.

So the merchant started on his travels.
Așa că negustorul și-a pornit în călătorie.
He visited many ports on his journey.
A vizitat multe porturi în călătoria sa.
And he made good profits from his trades.
Și a obținut profituri bune din tranzacțiile sale.
Finding the presents was not difficult.
Găsirea cadourilor nu a fost dificilă.
He found everything his oldest daughters wanted.
A găsit tot ce și-au dorit fiicele sale cele mai mari.
But his youngest daughter's wish was difficult.
Dar dorința fiicei sale celei mici a fost dificilă.
He could not find the thing called "sobur"
Nu a putut găsi chestia numită „sobur"
He asked at every port he came to.
A întrebat în fiecare port în care a ajuns.
"Do you have something called 'sobur'?"
„Aveți ceva numit «sobur»?"
But the merchants all shook their heads.
Dar negustorii au clătinat toți din cap.
"We've never heard of 'sobur'"
„N-am auzit niciodată de «sobur»"
His voyage had almost come to its end.
Călătoria lui aproape ajunsese la sfârșit.
He was soon going to head back home.
În curând urma să se întoarcă acasă.
But he wanted "sobur" for his daughter.
Dar el voia „sobur" pentru fiica sa.
So he went calling through the streets.
Așa că a început să strige pe străzi.
"Sobur, does anyone have sobur?!"
„Sobur, are cineva sobur?!"
The son of the King was in his castle.
Fiul regelui era în castelul său.
He happened to be looking out the window.
Se întâmpla să se uite pe fereastră.
And the calls attracted his attention.

Și apelurile i-au atras atenția.
Because his name happened to be Sobur.
Pentru că se întâmpla să-l cheme Sobur.
He came to the merchant to speak with him.
A venit la negustor să vorbească cu el.
"I have the Sobur that you want"
„Am Soburul pe care îl vrei"
"Take this box, but be careful with it"
„Ia cutia asta, dar ai grijă cu ea"
"In the box is a magical feather fan and mirror"
„În cutie se află un evantai magic din pene și o oglindă"
"This is the Sobur your daughter wishes for"
„Acesta este Soburul pe care și-l dorește fiica ta"
The merchant thanked the prince for the box.
Negustorul i-a mulțumit prințului pentru cutie.
And he returned back to his country.
Și s-a întors înapoi în țara sa.

He gave the box to his daughter.
I-a dat cutia fiicei sale.
But the daughter didn't think about it.
Dar fiica nu s-a gândit la asta.
She thought it was just a common box.
Ea a crezut că e doar o cutie obișnuită.
She had forgotten about the messenger.
Ea uitase de mesager.
But one day she decided to open the box.
Dar într-o zi s-a hotărât să deschidă cutia.
Inside the box she found a beautiful fan.
În cutie a găsit un evantai frumos.
In the feather fan there was a beautiful mirror.
În evantaiul din pene era o oglindă frumoasă.
She waved the feather fan to cool herself.
Ea a fluturat evantaiul din pene ca să se răcorească.
And Prince Sobur appeared before her.
Și prințul Sobur i s-a înfățișat.
"You called me, so here I am," he said.

„M-ai chemat, așa că iată-mă", a spus el.

"What is it you wish for?" he asked.

„Ce îți dorești?", a întrebat el.

She was astonished at what she saw.

Ea a fost uimită de ceea ce a văzut.

A handsome prince had suddenly appeared!

Un prinț chipeș a apărut brusc!

"Who are you?" she asked the prince.

„Cine ești tu?", l-a întrebat ea pe prinț.

"And how did you suddenly appear?"

„Și cum ai apărut brusc?"

The prince explained what had happened.

Prințul a explicat ce s-a întâmplat.

"Your father was looking for 'sobur'"

„Tatăl tău căuta «sobur»"

"I am prince Sobur," he explained.

„Sunt prințul Sobur", a explicat el.

"I gave your father a box"

„I-am dat tatălui tău o cutie"

"In this box there is a feather fan and mirror"

„În această cutie se află un evantai din pene și o oglindă"

"When you shake the feather fan I will appear"

„Când vei scutura evantaiul din pene, voi apărea"

She asked the prince to stay as a guest.

Ea i-a cerut prințului să rămână ca oaspete.

And for two days the prince stayed with her.

Și timp de două zile prințul a stat cu ea.

And she entertained him in her palace.

Și l-a găzduit în palatul ei.

During that time the two fell in love.

În acea perioadă, cei doi s-au îndrăgostit.

They made their vows to each.

Și-au făcut jurămintele fiecăruia.

And they became husband and wife.

Și au devenit soț și soție.

After this the prince returned to his father.

După aceasta, prințul s-a întors la tatăl său.

He told him that he had selected a wife.
I-a spus că și-a ales o soție.
The day for the wedding was decided.
Ziua nunții a fost hotărâtă.
All the family was invited.
Toată familia a fost invitată.
And they had a beautiful wedding.
Și au avut o nuntă frumoasă.

But there was a death in the marriage bed.
Dar a existat o moarte în patul conjugal.
The six daughters of the merchant were envious.
Cele șase fiice ale negustorului erau invidioase.
They were jealous of their sister's success.
Erau geloși pe succesul surorii lor.
So they decided to destroy her happiness.
Așa că au decis să-i distrugă fericirea.
They broke several glass bottles.
Au spart mai multe sticle de sticlă.
And they ground the glass into fine powder.
Și au măcinat sticla în pulbere fină.
Then they scattered the powder on the bed.
Apoi au împrăștiat pulberea pe pat.
The prince suspected no danger.
Prințul nu bănuia niciun pericol.
He laid himself down in the bed.
S-a întins în pat.
Soon he felt an acute pain.
Curând a simțit o durere ascuțită.
All of his whole body ached.
Îl durea tot corpul.
The powder had gone through his skin.
Pudra îi pătrunsese prin piele.
The prince became restless through pain.
Prințul a devenit neliniștit de durere.
And he started to kick and scream.
Și a început să lovească și să țipe.

He was taken away to his own country.
A fost dus în țara sa.
The king and queen were very worried.
Regele și regina erau foarte îngrijorați.
They consulted all the kingdom's physicians.
Au consultat toți medicii regatului.
But their efforts were in vain.
Dar eforturile lor au fost zadarnice.
Day and night the young prince was screaming.
Zi și noapte, tânărul prinț țipa.
No one could ascertain the disease.
Nimeni nu a putut stabili boala.
So they had no way of knowing the remedy.
Așa că nu aveau cum să știe remediul.
You can imagine the grief of his wife.
Vă puteți imagina durerea soției sale.
The marriage knot had only just been tied.
Nodul căsătoriei abia fusese legat.
She thought a terrible disease had attacked him.
Ea a crezut că l-a atacat o boală cumplită.
Then he was carried hundreds of miles away.
Apoi a fost dus la sute de kilometri distanță.
She had never been to his country.
Ea nu fusese niciodată în țara lui.
But she was determined to go there.
Dar ea era hotărâtă să meargă acolo.
And she was determined to nurse him better.
Și era hotărâtă să-l alăpteze mai bine.
She put on the garb of a Sannyasi.
Ea a îmbrăcat veșmântul unei Sannyasi.
And she carried a dagger in her hand.
Și purta un pumnal în mână.
And then she set out on her journey.
Și apoi a pornit în călătoria ei.

The princess was still relatively young.
Prințesa era încă relativ tânără.

She was unaccustomed to long journeys.
Nu era obișnuită cu călătoriile lungi.
And she wasn't used to walking so far.
Și nu era obișnuită să meargă atât de departe pe jos.
She soon got weary of walking.
În curând s-a săturat de mers pe jos.
So she sat under a tree to rest.
Așa că s-a așezat sub un copac să se odihnească.
On the top of the tree there was a nest.
În vârful copacului era un cuib.
It was the nest of two divine birds.
Era cuibul a două păsări divine.
Bihangami and Bihangama lived here.
Bihangami și Bihangama au locuit aici.
They were not in their nest at the time.
Nu erau în cuibul lor la momentul respectiv.
But two of their chicks were in the nest.
Dar doi dintre puii lor erau în cuib.
Suddenly the chicks gave a scream.
Deodată, puii au scos un țipăt.
This roused the half-drowsy princess.
Aceasta a trezit-o pe prințesa pe jumătate somnoroasă.
The little birds had seen huge serpent.
Păsările mici văzuseră un șarpe uriaș.
The snake was about to climb the tree.
Șarpele era pe punctul de a se urca în copac.
This would have been the end of the birds.
Acesta ar fi fost sfârșitul păsărilor.
But the Sannyasi took out her dagger.
Dar Sannyasi și-a scos pumnalul.
And she cut the serpent in two.
Și ea a tăiat șarpele în două.
Of course even this frightened the young birds.
Desigur, chiar și asta i-a speriat pe păsările tinere.
And they flew from the nest screaming.
Și au zburat din cuib țipând.
Bihangama and Bihangami were on their way back.

Bihangama și Bihangami erau pe drumul lor de întoarcere.
They came sailing through the air.
Au venit plutind prin aer.
They thought they already knew what had happened.
Ei credeau că știau deja ce se întâmplase.
"I don't expect to see our children"
„Nu mă aștept să ne văd copiii"
"The nest will be empty again"
„Cuibul va fi din nou gol"
"All our previous children were eaten"
„Toți foștii noștri copii au fost mâncați"
"They were eaten by our great enemy the serpent"
„Au fost mâncați de marele nostru dușman, șarpele"
"They will have met the same fate"
„Vor avea aceeași soartă"
"I do not hear the cries of my young ones"
„Nu aud strigătele puilor mei"
The two birds got to their nest.
Cele două păsări au ajuns la cuibul lor.
And as predicted, the nest was empty.
Și, așa cum fusese prezis, cuibul era gol.
This seemed to confirm their suspicions.
Acest lucru părea să le confirme suspiciunile.
But soon the young birds returned.
Dar curând păsările tinere s-au întors.
The divine birds were pleasantly surprised.
Păsările divine au fost plăcut surprinse.
The young birds told them what had happened.
Păsările tinere le-au povestit ce se întâmplase.
"There was a young Sannyasi under the tree"
„Sub copac era un tânăr Sannyasi"
"He destroyed the serpent"
„El a distrus șarpele"
"He cut the snake in two with his dagger"
„A tăiat șarpele în două cu pumnalul"
The parents went to foot of the tree.
Părinții s-au dus la poalele copacului.

Two halves of the snake were still there.
Două jumătăți ale șarpelui erau încă acolo.
"The young Sannyasi has saved our offspring"
„Tânăra Sannyasi ne-a salvat urmașii"
"I wish we could do him some service in return"
„Aș vrea să-i putem face un serviciu în schimb"
The divine bird Bihangama replied.
Pasărea divină Bihangama a răspuns.
"We shall do our service to HER"
„Îi vom face slujba EI"
"The Sannyasi under the tree is not a man"
„Sannyasi-ul de sub copac nu este un om"
"The Sannyasi under the tree is a woman"
„Sannyasi-ul de sub copac este o femeie"
"Last night she got married to Prince Sobur"
„Aseară s-a căsătorit cu Prințul Sobur"
"Shortly after their marriage he was poisoned"
„La scurt timp după căsătoria lor, a fost otrăvit"
"His skin was pierced with small shards of glass"
„Pielea lui era străpunsă de mici cioburi de sticlă"
"His sisters-in-law envied his wife"
„Cumnatele lui o invidiau pe soția lui"
"Her sisters spread the powder over the bed"
„Surorile ei au întins pudra peste pat"
"He is still suffering from his pain"
„Încă suferă din cauza durerii"
"But he is in his native land"
„Dar el este în țara lui natală"
"And now he is at the point of death"
„Și acum este pe moarte"
"Beneath the tree is his heroic bride"
„Sub copac se află mireasa lui eroică"
"She is wearing the garb of a Sannyasi"
„Ea poartă veșmântul unei Sannyasi"
"And she is going to nurse him"
„Și ea îl va alăpta"
The Bihangami asked the Bihangama.

Bihangami l-a întrebat pe Bihangama.
"Is there no cure for the prince?"
„Nu există niciun leac pentru prinț?"
"Yes, there is a cure" replied the Bihangama.
„Da, există un leac", a răspuns Bihangama.
"There is hardened dung lying on the ground"
„Există bălegar întărit întins pe pământ"
"She must take this hardened dung"
„Trebuie să ia această bălegară întărită"
"Then she must reduce the dung to powder"
„Atunci ea trebuie să prefacă bălegarul în pulbere"
"And then she must bathe the prince"
„Și apoi trebuie să-l spele pe prinț"
"She must bathe him in seven jars of water"
„Ea trebuie să-l scalde în șapte vase cu apă"
"Then she must bathe him in seven jars of milk"
„Atunci trebuie să-l scalde în șapte vase cu lapte "
"Then she must apply the powder to his body"
„Atunci trebuie să aplice pudra pe corpul lui"
"After this Prince Sobur will get well"
„După aceasta, Prințul Sobur se va însănătoși."
"I have no doubts about this remedy"
„Nu am nicio îndoială în privința acestui remediu"
The Bihangami saw a problem though.
Bihangami a văzut totuși o problemă.
"The princess is but a young girl"
„Prințesa nu este decât o tânără fată"
"She cannot walk such a distance"
„Nu poate merge pe jos o asemenea distanță"
"The journey would take her many days"
„Călătoria avea să-i ia multe zile"
"By that time the poor prince will have died"
„Până atunci, bietul prinț va fi murit."
"I can," replied the Bihangama.
„Pot", a răspuns Bihangama.
"I will take the young lady on my back"
„O voi lua pe tânăra domnișoară în spatele meu"

"I will fly her to Prince Sobur's city"
„O voi duce în orașul Prințului Sobur."
"If she takes no presents, I will fly her back"
„Dacă nu primește cadouri, o voi duce înapoi cu avionul."
The merchant's daughter heard this conversation.
Fiica negustorului a auzit această conversație.
She begged the Bihangama to take her on his back.
Ea l-a implorat pe Bihangama să o ia în spate.
And of course the bird willingly consented.
Și, bineînțeles, pasărea a consimțit de bunăvoie.
First she gathered some of the bird's dung.
Mai întâi a adunat niște bălegar de pasăre.
And then she reduced the dung to fine powder.
Și apoi a redus bălegarul în pulbere fină.
She was armed with this potent medicine.
Era înarmată cu acest medicament puternic.
And she got on the back of the kind bird.
Și s-a urcat pe spatele păsării blânde.

The Bihangama flew as fast as lightning.
Bihangama a zburat la fel de repede ca fulgerul.
They soon reached Prince Sobur's city.
Curând au ajuns în orașul prințului Sobur.
The young Sannyasi went up to the palace.
Tânărul Sannyasi s-a dus la palat.
And she spoke to the guards at the gate.
Și ea a vorbit cu gărzile de la poartă.
"Send word to the king that I have a medicine"
„Trimite vorbă regelui că am un medicament"
"This medicine will save the prince's life"
„Acest medicament îi va salva viața prințului"
"Within hours I will have cured the prince"
„În câteva ore îl voi vindeca pe prinț"
The king had tried all the best doctors.
Regele încercase toți cei mai buni doctori.
But no doctor had been able to cure his son.
Dar niciun doctor nu a reușit să-i vindece fiul.

So he didn't believe the Sannyasi's words.
Așadar, el nu a crezut cuvintele lui Sannyasi.
But his councilors advised him otherwise.
Însă consilierii săi l-au sfătuit altfel.
The Sannyasi ordered for seven jars of water.
Sannyasi a comandat șapte borcane cu apă.
And seven jars of milk were ordered.
Și au fost comandate șapte borcane cu lapte.
He poured a jar of water on the prince.
A turnat un ulcior cu apă peste prinț.
And he poured a jar of milk on the prince.
Și a turnat un borcan cu lapte peste prinț.
He had a feather from the divine bird.
Avea o pană de la pasărea divină.
And he used the feather to apply the powder.
Și a folosit pana ca să aplice pudra.
All of the prince's body was covered.
Tot corpul prințului era acoperit.
This was repeated another six times.
Acest lucru s-a repetat de încă șase ori.
The last treatment did the magic.
Ultimul tratament a făcut magia.
The prince started to feel well again.
Prințul a început să se simtă din nou bine.
The king was happier than words can describe.
Regele era mai fericit decât pot descrie cuvintele.
"Give the Sannyasi the finest treasures"
„Dăruiește-i Sannyasienilor cele mai frumoase comori"
But the Sannyasi refused to take presents.
Dar Sannyasi a refuzat să accepte cadouri.
"Let me have the ring on the prince's finger"
„Dă-mi inelul pe degetul prințului"
The king and the prince were happy.
Regele și prințul erau fericiți.
And they gave him what he wanted.
Și i-au dat ce își dorea.
The merchant's daughter hastened back.

Fiica negustorului s-a grăbit să se întoarcă.
The Bihangama was waiting at the sea-shore.
Bihangama aștepta la malul mării.
They reached the tree of the divine birds.
Au ajuns la copacul păsărilor divine.
The young bride walked back to her palace.
Tânăra mireasă s-a întors pe jos la palatul ei.

The following day she shook the magical feather fan.
A doua zi, ea a scuturat evantaiul magic din pene.
Just as before, her husband appeared.
La fel ca înainte, a apărut și soțul ei.
Of course he was happy to see his wife.
Bineînțeles că era fericit să-și vadă soția.
But he was infinitely surprised.
Dar a fost infinit de surprins.
She had his ring on her finger.
Ea avea inelul lui pe deget.
His own wife was his doctor.
Propria lui soție i-a fost doctoriță.
It was his wife that had cured him!
Soția lui fusese cea care îl vindecase!
The prince took his bride to his palace.
Prințul și-a dus mireasa la palatul său.
He forgave his sisters-in-law.
El le-a iertat pe cumnatele sale.
They lived happily for many years.
Au trăit fericiți mulți ani.
And they were blessed with children.
Și au fost binecuvântați cu copii.

The Origins of Opium
Originile opiumului

Once upon on a time there lived a Rishi.
A fost odată ca niciodată un Rishi.
He lived on the banks of the holy Ganges.
El a trăit pe malurile sfântului Gange.
This Rishi was a very religious man.
Acest Rishi era un om foarte religios.
He spent his days performing religious rites.
Îşi petrecea zilele îndeplinind ritualuri religioase.
From sunrise to sunset he sat on the river bank.
De la răsărit până la apus, a stat pe malul râului.
For the whole time he sat engaged in devotion.
Tot timpul a şezut absorbit devoţiunii.
At night he took shelter in his hut.
Noaptea s-a adăpostit în coliba sa.
His hut was made from palm-leaves.
Coliba lui era făcută din frunze de palmier.
The palms he had grown from saplings.
Palmierii pe care îi creştea din puieţi.
There was no one around for miles.
Nu era nimeni prin preajmă pe kilometri întregi.
However, in the hut there was a mouse.
Totuşi, în colibă era un şoarece.
She lived from what the Rishi left for her.
Ea a trăit din ceea ce i-a lăsat Rishi-ul.
The Rishi was a kind-hearted man.
Rishi-ul era un om bun la suflet.
He would not hurt any living thing.
Nu ar răni nicio fiinţă vie.
So our mouse never ran away from him.
Aşa că şoarecele nostru nu a fugit niciodată de el.
In fact, our mouse went to him.
De fapt, şoarecele nostru s-a dus la el.
She touched his feet when he was sitting.
Ea i-a atins picioarele când stătea aşezat.

And she enjoyed playing with him.
Și îi plăcea să se joace cu el.
The Rishi also liked the little mouse.
Și lui Rishi îi plăcea șoricelul.
So he wanted to be kind to her.
Așa că a vrut să fie amabil cu ea.
And he wanted someone to talk to.
Și voia cu care să vorbească cineva.
So he gave her the power of speech.
Așa că i-a dat puterea de a vorbi.

One night the mouse stood up.
Într-o noapte, șoarecele s-a ridicat în picioare.
She got onto her hind legs.
S-a ridicat pe picioarele din spate.
And she stood in front of the Rishi.
Și ea a stat în fața Rishi-ului.
And she put her front paws together.
Și și-a pus labele din față împreună.
"Holy Sage, you have been kind to me"
„Sfinte Înțelept, ai fost bun cu mine"
"And you have given me human language"
„Și mi-ai dat limbaj omenesc"
"I hope it doesn't displease your reverence"
„Sper că nu va displăcea Preaîntâlnirii Voastre"
"But I have one more boon to ask"
„Dar mai am un lucru de cerut"
The Rishi listened to his mouse.
Rishi-ul și-a ascultat șoarecele.
"What is it?" asked the Rishi.
„Ce este?", a întrebat Rishi-ul.
"Say what you want, little mouse"
„Spune ce vrei, șoricelule"
The mouse answered the Rishi.
Șoricelul i-a răspuns lui Rishi.
"By day your reverence goes to the river"
„Ziua, reverența ta merge la râu "

"And there you practice your devotions"
„Și acolo vă practicați devoțiunile"
"During this time a cat comes to the hut"
„În acest timp, o pisică vine la colibă"
"This cat has been trying to catch me"
„Pisica asta a încercat să mă prindă"
"She still has some fear of your reverence"
„Încă se teme de respectul dumneavoastră."
"Otherwise she would have eaten me long ago"
„Altfel m-ar fi mâncat de mult"
"But I fear the cat will eat me someday"
„Dar mi-e teamă că într-o zi mă va mânca pisica"
"So I have one prayer to ask of you"
„Așadar, am o singură rugăciune să vă cer"
"Please may I be changed into a cat!"
„Te rog, să mă transformi într-o pisică!"
"Then I would be a match for my foe"
„Atunci aș fi la înălțimea dușmanului meu"
The Rishi understood the mouse's plight.
Rishi a înțeles situația dificilă a șoarecelui.
He threw some holy water on the mouse.
A aruncat niște apă sfințită peste șoarece.
And the mouse instantly turned into a cat.
Și șoarecele s-a transformat instantaneu într-o pisică.

She had lived as a cat for some days.
Trăise ca o pisică timp de câteva zile.
One night she went to the Rishi again.
Într-o noapte, ea s-a dus din nou la Rishi.
And the Rishi spoke to his pet.
Și Rishi i-a vorbit animalului său de companie.
"Well, little kitty, how are you!"
„Ei bine, pisicuțo, ce mai faci?"
"How do you like your present life!"
„Cum îți place viața ta actuală!"
The cat thought about what to say.
Pisica s-a gândit ce să spună.

But she didn't have to say anything.
Dar nu trebuia să spună nimic.
The Rishi could tell by her expression.
Rishi-ul şi-a dat seama după expresia ei.
"Why don't you like it?" asked the sage.
„De ce nu-ţi place?", a întrebat înţeleptul.
"Are you not as strong as the other cats!"
„Nu eşti la fel de puternic ca celelalte pisici?"
"Yes, I am strong enough," answered the cat.
„Da, sunt suficient de puternică", a răspuns pisica.
"Your reverence has made me a strong cat"
„Reverenţa ta m-a făcut o pisică puternică"
"As strong as any cat in the world"
„La fel de puternică ca orice pisică din lume"
"Now I do not fear cats anymore"
„Acum nu mă mai tem de pisici"
"But now I have got a new foe"
„Dar acum am un nou duşman"
"By day your reverence goes to the river"
„Ziua, respectul vostru merge la râu"
"During this time dogs come to the hut"
„În acest timp vin câinii la colibă"
"These dogs have been barking at me"
„Câinii ăstia au lătrat la mine"
"And I have been frightened for my life"
„Şi mi-a fost frică pentru viaţa mea"
"So I have one more prayer to ask of you"
„Aşadar, mai am o rugăciune să vă cer"
"Please may I be changed into a dog!"
„Te rog, să mă transform într-un câine!"
The Rishi understood the cat's plight.
Rishi a înţeles situaţia dificilă a pisicii.
He threw some holy water on the cat.
A aruncat nişte apă sfinţită peste pisică.
And the cat instantly became a dog.
Şi pisica s-a transformat instantaneu într-un câine.

She lived as a dog for some days.
A trăit ca un câine câteva zile.
But one night she spoke to the Rishi.
Dar într-o noapte, ea a vorbit cu Rishi-ul.
"I cannot thank your reverence enough"
„Nu pot să-i mulţumesc îndeajuns Reverendităţii Voastre"
"You have been most kind to me"
„Ai fost foarte amabil cu mine"
"I was but a poor mouse"
„Nu eram decât un şoarece biet"
"You not only gave me speech"
„Nu numai că mi-ai dat voie să vorbesc"
"But you also turned me into a cat"
„Dar m-ai transformat şi într-o pisică"
"And your kindness didn't end there"
„Şi bunătatea ta nu s-a terminat aici"
"Then you changed me into a dog"
„Apoi m-ai transformat într-un câine"
"As a dog, however, I suffer greatly"
„Ca şi câine, însă, sufăr foarte mult"
"I do not get enough to eat"
„Nu mănânc suficient"
"My only food is what you leave me"
„Singura mea mâncare este ceea ce îmi laşi tu"
"That was fine when I was a mouse"
„Asta era bine când eram şoarece "
"But you have made me much larger"
„Dar m-ai făcut mult mai mare"
"And it is not enough to fill my mouth"
„Şi nu e de ajuns să-mi umplu gura"
"OH your reverence, how I envy those monkeys"
„O, respectul vostru, cât de mult invidiez acele maimuţe"
"They jump about from tree to tree"
„Sar din copac în copac"
"They eat all sorts of delicious fruits!"
„Mănâncă tot felul de fructe delicioase!"
"Please may reverence not get angry"

„Vă rog ca respectul să nu se mânie”
"I pray to be changed into a monkey"
„Mă rog să fiu transformat într-o maimuță”
The sage was a very understanding man.
Înțeleptul era un om foarte înțelegător.
His heart was filled with patience.
Inima lui era plină de răbdare.
He was happy to grant his pet's wish.
A fost bucuros să-i îndeplinească dorința animalului său de companie.
He threw some holy water on the dog.
A aruncat niște apă sfințită peste câine.
And the dog instantly became a monkey.
Și câinele s-a transformat instantaneu într-o maimuță.

Our monkey was at first wild with joy.
Maimuța noastră a fost la început nebună de bucurie.
She leaped from one tree to another.
Ea a sărit dintr-un copac în altul.
She sucked every luscious fruit.
A supt fiecare fruct delicios.
But her joy was short-lived again.
Dar bucuria ei a fost din nou de scurtă durată.
Summer had brought with it its drought.
Vara adusese cu ea seceta ei.
Monkeys find it hard to climb down.
Maimuțelor le este greu să coboare.
So she couldn't drink from the river.
Așa că nu putea bea din râu.
She saw how the wild boars lived.
Ea a văzut cum trăiesc mistreții.
All day they splashed in the water.
Toată ziua s-au bălăcit în apă.
She envied their life now.
Acum le invidiază viața.
"Oh how happy those wild boars are!"
„O, ce fericiți sunt mistreții aceia!”

"All day their bodies are cooled"
„Toată ziua trupurile lor sunt răcite"
"All day they are refreshed by water"
„Toată ziua sunt împrospătați de apă"
"How I wlsh I weie a wild boar"
„Cât mi-aș dori să fiu un mistreț"
That night she went to the Rishi.
În noaptea aceea, ea s-a dus la Rishi.
She recounted her troubles to him.
Ea i-a povestit necazurile ei.
She told him all about the wild boars.
Ea i-a povestit totul despre mistreți.
"Oh how pleasant their lives must be"
„O, ce plăcută trebuie să fie viața lor"
And she begged to be changed again.
Și a implorat să se schimbe din nou.
"I pray to be changed into a wild boar"
„Mă rog să fiu transformat într-un mistreț"
The sage's kindness knew no bounds.
Bunătatea înțeleptului nu cunoștea limite.
and he complied with his pet's request.
și a îndeplinit cererea animalului său de companie.
He threw some holy water on the monkey.
A aruncat niște apă sfințită peste maimuță.
And the monkey instantly became a wild boar.
Și maimuța s-a transformat instantaneu într-un mistreț.

Our boar was now very content.
Mistrețul nostru era acum foarte mulțumit.
She kept her body soaking wet.
Și-a ținut corpul ud leoarcă.
Every day she went to the river.
În fiecare zi mergea la râu.
She splashed about in her favorite element.
S-a bălăcit în elementul ei preferat.
But life is not safe for wild boars.
Dar viața nu este sigură pentru mistreți.

One day the king was out hunting.
Într-o zi, regele era la vânătoare.
He was riding on an adorned elephant.
El călărea pe un elefant împodobit.
Only by luck did our wild boar escape.
Numai din noroc a scăpat mistrețul nostru.
She thought a lot about her experience.
S-a gândit mult la experiența ei.
She dwelt on the dangers of her life.
Ea s-a oprit asupra pericolelor vieții sale.
And she envied the stately elephant.
Și ea îl invidiază pe impunătorul elefant.
The elephant was more fortunate than her.
Elefantul a fost mai norocos decât ea.
He got to carry the king on his back.
A ajuns să-l care pe rege în spate.
Now she longed to be an elephant.
Acum tânjea să fie un elefant.
And at night she besought the Rishi.
Și noaptea l-a implorat pe Rishi.

Our elephant was roaming the wilderness.
Elefantul nostru cutreiera sălbăticia.
On her adventures she saw the king.
În aventurile ei, l-a văzut pe rege.
Our elephant went towards the king's suite.
Elefantul nostru s-a îndreptat spre suita regelui.
She had every intention of being caught.
Avea toată intenția să fie prinsă.
The king saw the elephant from a distance.
Regele a văzut elefantul de la distanță.
He couldn't help but admire her beauty.
Nu se putu abține să nu-i admire frumusețea.
He gave his orders to his servants.
El le-a dat ordine slujitorilor săi.
"Catch and tame this elephant"
„Prinde și îmblânzește acest elefant"

Our elephant was easily caught.
Elefantul nostru a fost prins ușor.
She was taken into the royal stables.
A fost dusă în grajdurile regale.
And she was tamed without any trouble.
Și a fost îmblânzită fără nicio problemă.

One day the queen had a wish.
Într-o zi, regina a avut o dorință.
She wished to go to the holy Ganges.
Ea dorea să meargă la sfântul Gange.
She wished to bathe in the holy waters.
Ea a vrut să se scalde în apele sfințite.
The king wanted to accompany his wife.
Regele a vrut să-și însoțească soția.
So he made his orders to his servants.
Așa că a dat poruncile slujitorilor săi.
"Bring us the newly caught elephant"
„Adu-ne elefantul nou prins"
The king and queen mounted on her back.
Regele și regina au încălecat pe spatele ei.
Our elephant had gotten her wish.
Elefantul nostru și-a îndeplinit dorința.
Well... she seemed to have gotten her wish.
Ei bine... se pare că i s-a îndeplinit dorința.
The king had mounted on her back.
Regele îi călărea pe spate.
But no, the elephant didn't get her wish.
Dar nu, elefantului nu i s-a îndeplinit dorința.
She looked upon herself as a lordly beast.
Se considera o fiară domnească.
She could not a woman riding on her back.
Nu putea o femeie călare pe spatele ei.
It wasn't enough that she was a queen.
Nu era de ajuns că era regină.
She could not bear the idea of it.
Nu putea suporta ideea asta.

She felt she had been degraded.
Simţea că fusese degradată.
She jumped up as violently as elephants can.
A sărit în sus cât pot face elefanţii.
Both the king and queen fell to the ground.
Atât regele, cât şi regina au căzut la pământ.
The king carefully picked up the queen.
Regele a ridicat-o cu grijă pe regină.
He took the queen in his arms.
A luat-o pe regină în braţe.
He asked her whether she had been hurt.
El a întrebat-o dacă a fost rănită.
He wiped off the dust from her clothes.
I-a şters praful de pe haine.
And he tenderly kissed her a hundred times.
Şi a sărutat-o cu tandreţe de o sută de ori.
Our elephant witnessed the king's caresses.
Elefantul nostru a fost martor la mângâierile regelui.
And she scampered off to the woods.
Şi ea a fugit în pădure.
She ran as fast as her legs could carry her.
A alergat cât de repede o puteau duce picioarele.
As she ran, she thought within herself;
În timp ce alerga, se gândea în sinea ei;
"I have experienced many different lives"
„Am trăit multe vieţi diferite"
"And I have experienced different happiness"
„Şi am experimentat o fericire diferită"
"But those lives cannot be compared"
„Dar acele vieţi nu pot fi comparate"
"A queen is the happiest creature of all"
„O regină este cea mai fericită creatură dintre toate"
"Of what infinite regard is she the object of!"
„Ce respect infinit are ea!"
"The king lifted her off the ground"
„Regele a ridicat-o de la pământ"
"And he carefully took her in his arms"

„Și a luat-o cu grijă în brațe"
"He made many tender inquiries to her"
„I-a adresat multe întrebări tandre"
"And he wiped off the dust from her clothes"
„Și i-a șters praful de pe haine "
"And he kissed her a hundred times!"
„Și a sărutat-o de o sută de ori!"
"Oh, the happiness of being a queen!"
„O, fericirea de a fi regină!"
"I must ask the Rishi to make me a queen!"
„Trebuie să-l rog pe Rishi să mă facă regină!"

The sun was just about to set.
Soarele era pe punctul de a apus.
Our elephant made it back to the hut.
Elefantul nostru a ajuns înapoi la colibă.
The Rishi had just finished his devotions.
Rishi-ul tocmai își terminase rugăciunile.
She fell on the ground at his feet.
Ea a căzut la pământ la picioarele lui.
She was still the little mouse.
Ea era tot șoricelul.
And he was still the holy sage.
Și el era încă sfântul înțelept.
"What's the news?" inquired the Rishi.
„Ce noutăți sunt?", a întrebat Rishi-ul.
"Why have you left the king's palace!"
„De ce ai părăsit palatul regelui?"
Our elephant thought about her words.
Elefantul nostru s-a gândit la cuvintele ei.
"What shall I say to your reverence!"
„Ce să-i spun Preasfinției Voastre?"
"You have been very kind to me"
„Ai fost foarte amabil cu mine"
"You have granted every wish of mine"
„Mi-ai îndeplinit fiecare dorință"
"I was a mouse and you gave me speech"

„Eram un șoarece și mi-ai dat vorbire”
"But as a mouse my life was in danger"
„Dar, ca șoarece, viața mea era în pericol”
"You saved me by turning me into a cat"
„M-ai salvat transformându-mă într-o pisică”
"But as a cat my life was no safer"
„Dar, ca pisică, viața mea nu era mai sigură”
"And you helped me become a dog"
„Și m-ai ajutat să devin câine”
"But as a dog I had not enough to eat"
„Dar, ca și câine, nu aveam suficientă mâncare”
"You provided for me again"
„Ai întreținut din nou ce aveam nevoie pentru mine”
"And you turned my into a monkey"
„Și m-ai transformat într-o maimuță”
"I had all I could wish to eat"
„Am mâncat tot ce mi-am putut dori”
"But I had no way of cooling my body"
„Dar nu aveam cum să-mi răcoresc corpul”
"You helped me with this too"
„M-ai ajutat și pe mine cu asta”
"And you turned me into a wild boar"
„Și m-ai transformat într-un mistreț”
"Wild boars have a comfortable life"
„Mistreții au o viață confortabilă”
"But they don't live without danger"
„Dar ei nu trăiesc fără pericole”
"And again you protected me"
„Și din nou m-ai protejat”
"And you turned me into an elephant"
„Și m-ai transformat într-un elefant”
"Being an elephant has increased my bulk"
„Faptul că sunt elefant mi-a mărit corpul”
"But being an elephant has not increased my happiness"
„Dar faptul că sunt elefant nu mi-a sporit fericirea”
"I have one more boon to ask of you"
„Mai am un dar să-ți cer”

"It will be the last boon I ask for"
„Va fi ultima binecuvântare pe care o voi cere"
"I see now who the happiest creature is"
„Acum văd cine este cea mai fericită creatură"
"A queen is the happiest in the world"
„O regină este cea mai fericită din lume"
"Holy father, please make me a queen"
„Sfinte Părinte, te rog să mă faci regină"
"Silly child," answered the Rishi.
„Copil prostuț", a răspuns Rishi-ul.
"How can I make you a queen!"
„Cum aș putea să te fac regină!"
"Where can I get a kingdom for you!"
„De unde aș putea să-ți găsesc o împărăție?"
"Where would I find a royal husband!"
„Unde aș putea găsi un soț regal?"
But the Rishi was still patient.
Dar Rishi a avut totuși răbdare.
"There is one thing I can do for you"
„Există un lucru pe care îl pot face pentru tine"
"I can change you into a beautiful girl"
„Te pot transforma într-o fată frumoasă"
"You will be as beautiful as a queen"
„Vei fi frumoasă ca o regină"
"You will possess all the charms you need"
„Vei avea toate farmecele de care ai nevoie"
"Your charms can captivate a prince's heart"
„Farmecele tale pot captiva inima unui prinț"
"But you must wait for what the gods decide"
„Dar trebuie să aștepți ce vor decide zeii"
"They will grant you an interview"
„Îți vor acorda un interviu "
"Tou will have your chance with a prince!"
„Vei avea șansa ta cu un prinț!"
Our elephant agreed to the change.
Elefantul nostru a fost de acord cu schimbarea.
The beast was transformed by the Rishi.

Fiara a fost transformată de Rishi.
And now she was a beautiful young lady.
Și acum era o tânără domnișoară frumoasă.
The holy sage named her Postomani.
Sfântul înțelept a numit-o Postomani.
Her name meant 'the poppy-seed lady'.
Numele ei însemna „doamna cu semințe de mac".

Postomani lived in the Rishi's hut.
Postomani locuia în coliba Rishi-ului.
She spent her time tending the flowers.
Ea își petrecea timpul îngrijind florile.
And she watered the plants in the garden.
Și a udat plantele din grădină.
One day she was sitting at the hut.
Într-o zi, ea stătea la colibă.
The Rishi was at the holy Ganges.
Rishi-ul se afla la sfântul Gange.
A richly dressed man came towards the cottage.
Un bărbat bogat îmbrăcat a venit spre căsuță.
She stood up to welcome the man.
Ea s-a ridicat în picioare să-l întâmpine pe bărbat.
And she asked the stranger who he was.
Și l-a întrebat pe străin cine este.
"What have you come for?" she asked.
„Ce ai făcut?", a întrebat ea.
"I have been on a hunt"
„Am fost la vânătoare"
"But we chased the deer in vain"
„Dar am urmărit căprioarele în zadar"
"Now I am thirsty from the heat"
„Acum mi-e sete de căldură"
"I thought that a Rishi lives here"
„Credeam că aici locuiește un Rishi"
"I had come to ask him for water"
„Venisem să-i cer apă"
"But now I see you live here"

„Dar acum văd că locuiești aici"
Postomani answered the stranger.
Postomani i-a răspuns străinului.
"Look upon this hut as your own"
„Consideră această colibă ca fiind a ta"
"I am sorry, but we are poor"
„Îmi pare rău, dar suntem săraci"
"We cannot offer you any entertainment"
„Nu vă putem oferi niciun fel de divertisment"
"But let me make your visit comfortable"
„Dar permite-mi să-ți fac vizita confortabilă"
"Because, I believe you are a king"
„Pentru că cred că ești rege"
"If I am not mistaken," she added.
„Dacă nu mă înșel", a adăugat ea.
The stranger smiled in recognition.
Străinul a zâmbit în semn de recunoaștere.

Postomani then brought a pot of water.
Postomani a adus apoi o oală cu apă.
She went to wash her royal guest's feet.
S-a dus să-i spele picioarele oaspetelui ei regal.
But the visitor did not let her do this.
Dar vizitatorul nu a lăsat-o să facă asta.
"Holy maid, do not touch my feet"
„Sfântă fecioară, nu-mi atinge picioarele"
"I am only a Kshatriya," he confessed.
„Sunt doar un kshatriya", a mărturisit el.
"And you are the daughter of a holy sage"
„Și tu ești fiica unui înțelept sfânt"
"Noble sir;" Postomani begun to confess.
„Nobile domnule", începu Postomani să mărturisească.
"I am not the daughter of the Rishi"
„Nu sunt fiica lui Rishi"
"And am I not a Brahmani girl either"
„Și nu sunt eu o fată brahmani"
"There is no harm in me touching your feet"

„Nu e niciun rău dacă îți ating picioarele"
"Besides, you are my guest"
„În plus, ești oaspetele meu"
"And I am bound to wash your feet"
„Și sunt obligat să vă spăl picioarele"
"Forgive my impertinence," the king wished.
„Iartă-mi impertinența", și-a dorit regele.
"What caste do you belong to?" he asked.
„Ce castă aparții?", a întrebat el.
"I only know what the sage told me"
„Știu doar ce mi-a spus înțeleptul"
"I heard my parents were Kshatriyas"
„Am auzit că părinții mei erau kshatriya"
The stranger wanted to know more.
Străinul voia să afle mai multe.
"May I ask whether your father was a king!"
„Pot să întreb dacă tatăl dumneavoastră a fost rege?"
"You have an uncommon beauty," he said.
„Ai o frumusețe neobișnuită", a spus el.
"And you possess a stately demeanor"
„Și ai o înfățișare impunătoare"
"These qualities cannot be worked for"
„Nu se poate lucra pentru aceste calități"
"It shows that you were born a princess"
„Arată că te-ai născut prințesă"
Postomani avoided answering the question.
Postomani a evitat să răspundă la întrebare.
Instead she went inside the hut.
În schimb, ea a intrat în colibă.
She brought out a tray of delicious fruits.
Ea a adus o tavă cu fructe delicioase.
And she set the fruits before the king.
Și ea a pus fructele înaintea regelui.
The king, however, did not touch the fruits.
Regele, însă, nu s-a atins de fructe.
He waited until his question was answered.
A așteptat până când întrebarea lui a primit răspuns.

"I only know what the holy sage says"
„Ştiu doar ce spune sfântul înţelept"
"He says that my father was a king"
„El spune că tatăl meu a fost rege"
"But he was overcome in a battle"
„Dar a fost învins într-o luptă"
"So he, with my mother, fled into the woods"
„Aşa că el, împreună cu mama mea, au fugit în pădure"
"My poor father was eaten by a tiger"
„Săracul meu tată a fost mâncat de un tigru"
"My mother closed her eyes as I opened mine"
„Mama a închis ochii când eu mi-am deschis"
"There was a bee-hive on the tree"
„În copac era un stup de albine"
"I lay at the foot of that tree"
„M-am întins la poalele acelui copac"
"Drops of honey fell into my mouth"
„Picături de miere mi-au căzut în gură"
"The honey maintained the spark inside me"
„Mierea a întreţinut scânteia din mine"
"And then the kind Rishi found me"
„Şi apoi m-a găsit Rishi cel amabil."
"The holy sage brought me into his hut"
„Sfântul înţelept m-a adus în coliba lui"
"This is the simple story of this wretched girl"
„Aceasta este povestea simplă a acestei fete nefericite"
"The girl who now stands before the king"
„Fata care stă acum înaintea regelui"
"Call not yourself wretched," replied the king.
„Nu te numi nefericit", a răspuns regele.
"You are the most beautiful of women"
„Eşti cea mai frumoasă dintre femei"
"And you are the loveliest of women"
„Şi tu eşti cea mai frumoasă dintre femei"
"You would adorn the grandest palaces"
„Ai împodobi cele mai grandioase palate"

Postomani had gotten her interview.
Postomani obținuse interviul.
She fell in love with the king.
Ea s-a îndrăgostit de rege.
And the king fell in love with her.
Și regele s-a îndrăgostit de ea.
The Rishi joined them in marriage.
Rishi i-a unit în căsătorie.
Postomani became the king's favourite queen.
Postomani a devenit regina favorită a regelui.
And the former queen was in disgrace.
Și fosta regină era în dizgrație.
But Postomani's happiness was short-lived.
Dar fericirea lui Postomani a fost de scurtă durată.
One day as she was standing by a well.
Într-o zi, pe când stătea lângă o fântână.
She was overcome by a moment of giddiness.
A fost cuprinsă de o clipă de amețeală.
Fortune had her fall into the water.
Norocul a făcut-o să cadă în apă.
And she died in the water of the well.
Și ea a murit în apa fântânii.
The Rishi then came to the king.
Rishi a venit apoi la rege.
"O king, grieve not over the past"
„O, rege, nu te întrista pentru trecut"
"What is fixed by fate must come to pass"
„Ceea ce este hotărât de soartă trebuie să se întâmple"
"The queen drowned in your well"
„Regina s-a înecat în fântâna ta"
"But she was not of royal blood"
„Dar ea nu era de sânge regal"
"She was born to a family of mice"
„S-a născut într-o familie de șoareci"
"Each evening she came to my hut"
„În fiecare seară venea la coliba mea"
"And I gave her the power of speech"

„Și i-am dat puterea de a vorbi"
"With speech she could express her wishes"
„Prin vorbire își putea exprima dorințele"
"I changed her according to her wishes"
„Am schimbat-o după dorințele ei"
"As a mouse she feared the cat"
„Ca un șoarece, se temea de pisică"
"And so I changed her into a cat"
„Și așa am transformat-o într-o pisică"
"As a cat she feared the dogs"
„Ca pisică, se temea de câini "
"And so I changed her into a dog"
„Și așa am transformat-o într-un câine"
"As a dog she had not enough to eat"
„Ca și câine, nu avea suficientă mâncare"
"And so I changed her into a monkey"
„Și așa am transformat-o într-o maimuță"
"As a monkey she couldn't bear the heat"
„Ca maimuță, nu a suportat căldura"
"And so I changed her into a wild boar"
„Și așa am transformat-o într-un mistreț"
"As a boar her life was not safe"
„Ca mistreț, viața ei nu era în siguranță"
"And so I changed her into an elephant"
„Și așa am transformat-o într-un elefant"
"That was the elephant you caught"
„Ăla era elefantul pe care l-ai prins."
"But as an elephant she was not loved"
„Dar ca elefant, ea nu a fost iubită"
"And so I changed her one last time"
„Și așa am schimbat-o pentru ultima dată"
"I changed her into a beautiful girl"
„Am transformat-o într-o fată frumoasă"
"That is the girl that you married"
„Aceasta este fata cu care te-ai căsătorit"
"And that is the girl that drowned"
„Și aceea este fata care s-a înecat"

"Take into favor your former queen"

„Ia-ți în grație fosta regină"

"And don't worry for my daughter"

„Și nu-ți face griji pentru fiica mea"

"I will make her name immortal"

„Îi voi face numele nemuritor"

"Let her body remain in the well"

„Lăsați trupul ei să rămână în fântână"

"Fill the well up with earth"

„Umpleți fântâna cu pământ"

"In her flesh there is a seed"

„În trupul ei este o sămânță"

"From her bones a tree will grow"

„Din oasele ei va crește un copac"

"We will name this tree after her"

„Vom numi acest copac după ea"

"The tree shall be called 'Posto'"

„Copacul se va numi «Posto»"

"This means 'the Poppy tree'"

„Aceasta înseamnă «Macul»"

"From this tree there will come a drug"

„Din acest copac va ieși un drog"

"This drug will be called opium"

„Acest drog se va numi opiu"

"Opium will be a powerful drug"

„Opiul va fi un drog puternic"

"People will consume opium in every epoch"

„Oamenii vor consuma opiu în fiecare epocă"

"Opium will either be swallowed or smoked"

„Opiul fie va fi înghițit, fie va fi fumat"

"And opium will be a wonderful narcotic"

„Și opiul va fi un narcotic minunat"

"Opium will be used till the end of time"

„Opiul va fi folosit până la sfârșitul timpurilor"

"You will recognize the opium smoker"

„Vei recunoaște fumătorul de opiu"

"He will have many different qualities"

„Va avea multe calități diferite"
"One quality for each of the animals"
„O calitate pentru fiecare animal"
"The animals which Postomani had lived as"
„Animalele în care trălseră Postomani"
"He will be mischievous, like a mouse"
„Va fi năzdrăvan, ca un șoarece"
"He will be fond of milk, like a cat"
„Îi va plăcea laptele, ca unei pisici."
"He will be quarrelsome, like a dog"
„Va fi certăreț ca un câine"
"He will be filthy, like a monkey"
„Va fi murdar, ca o maimuță"
"He will be savage, like a boar"
„Va fi sălbatic, ca un mistreț"
"He will be confident, like an elephant"
„Va fi încrezător, ca un elefant"
"And he will be high-tempered, like a queen"
„Și va fi mânios, ca o regină"

Strike, but Listen First
Loveşte, dar ascultă mai întâi

There was once a king who had three sons.
A fost odată un rege care avea trei fii.
His royal subjects came to him one day and said;
Supuşii săi regali au venit la el într-o zi şi i-au spus:
"Oh incarnation of justice! hear our plea"
„O, întruchipare a dreptăţii! ascultă-ne rugămintea"
"The kingdom is infested with thieves and robbers"
„Împărăţia este infestată de hoţi şi tâlhari"
"Our property is not safe from their thievery"
„Proprietatea noastră nu este în siguranţă de furtul lor"
"We pray your majesty to catch hold of these thieves"
„Ne rugăm Majestatea Voastră să-i prindă pe aceşti hoţi"
"We beg you punish them to the full extent of the law"
„Vă rugăm să-i pedepsiţi cu toată legea"
The king said to his sons, "Oh, my sons, I am old"
Regele le-a spus fiilor săi: „O, fiii mei, am bătrânit"
"But you are all in the prime of manhood"
„Dar sunteţi cu toţii în floarea bărbăţiei"
"How is it that my kingdom is full of thieves?"
„Cum se face că regatul meu este plin de hoţi?"
"I look to you to catch hold of these thieves"
„Aştept ca tu să-i prinzi pe aceşti hoţi"
The three princes then made up their minds.
Cei trei prinţi s-au hotărât atunci.
They were going to patrol the city every night.
Aveau de gând să patruleze oraşul în fiecare noapte.
They set up a watch out in the outskirts of the city.
Au instalat un punct de pază la periferia oraşului.
The early part of the night had arrived.
Sosise prima parte a nopţii.
So the eldest prince took on his duties.
Aşa că cel mai în vârstă prinţ şi-a asumat îndatoririle.
He rode upon his horse through the whole city.
A călărit pe calul său prin tot oraşul.

But did not see a single thief anywhere he looked.
Dar nu a văzut niciun hoț nicăieri unde s-a uitat.
He came back to the policing station.
S-a întors la secția de poliție.
The middle part of the night had arrived.
Sosise mijlocul nopții.
So the second prince took on his duties.
Așa că al doilea prinț și-a asumat îndatoririle.
And he too rode through every part of the city.
Și el a călătorit prin fiecare colț al orașului.
But he did not see or hear of a single thief.
Dar nu a văzut și nu a auzit de niciun hoț.
He came also back to the policing station.
S-a întors și el la secția de poliție.
The latter part of the night had arrived.
Ultima parte a nopții sosise.
So the youngest prince took on his duties.
Așa că cel mai tânăr prinț și-a asumat îndatoririle.
He went near the gate of his father's palace.
S-a dus aproape de poarta palatului tatălui său.
There he saw a beautiful woman leaving the palace.
Acolo a văzut o femeie frumoasă ieșind din palat.
The prince asked the woman, "who are you?"
Prințul a întrebat-o pe femeie: „Cine ești?"
"Where are you going at this hour of the night?"
„Unde te duci la ora asta din noapte?"
The woman answered the young prince.
Femeia i-a răspuns tânărului prinț.
"I am Rajlakshmi, the guardian deity of this palace"
„Sunt Rajlakshmi, zeitatea păzitoare a acestui palat."
"The king will be killed this night"
„Regele va fi ucis în noaptea aceasta"
"I am therefore not needed here"
„Prin urmare, nu sunt necesar aici"
"And that is why I am going away"
„Și de aceea plec"
The prince did not know what to make of this message.

Prințul nu știa ce să înțeleagă din acest mesaj.

After a moment's reflection he said to the goddess;

După o clipă de reflecție, i-a spus zeiței;

"But, suppose the king is not killed tonight"

„Dar, să presupunem că regele nu este ucis în seara asta"

"Have you any objection to return to the palace?"

„Aveți vreo obiecție să vă întoarceți la palat?"

"I have no objection," replied the goddess.

„Nu am nicio obiecție", a răspuns zeița.

The prince then begged the goddess to go back.

Prințul a implorat apoi zeița să se întoarcă.

And he promised to do his best to protect the king.

Și a promis că va face tot posibilul să-l protejeze pe rege.

Then the goddess entered the palace again.

Apoi zeița a intrat din nou în palat.

Within a moment she disappeared into the palace.

Într-o clipă, ea a dispărut în palat.

The prince went straight into the palace too.

Prințul a intrat și el direct în palat.

And he went into the bedroom of his royal father.

Și a intrat în dormitorul tatălui său regal.

There his father lay immersed in deep sleep.

Acolo, tatăl său zăcea cufundat într-un somn adânc.

The king had a second, younger wife.

Regele a avut o a doua soție, mai tânără.

This woman was the stepmother of our prince.

Această femeie a fost mama vitregă a prințului nostru.

She was sleeping in another bed in the room.

Ea dormea într-un alt pat în cameră.

There was a light that was burning dimly.

Era o lumină care ardea slab.

But then the prince saw something that surprised him!

Dar apoi prințul a văzut ceva care l-a surprins!

A huge cobra going round and round the golden bedstead.

O cobră uriașă se învârtea în jurul patului auriu.

The bedstead on which his father was sleeping.

Patul pe care dormea tatăl său.
The prince with his sword cut the serpent in two.
Prințul cu sabia sa a tăiat șarpele în două.
But he was not satisfied with killing the cobra.
Dar nu s-a mulțumit să ucidă cobra.
So he cut the cobra up into a hundred pieces.
Așa că a tăiat cobra în o sută de bucăți.
And he put the pieces of the cobra inside a pan.
Și a pus bucățile de cobre într-o tigaie.
But while cutting the cobra a misfortune happened.
Dar în timp ce tăia cobra, s-a întâmplat o nenorocire.
A drop of blood fell on the breast of his stepmother.
O picătură de sânge a căzut pe sânul mamei sale vitrege.
The prince was in great distress by what had happened.
Prințul era foarte îndurerat din cauza celor întâmplate.
"I have saved my father, but killed my stepmother"
„Mi-am salvat tatăl, dar mi-am ucis mama vitregă"
How could he remove the drop of blood from her breast?
Cum a putut să-i scoată picătura de sânge de pe sân?
He wrapped round his tongue a piece of cloth sevenfold.
Și-a înfășurat în jurul limbii o bucată de pânză de șapte ori.
And with the cloth he licked up the drop of blood.
Și cu cârpa a lins picătura de sânge.
But his stepmother's sleep was not so deep.
Dar somnul mamei sale vitrege nu a fost chiar atât de adânc.
And in his attempt to save her he awoke her.
Și în încercarea sa de a o salva, a trezit-o.
When opening her eyes she saw it was her stepson.
Când a deschis ochii, a văzut că era fiul ei vitreg.
The young prince rushed out of the room.
Tânărul prinț a ieșit în grabă din cameră.
The queen, hated her stepson, the youngest prince.
Regina își ura fiul vitreg, cel mai tânăr prinț.
And she had every intention to ruin his reputation.
Și avea toată intenția să-i strice reputația.
She called out to her husband, "My lord, my lord"
Ea l-a strigat pe soțul ei: „Domnul meu, domnul meu"

"Are you awake? are you awake? Rouse yourself up"
„Ești treaz? Ești treaz? Trezește-te"
"Here is a nice piece of news for you"
„Iată o veste bună pentru tine"
The king on awaking inquired what the matter was.
Regele, când s-a trezit, a întrebat ce se întâmplase.
"What the matter is, my lord, let me tell you"
„Ce s-a întâmplat, domnul meu, permiteți-mi să vă spun"
"Your worthy son was just here in this room"
„Venit fiul dumneavoastră tocmai a fost aici, în această cameră."
"The youngest prince, of whom you speak so highly"
„Cel mai tânăr prinț, despre care vorbești atât de bine"
"I caught him in the act of touching my breast"
„L-am surprins în timp ce îmi atingea sânul"
"I don't doubt he came with wicked intents"
„Nu mă îndoiesc că a venit cu intenții rele"
The king was horror-struck by what he heard.
Regele a fost îngrozit de cele ce a auzit.
The prince went back to where his brothers kept watch.
Prințul s-a întors la locul unde frații săi făceau de pază.
But he told them nothing of what had happened.
Dar nu le-a spus nimic din ce se întâmplase.

Early in the morning the king called his eldest son.
Dis-de-dimineață, regele și-a chemat fiul cel mare.
"I entrust my life and my honor to men"
„Îmi încredințez viața și onoarea mea oamenilor"
"But what if one of these men prove faithless?
„Dar ce se întâmplă dacă unul dintre acești oameni se dovedește necredincios?"
"How should such a man be punished?"
„Cum ar trebui pedepsit un astfel de om?"
The eldest prince replied to his father, the king.
Cel mai în vârstă prinț i-a răspuns tatălui său, regele.
"Doubtless such a man's head should be cut off"
„Fără îndoială, unui astfel de om ar trebui să i se taie capul"

"But first you should establish the facts"

„Dar mai întâi ar trebui să stabiliți faptele"

"You must see whether the man is really faithless"

„Trebuie să vezi dacă omul este cu adevărat necredincios"

"What do you mean?" Inquired the king.

„Ce vrei să spui?", a întrebat regele.

"Let your majesty be pleased to listen"

„Majestatea Voastră să asculte cu plăcere"

Once upon on a time there lived a goldsmith.

A fost odată ca niciodată un bijutier.

This goldsmith had a son who had a wife.

Acest bijutier avea un fiu care avea o soție.

His wife had the rare faculty of understanding beasts.

Soția lui avea rara facultate de a înțelege animalele.

But she never told anyone about her uncommon gift.

Dar nu a povestit niciodată nimănui despre darul ei
neobișnuit.

Not even her husband knew she could understand animals.

Nici măcar soțul ei nu știa că poate înțelege animalele.

One night she was lying in bed beside her husband.

Într-o noapte, ea stătea întinsă în pat lângă soțul ei.

From the river by their house she heard a jackal howl.

Dinspre râul de lângă casa lor, a auzit un urlet de șacal.

"There goes a carcass floating on the river"

„Uite o carcasă plutind pe râu"

"There's a diamond ring on the dead man's finger"

„Există un inel cu diamant pe degetul mortului"

"Will anyone take the ring and give me the corpse?"

„Vrea cineva să ia inelul și să-mi dea cadavrul?"

The woman understood the jackal's language.

Femeia a înțeles limba șacalului.

She got up from bed and went to the river-side.

S-a ridicat din pat și s-a dus pe malul râului.

The husband had not been in deep sleep.

Soțul nu dormise adânc.

So with his wife's movements he woke up too.

Așa că odată cu mișcările soției sale s-a trezit și el.

And he followed his wife to see where she went.
Și și-a urmat soția ca să vadă unde se duce.
But he kept his distance, so that he could observe her.
Dar a păstrat distanța, ca să o poată observa.
The woman went into the water next to their house.
Femeia a intrat în apa de lângă casa lor.
She tugged the floating corpse towards the shore.
Ea a tras cadavrul plutitor spre țărm.
And she saw the diamond ring on the finger.
Și a văzut inelul cu diamant pe deget.
She was unable to loosen the ring with her hand.
Nu a putut slăbi inelul cu mâna.
Because the fingers of the dead body had swelled.
Pentru că degetele cadavrului se umflaseră.
So she bit off the finger with her teeth.
Așa că a mușcat degetul cu dinții.
And she put the dead body upon land, for the jackal.
Și ea a pus trupul neînsuflețit pe uscat, pentru șacal.
Then she returned to bed, where her husband already was.
Apoi s-a întors în pat, unde era deja soțul ei.
The young goldsmith lay almost petrified with fear.
Tânărul aurar zăcea aproape împietrit de frică.
He was convinced he was lying next to a Rakshasi.
Era convins că zăcea lângă un Rakshasi.
He spent the rest of the night tossing in his bed.
Și-a petrecut restul nopții zvârcolindu-se în pat.
And early in the morning spoke to his father.
Și dis-de-dimineață a vorbit cu tatăl său.
"The woman thou hast given me is not a real woman"
„Femeia pe care mi-ai dat-o nu este femeie adevărată"
"The woman thou hast given me to wife is a Rakshasi"
„Femeia pe care mi-ai dat-o de soție este o Rakshasi"
"Last night I was lying in bed with her"
„Aseară stăteam în pat cu ea"
"By the river I heard the howl of a jackal"
„Lângă râu am auzit urletul unui șacal"
"My wife too, heard the howl of the jackal"

„Şi soţia mea a auzit urletul şacalului”
"Thinking I was asleep; she went towards the howl"
„Crezând că dorm; s-a îndreptat spre urlet”
"I was surprised to see her go out of bed alone"
„Am fost surprins să o văd dându-se jos singură din pat”
"Suspecting some sort of evil, I followed her outside"
„Bănuind un fel de rău, am urmat-o afară”
"But she could not see that I had followed her"
„Dar ea nu putea vedea că am urmărit-o”
"What did she do, do you think? O horror of horrors!"
„Ce crezi că a făcut? O, oroarea ororilor!”
"From the stream she dragged a dead body out"
„Din pârâu a scos un cadavru”
"And what do you think she did with the dead body?"
„Şi ce crezi că a făcut cu cadavrul?”
"She wasted no time devouring the dead man!"
„N-a pierdut niciun moment şi l-a devorat pe mort!”
"All this I had the misfortune to see with my own eyes"
„Toate acestea am avut ghinionul să le văd cu ochii mei”
"While she feasted on the carcass I went back to bed"
„În timp ce ea se ospăta cu carcasa, m-am întors la culcare.”
"In a few minutes she also returned to bed"
„În câteva minute s-a întors şi ea în pat”
"She bolted the door shut, and lay beside me"
„A zăvorât uşa şi s-a întins lângă mine”
"Oh my father, how can I live with a Rakshasi?"
„O, tată, cum aş putea trăi cu un Rakshasi?”
"She will certainly kill me and eat me up one night"
„Cu siguranţă mă va ucide şi mă va mânca într-o noapte”
You can imagine the shock of the old goldsmith.
Vă puteţi imagina şocul bătrânului bijutier.
Both father and son agreed about what should be done.
Atât tatăl, cât şi fiul au fost de acord asupra a ceea ce trebuia făcut.
The woman should be taken deep into the forest.
Femeia ar trebui dusă adânc în pădure.
And she should be left for wild beasts to devoured.

Și ea ar trebui lăsată pentru ca fiarele sălbatice să o mănânce.
Accordingly, the young goldsmith spoke to his wife.
Prin urmare, tânărul bijutier i-a vorbit soției sale.
"My dear love," he said to his wife.
„Draga mea iubire", i-a spus el soției sale.
"You had better not cook much this morning"
„Mai bine nu gătești prea mult în dimineața asta"
"Boil a little rice and burn a brinjal"
„Fierbe puțin orez și arde o mănâncă"
"Because today we are going to see your parents"
„Pentru că astăzi mergem să-i vedem pe părinții tăi"
"Your mother and father are dying to see you"
„Mama și tatăl tău mor să te vadă"
The woman was full of joy at the unexpected news.
Femeia a fost plină de bucurie la auzul veștii neașteptate.
She loved returning to her father's house.
Îi plăcea să se întoarcă la casa tatălui ei.
And she finished the cooking in no time.
Și a terminat de gătit într-o clipă.
The husband and wife snatched a hasty breakfast.
Soțul și soția au luat un mic dejun în grabă.
And soon after breakfast they started their journey.
Și la scurt timp după micul dejun și-au început călătoria.
The way to her father's house was through dense jungle.
Drumul spre casa tatălui ei era printr-o junglă densă.
It was the perfect place to abandon his wife.
Era locul perfect pentru a-și abandona soția.
She was bound to be eaten up by wild beasts there.
Era sortită să fie mâncată de fiarele sălbatice acolo.
But while they were walking the woman heard a snake.
Dar în timp ce mergeau, femeia a auzit un șarpe.
"Oh passer-by, in yonder hole there is a frog"
„O, trecătore, în gaura aceea e o broască"
"How thankful I would be if you caught the frog"
„Cât de recunoscător aș fi dacă ai prinde broasca"
"And the hole is full of gold and precious stones"
„Și gaura e plină de aur și pietre prețioase"

"Give me the frog, and take the treasure for yourself"
„Dă-mi broasca și ia comoara pentru tine"
The woman forthwith went to the frog's hole.
Femeia s-a dus imediat la vizuina broaștei.
And she began digging the hole with a stick.
Și a început să sape groapa cu un băț.
The young goldsmith was now quaking with fear.
Tânărul aurar tremura acum de frică.
He thought his Rakshasi-wife was about to kill him.
El a crezut că soția lui, Rakshasi, era pe cale să-l omoare.
And then his wife called for him to help her.
Și atunci soția lui l-a chemat să o ajute.
"Take all this gold and these precious stones"
„Luați tot acest auru și aceste pietre prețioase"
The goldsmith did not understand her request.
Aurarul nu a înțeles cererea ei.
Timidly he went to where she had dug the hole.
Timid, s-a dus la locul unde săpase ea groapa.
But he was infinitely surprised by what he saw.
Dar a fost infinit surprins de ceea ce a văzut.
The hole was full of gold and precious stones.
Gaura era plină de aur și pietre prețioase.
"How did you know there was a treasure here?"
„De unde ai știut că există o comoară aici?"
And finally his wife told him of her gift.
Și în cele din urmă, soția lui i-a povestit despre darul ei.
"I can understand all the beasts in the forest"
„Pot înțelege toate fiarele din pădure"
"Just over there, there is a snake coiled up"
„Chiar acolo, este un șarpe încolăcit"
"She had told me there was a treasure here"
„Îmi spusese că există o comoară aici"
The husband now felt very blessed with his wife.
Soțul se simțea acum foarte binecuvântat alături de soția sa.
"My love, it has gotten very late today"
„Draga mea, s-a făcut foarte târziu azi"
"I don't think we will reach your father's house"

„Nu cred că vom ajunge la casa tatălui tău"
"Nightfall will catch us before we get there"
„Noaptea ne va prinde înainte să ajungem acolo"
"If we stay we might be devoured by wild beasts"
„Dacă rămânem, am putea fi devorați de fiare sălbatice"
"I propose therefore that we both return home"
„Propun, așadar, să ne întoarcem amândoi acasă"
You can imagine the wife's disappointment.
Vă puteți imagina dezamăgirea soției.
But she agreed with her husband's assessment.
Dar ea a fost de acord cu evaluarea soțului ei.
It took them a long time to reach home.
Le-a luat mult timp să ajungă acasă.
They were laden with a large quantity of gold.
Erau încărcați cu o mare cantitate de aur.
And they were carrying many precious stones.
Și cărau multe pietre prețioase.
But eventually the got close to their home.
Dar, în cele din urmă, au ajuns aproape de casa lor.
"My dear, go by the back door," said the goldsmith.
„Draga mea, intră pe ușa din spate", a spus aurarul.
"I will go by the front door and see my father"
„Mă voi duce pe ușa din față și îl voi vedea pe tatăl meu"
"And I will show him all this treasure"
„Și îi voi arăta toată această comoară"
So she entered the house by the back door.
Așa că a intrat în casă pe ușa din spate.
But the old goldsmith had reason to be there too.
Dar bătrânul aurar avea și el motive să fie acolo.
He had gone there to collect a hammer.
Se dusese acolo să ia un ciocan.
The old goldsmith saw his Rakshasi daughter-in-law.
Bătrânul aurar și-a văzut nora Rakshasi.
He concluded she had swallowed up his son.
El a tras concluzia că ea i-a înghițit fiul.
And he therefore struck her with the hammer.
Și de aceea a lovit-o cu ciocanul.

The blow immediately killed his daughter-in-law.
Lovitura a ucis-o imediat pe nora sa.
At that moment the son came into the house.
În acel moment, fiul a intrat în casă.
But it was too late for him to explain.
Dar era prea târziu pentru el să mai explice.
And so the eldest prince's story concluded.
Și astfel s-a încheiat povestea celui mai mare prinț.
"You might have to cut a man's head off"
„S-ar putea să fie nevoie să-i tai capul unui om"
"But first you should establish the facts"
„Dar mai întâi ar trebui să stabiliți faptele"
"You must see whether the man is really faithless"
„Trebuie să vezi dacă omul este cu adevărat necredincios"

The king then called his second son to him.
Regele l-a chemat apoi pe al doilea fiu al său.
"I entrust my life and my honor to men"
„Îmi încredințez viața și onoarea mea oamenilor "
"But what if one of these men prove faithless?
„Dar ce se întâmplă dacă unul dintre acești oameni se
dovedește necredincios?"
"How should such a man be punished?"
„Cum ar trebui pedepsit un astfel de om?"
The second prince replied to his father, the king.
Al doilea prinț i-a răspuns tatălui său, regele.
"Doubtless such a man's head should be cut off"
„Fără îndoială, unui astfel de om ar trebui să i se taie capul"
"But first you should establish the facts"
„Dar mai întâi ar trebui să stabiliți faptele"
"What do you mean?" inquired the king.
„Ce vrei să spui?", a întrebat regele.
"Let your majesty be pleased to listen"
„Majestatea Voastră să asculte cu plăcere"
Once upon a time there reigned a king.
A fost odată ca niciodată un rege.
This king was very fond of going out hunting.

Acestui rege îi plăcea foarte mult să meargă la vânătoare.
One day his horse took him into a dense forest.
Într-o zi, calul său l-a dus într-o pădure deasă.
He went far from his followers, deep into the woods.
S-a dus departe de adepții săi, adânc în pădure.
He rode on and on through the endless, quiet forest.
A călărit tot mai departe prin pădurea nesfârșită și liniștită.
He saw neither villages nor towns, only trees.
Nu a văzut nici sate, nici orașe, doar copaci.
On the long, lonely journey he became very thirsty.
În lunga și singuratica călătorie i s-a făcut foarte sete.
He could see no pond, nor lake, nor stream.
Nu putea vedea niciun iaz, nici lac, nici pârâu.
But then he saw something dripping from a tree.
Dar apoi a văzut ceva picurând dintr-un copac.
He concluded it was rainwater resting in a cavity.
El a concluzionat că era apă de ploaie care se odihnea într-o cavitate.
He stood on horseback beneath the tree, cup in hand.
Stătea călare sub copac, cu ceașca în mână.
He caught the drops slowly dripping into the small cup.
A prins picăturile care se scurgeau încet în ceașca mică.
The water, however, was not rain from the sky.
Apa, însă, nu era ploaie din cer.
A huge cobra sat on top of the tall tree.
O cobră uriașă stătea în vârful copacului înalt.
The snake had struck the tree in rage with its sharp fangs.
Șarpele lovise copacul, furios, cu colții săi ascuțiți.
The snake's poison came out and fell downward in heavy drops.
Otrava șarpelui a ieșit și a căzut în picături grele.
The king thought the falling liquid was simple rainwater.
Regele a crezut că lichidul care cădea era simplă apă de ploaie.
The horse sensed the danger and tried to warn him.
Calul a simțit pericolul și a încercat să-l avertizeze.
The cup was nearly filled with the deadly snake-poison.
Cupa era aproape umplută cu otrava mortală de șarpe.

The king raised the cup and prepared to drink.
Regele a ridicat cupa și s-a pregătit să bea.
But the horse moved wildly, with the king on its back.
Dar calul se mișca sălbatic, cu regele pe spate.
The cup fell from his hand, and the poison spilled.
Cupa i-a căzut din mână, iar otrava s-a vărsat.
The king became angry and struck the horse's neck.
Regele s-a înfuriat și a lovit calul în gât.
The blow from the sword immediately killed his horse.
Lovitura de sabie i-a ucis imediat calul.
And so the second prince's story concluded.
Și astfel s-a încheiat povestea celui de-al doilea prinț.
"You might have to cut a man's head off"
„S-ar putea să fie nevoie să-i tai capul unui om"
"But first you should establish the facts"
„Dar mai întâi ar trebui să stabiliți faptele"
"You must see whether the man is really faithless"
„Trebuie să vezi dacă omul este cu adevărat necredincios"

The king then called to him his third youngest son.
Regele l-a chemat apoi la el pe al treilea fiu al său cel mic.
"I entrust my life and my honor to men"
„Îmi încredințez viața și onoarea mea oamenilor"
"But what if one of these men prove faithless?
„Dar ce se întâmplă dacă unul dintre acești oameni se
dovedește necredincios?"
"How should such a man be punished?"
„Cum ar trebui pedepsit un astfel de om?"
"Doubtless such a man's head should be cut off"
„Fără îndoială, unui astfel de om ar trebui să i se taie capul"
"But first you should establish the facts"
„Dar mai întâi ar trebui să stabiliți faptele"
"What do you mean?" inquired the king.
„Ce vrei să spui?", a întrebat regele.
"Let your majesty be pleased to listen"
„Majestatea Voastră să asculte cu plăcere"
Once long ago there reigned a wise and noble king.

A fost odată, cu mult timp în urmă, un rege înțelept și nobil.
In his palace he kept a bird of Suka species.
În palatul său ținea o pasăre din specia Suka.
One day the bird went out flying into the fields.
Într-o zi, pasărea a zburat pe câmp.
There he saw his father and mother calling from above.
Acolo și-a văzut tatăl și mama strigând de sus.
They asked him to come visit them in their nest.
L-au rugat să vină să-i viziteze în cuibul lor.
The nest was far away in a distant hidden land.
Cuibul era departe, într-un ținut îndepărtat și ascuns.
The Suka said, "I'll come if I get king's leave"
Suka a spus: „Voi veni dacă primesc permisiunea regelui".
"I'll speak to the king today and return tomorrow"
„Voi vorbi cu regele astăzi și mă voi întoarce mâine"
"Please wait at this same spot in the morning"
„Vă rog să așteptați în același loc mâine dimineață"
That very day, Suka spoke with the gentle, kind king.
Chiar în ziua aceea, Suka a vorbit cu regele blând și amabil.
The king gave permission for the bird to leave.
Regele i-a dat permisiunea păsării să plece.
Although he was sad to part with his bird.
Deși era trist să se despartă de pasărea sa.
The next morning, Suka met his parents again.
A doua zi dimineață, Suka și-a întâlnit din nou părinții.
He flew with them to their nest on a tall tree.
A zburat cu ei la cuibul lor dintr-un copac înalt.
The three birds lived together happily in peaceful joy.
Cele trei păsări trăiau împreună fericite, în pace și bucurie.
They stayed like this for a fortnight of lovely days.
Au stat așa două săptămâni de zile minunate.
But even those quiet and pleasant days had to end.
Dar chiar și acele zile liniștite și plăcute trebuiau să se termine.
Suka said, "Beloved parents, the king gave me two weeks"
Suka a spus: „Iubiți părinți, regele mi-a dat două săptămâni"
"That time is now over, so I must return tomorrow"
„Timpul acela s-a terminat, așa că trebuie să mă întorc mâine"

His father and mother agreed and blessed his decision.
Tatăl și mama lui au fost de acord și i-au binecuvântat decizia.
They told him to carry a gift for the king.
I-au spus să ducă un dar pentru rege.
After some talk, they chose some fruit as a gift.
După o scurtă discuție, au ales niște fructe cadou.
The fruit had grown from the Immortality Tree.
Fructul crescuse din Pomul Nemuririi.
Early the next morning, Suka went to the tree.
A doua zi dimineață devreme, Suka s-a dus la copac.
And he plucked a magical glowing fruit.
Și a cules un fruct magic și strălucitor.
He held the fruit gently in his beak, full of care.
Ținea fructul ușor în cioc, plin de grijă.
The fruit was heavy and slowed his swift flying pace.
Fructul era greu și i-a încetinit ritmul rapid de zbor.
He could not reach the city before night arrived.
Nu putea ajunge în oraș înainte de sosirea nopții.
Suka stopped to rest in a tree along the way.
Suka s-a oprit să se odihnească într-un copac pe drum.
He feared the fruit might drop while he slept.
Se temea că fructul ar putea cădea în timp ce dormea.
If he kept the fruit in his beak, it could fall.
Dacă ar ține fructul în cioc, acesta ar putea cădea.
But he saw a hole in the trunk of the tree.
Dar a văzut o gaură în trunchiul copacului.
He placed the fruit safely inside the dark tree.
A așezat fructul în siguranță în interiorul copacului întunecat.
But inside the hole, there lived a poisonous black snake.
Dar în interiorul găurii trăia un șarpe negru veninos.
In the night, the snake bit the fruit with venom.
Noaptea, șarpele a mușcat fructul cu venin.
And the fruit became smeared with deadly poison.
Și fructul a fost mânjit cu otravă mortală.
At dawn Suka took the fruit back in his beak.
În zori, Suka a luat fructul înapoi în cioc.
He flew again on his journey to the king's palace.

A zburat din nou în călătoria sa spre palatul regelui.
As he reached the palace the king was sitting with ministers.
Când a ajuns la palat, regele ședea cu miniștrii.
The king was overjoyed to see Suka return once more.
Regele a fost extrem de bucuros să o vadă pe Suka întorcându-
se încă o dată.
He greatly admired the beautiful, shining fruit gift.
El a admirat foarte mult darul de fructe frumos și strălucitor.
The fruit was lovely to look at and admire.
Fructul a fost încântător de privit și de admirat.
It was the finest fruit found across the earth.
Era cel mai bun fruct găsit pe tot pământul.
And anyone who ate the fruit was granted immortality.
Și oricine a mâncat din fruct a primit nemurirea.
The king was about to eat the beautiful fruit.
Regele era pe punctul de a mânca fructul frumos.
But his ministers warned him the fruit might be poisoned"
Dar miniștrii săi l-au avertizat că fructul ar putea fi otrăvit.
"It would be better to test the fruit before you eat it"
„Ar fi mai bine să testezi fructul înainte să-l mănânci"
He threw the fruit to a crow sitting on the wall.
A aruncat fructul unei ciori care stătea pe zid.
The crow ate from the fruit, and dropped dead instantly.
Corbul a mâncat din fruct și a murit pe loc.
The king, thinking Suka tried to kill him, grew furious.
Regele, crezând că Suka a încercat să-l omoare, s-a înfuriat.
He seized the bird and killed him with his bare hands.
A apucat pasărea și a ucis-o cu mâinile goale.
He ordered the seed to be planted outside the city.
El a poruncit ca sămânța să fie plantată în afara orașului.
The seed became a tree with the same glowing fruit.
Sămânța s-a transformat într-un pom cu același fruct
strălucitor.
The king feared the fruit would bring more death.
Regele se temea că fructul va aduce și mai multă moarte.
So he had the tree fenced off and guarded.
Așa că a împrejmuit și păzit copacul.

There lived in that city an old, poor Brahman man.
În acel oraș trăia un brahman bătrân și sărac.
He and his wife survived only on the town's charity.
El și soția sa au supraviețuit doar din caritatea orașului.
One day the Brahman mourned his long, miserable, life.
Într-o zi, brahmanul și-a jelit viața lungă și mizerabilă.
He said, "Instead of begging, I will eat poison fruit."
El a spus: „În loc să cerșesc, voi mânca fructe otrăvite."
"I'll end my life beneath that deadly tree in silence."
„Îmi voi sfârși viața sub acel copac mortal în tăcere."
That very night, he rose quietly and left his home.
Chiar în noaptea aceea, s-a trezit în liniște și a părăsit casa.
His wife suspected and followed behind in silence.
Soția lui a bănuit și a urmat-o în tăcere.
She had decided to die too, alongside her sad husband.
Și ea hotărâse să moară, alături de soțul ei trist.
She loved him deeply and didn't wish to stay behind.
Îl iubea profund și nu voia să rămână în urmă.
The palace guard was asleep that night, unaware of visitors.
Garda palatului dormea în noaptea aceea, fără să știe de vizitatori.
The Brahman reached the garden and plucked a hanging fruit.
Brahmanul a ajuns în grădină și a cules un fruct atârnător.
He looked at it once and ate the entire fruit.
S-a uitat la el o dată și a mâncat tot fructul.
His wife cried, "If you die, my life becomes nothing"
Soția lui a strigat: „Dacă mori, viața mea devine nimic"
"I will also eat and die here with you now"
„Și eu voi mânca și voi muri aici, cu tine, acum"
So saying she plucked a fruit and ate it.
Zicând acestea, a cules un fruct și l-a mâncat.
They thought the poison would act slowly through the night.
Au crezut că otrava va acționa încet pe parcursul nopții.
So they both went home and quietly lay down in bed.

Așa că amândoi s-au dus acasă și s-au întins liniștiți în pat.
They believed they would never again rise from sleep.
Ei credeau că nu se vor mai trezi niciodată din somn.
To their surprise, they woke up feeling full of life.
Spre surprinderea lor, s-au trezit simțindu-se plini de viață.
Not only were they alive, but they were young again.
Nu numai că erau în viață, dar erau din nou tineri.
And they were strong and had new found energy.
Și erau puternici și aveau o energie nouă.
Neighbors hardly recognized them, so changed they looked.
Vecinii abia i-au recunoscut, atât de schimbați arătau.
The old Brahman was now handsome and full of youth.
Bătrânul brahman era acum frumos și plin de tinerețe.
His grey hair vanished, and had colour again.
Părul său gri a dispărut și a căpătat din nou culoare.
His wrinkled cheeks turned smooth, and his skin shone.
Obrajii lui ridați s-au netezit, iar pielea îi strălucea.
And as for his wife, she became extremely beautiful.
Iar soția lui a devenit extrem de frumoasă.
She looked as beautiful as any lady of the kingdom.
Arăta la fel de frumoasă ca orice doamnă a regatului.
The king heard of their miraculous transformation.
Regele a auzit de transformarea lor miraculoasă.
He asked his guards to send the Brahman to him.
El le-a cerut gărzilor sale să-l trimită pe brahman la el.
And he asked the Brahman the source of his youth.
Și l-a întrebat pe brahman care este sursa tinereții sale.
The Brahman told the king every detail of the story.
Brahmanul i-a povestit regelui fiecare detaliu al poveștii.
The king then wept for his poor, loyal pet bird.
Regele a plâns apoi pentru biata și loiala sa pasăre.
He deeply regretted killing his faithful bird.
A regretat profund că și-a ucis pasărea credincioasă.
And he wished he had known the bird's loyalty.
Și și-ar fi dorit să fi știut loialitatea păsării.
And so the second prince's story concluded.
Și astfel s-a încheiat povestea celui de-al doilea prinț.

"You might have to cut a man's head off"
„S-ar putea să fie nevoie să-i tai capul unui om"
"But first you should establish the facts"
„Dar mai întâi ar trebui să stabiliți faptele"
"You must see whether the man is really faithless"
„Trebuie să vezi dacă omul este cu adevărat necredincios"
"I know Your Majesty suspects me of evil last night"
„Știu că Majestatea Voastră mă suspectează de ceva rău aseară."
"Please allow me to explain myself before punishing me"
„Te rog să-mi permiți să mă explic înainte să mă pedepsești"
"While making rounds I saw a woman leave the palace"
„În timp ce făceam rondul, am văzut o femeie părăsind palatul."
"I stopped her, and she said her name was Rajlakshmi"
„Am oprit-o, iar ea a spus că o cheamă Rajlakshmi."
"She claimed to be the guardian deity of the palace"
„Ea pretindea că este zeitatea păzitoare a palatului"
"She said she was leaving because death was near"
„A spus că pleacă pentru că moartea era aproape"
"The king," she said, "would be killed later that night"
„Regele", a spus ea, „avea să fie ucis mai târziu în noaptea aceea"
"I begged her to go back into the palace"
„Am implorat-o să se întoarcă în palat"
"And I promised to do my best to protect you."
„Și am promis că voi face tot posibilul să te protejez."
"I ran quickly into Your Majesty's chamber without delay."
„Am alergat repede în camera Majestății Voastre fără întârziere."
"There I saw a cobra circling your golden bedstead."
„Acolo am văzut o cobră înconjurând patul tău auriu."
"I fought the snake and killed it with my blade."
„M-am luptat cu șarpele și l-am ucis cu lama mea."
"I chopped the body into many exactly one hundred pieces."
„Am tăiat corpul în exact o sută de bucăți."
"I placed those pieces inside the pan for proof."

„Am pus bucățile acelea în tigaie ca dovadă.”
"But something occurred as I was cutting up the snake."
„ Dar s-a întâmplat ceva în timp ce tăiam șarpele.”
"A drop of blood fell onto the breast of your wife."
„O picătură de sânge a căzut pe sânul soției tale.”
"I feared I had saved my father, but killed my stepmother."
„Mă temeam că mi-am salvat tatăl, dar mi-am ucis mama vitregă.”
"I wrapped my tongue tightly with cloth seven times."
„Mi-am înfășurat limba strâns cu pânză de șapte ori.”
"Then I licked up the drop of venomous blood."
„Apoi am lins picătura de sânge veninos.”
"While I was licking the blood, my stepmother awoke."
„În timp ce lingeam sângele, mama mea vitregă s-a trezit.”
"She saw me and opened her eyes with confusion."
„M-a văzut și a deschis ochii nedumerită.”
"This is the truth of what I did last night."
„Acesta este adevărul despre ce am făcut aseară.”
"If Your Majesty commands, then cut off my head now."
„Dacă Majestatea Voastră poruncește, atunci tăiați-mi capul acum.”
The king, full of love and joy, embraced his son.
Regele, plin de dragoste și bucurie, și-a îmbrățișat fiul.
From that moment, he loved him more than ever before.
Din acel moment, l-a iubit mai mult ca niciodată.